Wolf S. Dietrich

Die Tränen des Herkules

...

Den Hund erahnte sie zunächst eher, als dass sie ihn wirklich sah. Am Ende des geraden Wegstücks war ein schwarzer Schatten aufgetaucht und wieder verschwunden. Instinktiv hielt sie inne, lauschte, kniff die Augen zusammen und starrte auf den Punkt, an dem die Erscheinung aufgetreten war. Sekundenlang glaubte sie, sich geirrt zu haben. Doch dann tauchte er wieder auf: ein riesiger schwarzer Dobermann.

Heike wartete nicht darauf, dass sein Herrchen erschien. Zu oft hatte sie die Erfahrung gemacht, wie wenig manche Hundehalter ihre Tiere im Griff hatten. Kurz entschlossen wich sie vom Weg ab und lief unter den Bäumen in die Richtung, in der sie die Rasenallee wusste. Alle paar Schritte warf sie einen Blick über die Schulter. Der Dobermann schien ihr nicht zu folgen. Entweder hatte der Hund kein Interesse an ihr oder der Halter hatte ihn doch zurückgepfiffen. Trotzdem sah sich Heike immer wieder um.

Sie hätte nach vorn schauen sollen.

Vielleicht wäre die Begegnung dann weniger entsetzlich geraten.

So konnte sie nicht mehr ausweichen und prallte im Laufschritt gegen den Körper. Ihr Gesicht tauchte in die Weichteile des Mannes, seine Schuhe schlugen gegen ihre Beine.

Heike schrie auf. In diesem Augenblick fielen die Arme des Toten über ihre Schultern, sein Körper rutschte an ihr herab und sackte vor ihr auf die Knie. Für eine Sekunde schwankte er in dieser Stellung und kippte dann langsam nach hinten weg.

...

Der Autor

Wolf S. Dietrich studierte in Göttingen Germanistik und Theologie, arbeitete als Lehrer und wissenschaftlicher Mitarbeiter an der Universität Göttingen. Neben seiner Arbeit als Pädagoge schreibt er Kurzprosa und Romane. Der vorliegende Roman ist sein zweiter Kassel Krimi und sein viertes Buch im Prolibris Verlag. Der Autor ist Mitglied im Syndikat, der Autorengruppe deutschsprachiger Kriminalliteratur.

Wolf S. Dietrich

Die Tränen des Herkules

Kassel Krimi

Prolibris Verlag

Handlung und Figuren entspringen der Phantasie. Ebenso die Verquickung mit tatsächlichen Ereignissen. Darum sind eventuelle Übereinstimmungen mit lebenden oder verstorbenen Personen zufällig und nicht beabsichtigt. Nicht erfunden sind bekannte Persönlichkeiten, Institutionen, Straßen und Schauplätze in Kassel.

Originalausgabe 1. Auflage 2004
Herausgegeben von der Buchhandlung Vaternahm

Tel.: 0561/602 70 71, Fax: 0561/666 45
www.prolibris-verlag.de

Titelfoto: Rolf Wagner
Lektorat: Anette Kleszcz-Wagner
Druck: Thiele & Schwarz, Kassel
ISBN: 3-935263-27-9

Prolog

Sie kamen im Morgengrauen.

Ein fernes Brummen drängte sich in den stillen Frieden der Nacht, rückte langsam näher und verbreitete sich in der leeren Straße. Hier schwoll es rasch zu einem bedrohlichen Dröhnen an. Zwei schwere Limousinen jagten über die Fahrbahn. Am Ende der Straße mündete der Motorenlärm in kreischendes Bremsen und erstarb. Türen klappten. Stiefel trabten über das Pflaster. Dann schrillte eine Klingel. Fäuste schlugen gegen die Tür.

„Aufmachen. Polizei."

Sekunden später das erste Licht. Kurz darauf erhellte eine Lampe den Hauseingang, ein Lichtschein fiel durch den Spalt der sich öffnenden Tür. Erschreckte Augen unter wirrem Haar. Die alte Dame hielt den hastig übergeworfenen Morgenmantel mit der Hand über der Brust zusammen. Einer der Männer in den langen Ledermänteln stieß seinen Stiefel gegen die Haustür und drängte sich an der Frau vorbei, die den Mund öffnete, wieder schloss und schließlich ein krächzendes „Was wollen Sie?" hervorstieß. Die übrigen Männer folgten ihrem Anführer, ohne die Frau zu beachten.

Im Inneren des großbürgerlichen Hauses wies der Eindringling auf die Treppe zu den oberen Räumen. „Alles durchsuchen. Den Keller auch." Als der hagere, grauhaarige Hausherr im Morgenrock auftauchte, grinste der Ledermantelmann zufrieden. „Untersturmführer Kessler, Sonderkommission Undeutsche Kunst. Sie sind Grünberg. Anselm Grünberg, korrekt?"

Der Angesprochene nickte stumm.

„Ziehen Sie sich an und packen Sie ein paar Sachen ein. Für zwei bis drei Tage. Sie kommen mit. Anweisung von Sturmbannführer Korndörfer."

Anselm Grünberg wusste, was das bedeutete. In Korndörfers Dienststelle in der Wilhelmshöher Allee war er bereits verhört worden.

Während er in Bad und Schlafzimmer das Nötigste zusammensuchte, bat er seine Frau, den kleinen Reisekoffer zu holen.

„Mach dir keine Sorgen", sagte er wider besseres Wissen, „in ein paar Tagen bin ich zurück."

Ohne Eile und sehr sorgfältig kleidete Grünberg sich an. Reisefertig, den kleinen Koffer in der linken Hand, stellte er sich wortlos neben die Tür.

Untersturmführer Hartwig Kessler sah auf seine Armbanduhr und schritt ungeduldig auf und ab. Einer der Männer war in der Nähe geblieben und hatte neben Grünberg Aufstellung genommen. Den fauchte er an. „Warum dauert das so lange? Sehen Sie mal nach."

In diesem Augenblick kehrten die übrigen Männer zurück. Entgeistert starrte Kessler sie an. „Wo sind die Bilder?"

„Nichts zu finden, Untersturmführer." Bedauernd hoben sie die Schultern. „Haben alles durchsucht."

Wütend wandte sich der Mann an Grünberg. „Wo sind die verdammten Bilder?", zischte er. „Habe Auftrag, alle hier vorhandenen Gemälde zu beschlagnahmen. Wenn Sie versuchen, uns an der Nase herumzuführen, werden Sie es bereuen."

Anselm Grünberg schüttelte traurig den Kopf. „Hier sind keine Bilder."

Kesslers Kiefer mahlten. Dann zog er eine Pistole aus dem Mantel. „Los, bringt die Frau her."

1

Am Nachmittag des 22. Oktober 1943 deutete nichts auf neue Bombenangriffe hin. Caroline Elshoff war auf dem Weg von ihrer Wohnung in der Brüderstraße zur Schlagd. Kurz vor dem Renaissance-Bau des Drahtwerks Linker begegnete sie Albert. Niemand konnte ahnen, dass der verrückte Kerl, der Narr des Viertels, den fast jeder kannte und mochte, nur noch wenige Minuten leben würde. Auch Caroline nicht, die den spindeldürren Jungen wie eine Marionette an unsichtbaren Fäden auf sich zutänzeln sah. „Tag, Albert", rief sie ihm zu und lachte über seine grotesken Bewegungen. „Guten Tag, Frau Elshoff", kicherte Albert, „wünsche einen schönen Tag, Frau Elshoff. Auch der Frau Mutter." Dabei hüpfte er näher, wedelte mit seinen dünnen Armen und rollte mit den Augen. Plötzlich hielt er inne, trat dicht an sie heran. Caroline spürte seinen Atem an ihrem Ohr und wich zurück. „Frau Elshoff", raunte er, „die Hitlerei ist bald vorbei, bald vorbei die Hitlerei." Unwillkürlich sah Caroline sich um. „Albert", sagte sie besorgt. „So etwas darfst du aber nicht sagen. Das ist gefährlich."

„Gefährlich", echote Albert, nickte und rief laut: „Gefährlich, gefährlich! Grüße an die Frau Mutter, Frau Elshoff." Dann hüpfte er weiter. Caroline seufzte und sah ihm kopfschüttelnd nach. *Irgendwann holen sie ihn ab.* Albert war der Gestapo bisher nicht in die Hände gefallen, weil es den Menschen des Viertels immer wieder gelungen war, ihn zu schützen. Sie sorgten dafür, dass er nicht auffiel, wenn braune Uniformen in der Nähe waren, oder versteckten ihn, wenn ein übereifriger Ortsgruppenführer nach subversiven Elementen forschte. Und Carolines Mutter schenkte ihm hin und wieder ein Kleidungsstück ihres in Russland gefallenen Mannes.

Caroline Elshoff wandte sich zum Gehen. Sie war in Eile, denn sie hatte etwas vor, das viel gefährlicher war als die Sprüche eines harmlosen Spinners. Sie bog in die Leipziger Straße ein und beschleunigte ihren Schritt. Ihre Gedanken kreisten bereits um das gewagte Unternehmen, auf das sie sich eingelassen hatte, als sie Alberts Stimme vom Altmarkt hörte: „Die Hitlerei ist bald vorbei, bald vorbei die Hitlerei." Erschrocken sah sie sich um. Passanten blieben stehen und reckten die Hälse nach dem Urheber der unglaublichen Sätze. Albert stand mitten auf dem Platz, drehte sich im Kreis und stieß – ein wenig krächzend – aus, was viele hofften, aber niemand offen sagte.

In das Trappeln der Pferdehufe eines sich entfernenden Gespanns und das Knattern eines Holzgasmotors in der Brüderstraße mischte sich das charakteristische Brummen einer schweren Limousine. Aus Richtung Fuldabrücke rollte ein offener schwarzer Mercedes des Typs, der vorzugsweise von der Gestapo benutzt wurde, auf den Platz und hielt vor dem tanzenden Albert. Vier Männer mit breitkrempigen Hüten starrten auf den dürren Jungen, der offenbar Gefallen daran fand, seinen Singsang in wechselndem Tonfall und in sirenenartig an- und abschwellender Lautstärke zu wiederholen. Einer der Insassen, ein großer, schlanker Mann im langen Ledermantel, sprang aus dem Wagen und baute sich vor Albert auf, um gegen den Gesang anzubrüllen. „Aufhören! Sofort aufhören!" Entsetzt erkannte Caroline, dass Albert nicht begriff, in welcher Gefahr er sich befand. Fröhlich grinsend und die dünnen Arme wedelnd, ließ er seine staatsgefährdenden Verse über den Altmarkt schallen. *Albert, hör auf! Die sind von der Gestapo.* Hastig eilte sie zurück, um den närrischen Jungen vor der Festnahme zu bewahren. Sie hatte keine Vorstellung, wie ihr das gelingen konnte, aber wenn die Gestapo ihn mitnahm, würde er im Konzentrationslager landen. Sie musste ihm helfen. Irgendwie.

Mit dem Zeigefinger der rechten Hand stieß der Ledermantelmann dem unbotmäßigen Volksgenossen gegen die Brust. Alberts Gesang war verklungen, seine Bewegungen eingefroren. Aber er war nicht verstummt. Als Caroline näher kam, hörte sie ihn murmeln: „Die Hitlerei ist bald vorbei, bald vorbei die Hitlerei." Dazu bewegte er sich kaum wahrnehmbar in den Hüften, die langen, dünnen Arme schwangen im Takt neben seinem mageren Körper.

Was Caroline für die Hand des Gestapo-Mannes gehalten hatte, war eine Pistole, und in der Sekunde, in der sie ihren Irrtum erkannte, krachte der Schuss.

Albert riss verständnislos die Augen auf, vollführte eine Drehung, versuchte einen Schritt und sackte in sich zusammen. Stöhnend rollte er auf die Seite, Blut rann aus seinem Mund, dann zuckte sein Körper, schließlich rührte er sich nicht mehr.

Wie aus weiter Ferne nahm Caroline die Geräusche der Stadt wahr, gleichzeitig erschienen ihr die Menschen ringsum zu Statuen kristallisiert. Nur der Ledermantel bewegte sich. „Glotzt nicht so!“, brüllte er den Umstehenden zu. „Schafft den Dreckhaufen weg.“ Dann sprang er in den Wagen zurück. Mit aufheulendem Motor schoss das Fahrzeug hart an der Leiche vorbei und verschwand in Richtung Freiheiter Durchbruch.

Caroline sah in die gebrochenen Augen des toten Albert. Sie hockte sich neben ihn und schloss mit einer Handbewegung die Lider. Ihr Herz schlug heftig. *Er kann doch hier nicht so liegen bleiben. Man muss etwas tun.* Die meisten Menschen in der Straße hatten sich abgewandt. „Helfen Sie mir“, rief Caroline, „wir müssen Albert nach Hause bringen.“ Zwei Frauen und ein alter Mann näherten sich von der gegenüberliegenden Straßenseite. „Warten Sie“, murmelte er, „ich hole einen Handwagen. Ich wohne ganz in der Nähe.“ Während die Frauen stumm neben der Leiche ausharrten, schossen Caroline ungeordnete Gedanken durch den Kopf. *Albert muss eine ordentliche Beerdigung bekommen. Aber er hat niemanden, der sich darum kümmern kann. Einen Pfarrer, wir brauchen einen Pfarrer. War Albert katholisch gewesen? Oder evangelisch? Jeder im Viertel kennt Albert. Aber niemand weiß wirklich etwas über ihn. Was wohl Mutter sagen wird? Eigentlich müsste ich jetzt schon im Magazin an der Schlagd sein. Es wird jeden Tag schwieriger. Wer weiß, wie viel Zeit ich noch habe.*

Ratternd rollte der Karren heran und riss Caroline aus ihren Gedanken. Gemeinsam hievten die Frauen die Leiche auf den Wagen. Albert war erstaunlich leicht. Der alte Mann ergriff die Deichsel. „Ich weiß, wo der Junge wohnt. In der Druselgasse. Kommen Sie mit?“ Obwohl ihr die Zeit fehlen würde, nickte Caroline. Wenn es in dieser Nacht Fliegeralarm geben würde, konnte sie nach Einbruch der Dunkelheit nicht mehr durch die Straßen wandern. Schon gar nicht mit einem großen Paket unter dem Arm. Also würde sie den nächsten Transport verschieben müssen. „Ja, natürlich, ich begleite Sie.“

*

Seit Tagen hatte Jörg Rascher das Haus beobachtet. Niemand schien sich in der Gründerzeit-Villa aufzuhalten. Er fragte sich, warum ihm das Objekt nicht früher aufgefallen war. Wahrscheinlich, weil der hohe Baumbestand die Details verdeckt hatte, aus denen er die für ihn nützlichen Rückschlüsse ziehen konnte. Seit er sich auf Villen verlegt hatte, hatte er viel darüber erfahren, was die Häuser über den Reichtum ihrer Besitzer erzählen konnten. Außerdem war er lange nicht in Wilhelmshöhe tätig gewesen. Doch nachdem er zuletzt Kirchditmold und Harleshausen abgegrast hatte, war ein Revierwechsel unvermeidlich geworden.

Je länger er das Haus betrachtete, desto höher wurde seine Erwartung an den Gewinn, den er aus seinem Besuch in der Villa zu ziehen gedachte. Rascher kontrollierte die Uhrzeit und warf einen Blick zum Himmel. Für den Erfolg seiner Unternehmungen war es von nicht unerheblicher Bedeutung, den Aufenthalt im Objekt nicht allzu lange auszudehnen. Wie viel Zeit er sich nehmen konnte, hing auch von den Geräuschen in der Nachbarschaft und vom Wetter ab. War der Geräuschpegel zu hoch, konnte er weder herannahende Personen noch anrollende Fahrzeuge erkennen. Leichter Nieselregen – wie er gerade einsetzte – half ihm, sich unsichtbar zu machen. Wenn es regnete, schlugen die Menschen die Kragen hoch und eilten mit gesenkten Köpfen oder unter Regenschirmen versteckt zu ihrem Ziel. Dann beachtete ihn niemand, und niemand warf neugierige Blicke über Mauern und Zäune, hinter denen er nach dem besten Zugang zum Gebäude suchte. Zu dieser späten Stunde waren nur wenige Menschen unterwegs.

Rascher sah sich kurz um, erklomm einen Mauervorsprung und zog sich an den eisernen Gitterstäben des Tores in die Höhe. Im nächsten Augenblick befand er sich auf dem Grundstück. Zügig umrundete er das Gebäude, indem er sich im Schatten der Bäume hielt. Er näherte sich dem Haus von der Rückseite. Mit geübtem Blick erkannte er das Fenster, das sich für einen problemlosen Einstieg eignete.

Obwohl er sicher war, allein im Haus zu sein, bewegte sich Rascher geräuschlos durch Etagen und Räume. Mit zunehmender Verärgerung. So sehr hatte er sich lange nicht mehr geirrt. Gewöhnlich fand er vergleichbare Häuser in einer Art Winterschlaf vor. Die Eigentümer befanden sich in südlichen Ländern oder auf einer Kreuzfahrt, wertvolle Möbel waren mit Tüchern abgedeckt, das Silber und andere Wertgegenstände in Filz eingeschlagen. Edle Teppiche fand er meist aufgerollt, sodass er sie nur unter den Arm klemmen musste. Nur Schmuck und Bargeld befanden sich im Reisegepäck der Abwesenden oder in einem Safe. Fast immer stieß er auf Antiquitäten, deren Wert ausreichte, ihm trotz des unverschämten Abschlages seiner Hehler zu einem auskömmlichen Leben zu verhelfen.

Heute würde er leer ausgehen. Die Villa war offensichtlich von ihren Besitzern aufgegeben worden oder stand zum Verkauf. Missmutig stieß er mit dem Fuß eine Tür nach der anderen auf, wanderte durch alle Etagen und kehrte schließlich zum Keller zurück. Doch dann – als er eine herumstehende Holzkiste unter das Fenster schob, um bequemer aussteigen zu können – klang der Boden unter seinen Füßen plötzlich hohl. Rascher schob die Kiste beiseite und untersuchte den Fußboden. Schließlich entdeckte er die Ursache für den veränderten Klang. Unter Jahrzehnte altem Staub kam eine Falltür zum Vorschein. Er brauchte einige Minuten, um den Mechanismus zum Öffnen der Tür zu entdecken. Schließlich schwang die Holzplatte auf und gab den Blick auf eine schmale steinerne Treppe frei. Rascher nahm die Taschenlampe heraus und stieg die hohen Stufen hinab.

Sie endeten in einem Raum von vielleicht drei mal zwei Metern. An der gegenüberliegenden Wand waren vom Fußboden bis zur niedrigen Decke Bilderrahmen gestapelt. Nein, keine Rahmen. Gerahmte Bilder. Und Rollen. Gerollte Leinwände. In allen Größen. Rascher zog einen der Rahmen heraus. Die verstaubte Leinwand zeigte eine Gruppe dunkel gekleideter Gestalten, abgemagert und hohlwangig, die auf ihren Schultern einen ebenso mageren Menschen trugen, dessen Schädel als Totenkopf zwischen den beiden ersten Trägern herabhing. Den Hintergrund bildete eine düstere, heruntergekommene Straßenflucht. Sie kam ihm bekannt vor. *Soll das in Kassel sein?* Unwillkürlich schüttelte Rascher den Kopf. *Wer hängt sich so was ins Wohnzimmer?* Er schob das Bild zurück und zog ein anderes, kleineres, hervor. Der Rahmen war an einer Seite verbrannt, die Leinwand von Ruß und Staub geschwärzt. Dennoch war etwas zu erkennen. Ein nackter Körper. Ein Mann. Kräftig, aber in gebeugter Haltung. *Wie eine griechische Statue, die in sich zusammengesunken ist. Ähnelt irgendwie dem Herkules.* In der unteren rechten Ecke entdeckte er etwas, das wie ein Namenszug aussah. Das Licht der Taschenlampe reichte nicht, um ihn zu entziffern. Rascher legte das Bild zurück und zog eine der gerollten Leinwände aus dem Regal. Wieder ein Ölgemälde. Ein Porträt. *Der Maler Arnold Bode* war mit Bleistift auf der Rückseite vermerkt. Den Namen hatte er schon einmal gehört. Oder gelesen. An sehr kalten Wintertagen ging er manchmal, obwohl er sich nicht wirklich für Kunst interessierte, in die Neue Galerie oder eines der anderen Museen, um sich aufzuwärmen. Ihm war, als hätte er bei einem seiner Besuche diesen Namen unter einem Gemälde gelesen. Bilder, die in Museen ausgestellt wurden, hatten gewöhnlich einen hohen Wert.

Er ließ das Bild in einem seiner Leinenbeutel verschwinden, die er immer bei sich trug. Bevor er sich zum Gehen wandte, zog er das Gemälde mit den Totengräbern und den versengten Rahmen mit dem Bild des nackten Mannes wieder hervor und steckte beide ebenfalls ein. Er hatte zwar keine Ahnung von Gemälden, aber schon einmal hatte er bei eBay für eine Federzeichnung, die er mehr aus Versehen hatte mitgehen lassen, einen unerwartet hohen Preis erzielt. Es gab für fast alles Interessenten. Man musste sie nur finden. Zuerst würde er Freddy fragen. Der Kunsthändler hatte schon manches antike Stück an den Mann gebracht, das andere als unverkäuflich bezeichnet hatten.

Jörg Rascher richtete die Falltür sorgfältig so wieder her, wie er sie vorgefunden hatte und verließ das Haus auf demselben Weg, auf dem er hineingekommen war. Gewohnheitsgemäß beseitigte er die Spuren seines Einbruchs und verwischte alle Abdrücke seiner Füße in der Nähe des Hauses.

„Wo hast du das her?“ Alfred Colberg, Teilhaber des Kunst- und Antiquitätenhandels König & Colberg in der Friedrich-Ebert-Straße, rückte die randlose Brille zurecht und betrachtete das kleine Gemälde. Rascher hob die Schultern. „Berufsgeheimnis, Freddy. Du glaubst doch nicht, dass ich ...“

„Schon gut. Vielleicht ist es besser, wenn ich es nicht weiß. Aber falls es sich um das handelt, was ich vermute, und wenn es echt sein sollte, muss die Herkunft geklärt werden. Sonst lässt es sich nicht verkaufen. Jedenfalls nicht offiziell.“

Rascher hob erneut die Schultern. „Wir werden sehen. Vorerst reicht es, wenn du mir grob die Größenordnung nennst.“

Der Kunsthändler drehte das Bild in den Händen und betrachtete die Rückseite. „Es kommt darauf an ... Wie gesagt, ich muss es prüfen lassen. In einer Woche kann ich dir Genaueres sagen. Einverstanden?“

„Na gut. Ich komme in einer Woche wieder. Wenn du keinen interessanten Preis machen kannst, verkaufe ich es selbst.“

„In Ordnung.“ Vorsichtig, als wäre es besonders zerbrechlich, legte Colberg das Bild auf den Tisch. Dann kramte er in einer Schublade und zog eine stabile Papphülle hervor. Behutsam ließ er das Bild hineingleiten und verstaute das Ganze in seinem Schreibtisch.

Jörg Rascher verabschiedete sich und wandte sich zur Tür. Bevor sie ganz zufallen konnte, hörte er seinen Namen. „Jörg! Noch eine Frage. Gibt es eventuell mehr davon?“

Rascher drehte sich um und grinste. „Kommt drauf an ...“ Er hob die Hand und ließ die Ladentür zufallen. Nach ein paar Schritten drehte er um und kehrte zum Schaufenster des Ladens zurück. Durch die Scheibe beobachtete er, wie der Kunsthändler das verpackte Bild aus dem Schreibtisch nahm und in seinen Tresor einschloss. Anschließend griff er zum Telefonhörer. Jörg Rascher pfiff leise durch die Zähne. *Also ist an dem Bild doch mehr dran, als der Gauner zugeben wollte.* Während er die Königsstraße entlangschlenderte, durchströmte ihn ein seltsames Gefühl. Eine Mischung aus unheilvoller Unruhe und gespannter Erwartung. Wenn das kleine Gemälde richtig was wert war, dürfte das auch für die anderen Bilder in dem Versteck gelten. Da konnten leicht einige tausend Euro zusammenkommen.

Diese Erkenntnis war mindestens einen Grappa wert. Fröhlich pfeifend steuerte Rascher die Königsgalerie an. Im Avanti würde er nicht nur einen Drink, sondern auch einen passenden Imbiss finden.

*

„Du kommst spät, Caroline. Es ist schon nach acht. Zeit für meinen Abendspaziergang. Ich gehe jetzt. Sonst wird es noch später." Martha Elshoff hatte Hut und Mantel angelegt und griff nach ihrer Handtasche. „Ich möchte rechtzeitig vor der Verdunkelung wieder zu Hause sein."

In diesem Augenblick heulten die Sirenen. Fliegeralarm. Caroline Elshoff sah ihre Mutter an. „Jetzt ist es wirklich zu spät. Aber dafür kann *ich* nichts, Mutter. Warte, ich hole die Sachen, wir gehen in den Keller."

„Ich gehe trotzdem meine Runde. Wenn ich mich beeile, bin ich in zwanzig Minuten zurück. Und dann ist der Alarm wieder vorbei."

Caroline schüttelte den Kopf. „Mutter, du weißt genau, dass das nicht geht. Wenn sie dich unterwegs schnappen, landest du in irgendeinem öffentlichen Bunker. Lass uns in den Keller gehen. Vielleicht reicht es nachher noch. Meistens dauert es nicht so lange."

„Ich will aber an die frische Luft, Kind. Und ..."

Caroline Elshoff hob die Stimme. „Kommt nicht in Frage, Mutter. Du wartest hier, und ich hole die Sachen. Dann gehen wir zusammen nach unten. Keine Widerrede."

Die Aufenthalte im Keller waren lästig. Wie oft waren sie nun schon bei Alarm die Treppen hinabgestiegen und nach der Entwarnung wieder hinauf. Aber sie hatten keine Wahl. Zwar hatten Amerikaner und Engländer bei ihren bisherigen Angriffen hauptsächlich auf Junkers und Fieseler, Henschel und Spinnfaser gezielt, doch waren schon viele Menschen ums Leben gekommen, weil die Bomben nicht ihre Ziele, sondern Wohnhäuser getroffen hatten. Die Vorstellung, ihre Mutter bei Fliegeralarm an der Fulda entlangwandern zu sehen, erschreckte Caroline. *Wer weiß, wie oft sich Mutter schon in Gefahr gebracht hat. Ich muss ein ernstes Wort mit ihr reden.*

Seufzend ergriff sie die Tasche mit Gasmaske, Schutzbrille und Handschuhen und ihren Luftschutzkoffer mit den wichtigsten Unterlagen. Nach einem Blick in alle Räume der Wohnung begann der unvermeidliche Abstieg. „Komm jetzt, Mutter. Wir müssen."

Während sie ihre Mutter die Stufen hinablotste, dachte sie an Albert. Sie hatten den Leichnam in der winzigen Wohnung an der Druselgasse auf das schmuddelige Bett gelegt. Dann war sie zum Pfarramt der Martinsgemeinde gegangen, um für eine Beerdigung zu sorgen. Dort hatte sie erfahren, dass für die Beisetzung eine amtliche Genehmigung und ein Totenschein vorliegen mussten. Nachdem sie dem Pfarrer die Umstände des Todesfalls anvertraut hatte, war dieser zunächst erschrocken gewesen. Doch dann hatte er angedeutet, dass man für Albert eine Lösung finden würde.

Im Luftschutzkeller herrschte stummes Gedränge. Caroline drückte ihre Mutter auf einen der Stühle und setzte sich neben sie. Den Koffer legte sie auf ihre Knie. Nickend begrüßte sie ihre Nachbarn. Die junge Frau Wiegand mit den kleinen Kindern nahm gegenüber Platz. Sie wirkte abgekämpft, die Kinder waren blass. Der fünfjährige Junge hielt ein hölzernes Spielzeugauto in der Hand. Mit verhaltenem Summen ließ er das Fahrzeug auf imaginären Straßen fahren. Das dreijährige Mädchen drängte sich eng an die Mutter. Der Vater, wusste Caroline, kämpfte in Russland. Seine Kinder hatte er seit Kriegsbeginn nur zweimal gesehen.

„Alle da?" Blockleiter Krüger, der alte Hausmeister von nebenan, der zugleich als Luftschutzwart fungierte, hinkte, so schnell sein Holzbein es zuließ, durch den Kellergang und kontrollierte mit wichtiger Miene die Anwesenheit der Hausbewohner. Wenn er durch die Öffnung in der Wand vom Nachbarhaus herüberkam, hatten die Bewohner ihre Plätze meistens schon eingenommen. Zwischen den Häusern waren Verbindungen geschaffen worden, damit sich die Menschen über das Nachbargebäude retten konnten, falls das eigene Haus durch Sprengbomben über dem Keller zusammengefallen sein sollte.

Der Blockwart schloss die Tür. „Dißmoh krijje me orndlich was ab", brummte er, „ich honn's im Urin." Offenbar registrierte er den ärgerlichen Blick der Mutter und fügte rasch hinzu: „Wird schonn gutgehen. Is je noch immer gutgegangen."

Manche Familien hatten mehrere Koffer gepackt. Wenn die Alarmsirenen losheulten, schleppten sie alle in den Luftschutzraum. Wichtige Papiere, das Silberbesteck, Wertgegenstände und warme Kleidung mussten in Sicherheit gebracht werden. Ungern nur ließen die Menschen die Wohnungstüren offen, aber das war Vorschrift. Alle Wohnungen blieben offen, damit der Luftschutzwart bei seinen Kontrollgängen freien Zugang hatte. Es hätte ja eine Brandbombe einschlagen können. Und dann musste gehandelt werden. Auf den Fluren standen Sand- und Wassereimer, Schaufeln und Feuerpatschen bereit. Caroline fragte sich, wer die Brände löschen sollte, wenn alle in den Kellern saßen.

Jede Familie hatte ihre Ecke. Einige Mütter hatten es geschafft, ihre Kinder schlafend in den Keller zu tragen, die anderen quengelten müde. Auch die Erwachsenen machten einen schläfrigen Eindruck. Während manche Frauen ihr Strickzeug hervorkramten oder sich in Romanhefte vertieften, dachte Caroline an die verpasste Gelegenheit. Alberts Tod hatte sie daran gehindert, ihr Werk fortzusetzen. Andererseits hatte ihr das Gespräch mit dem alten Mann eine Glücksbotschaft beschert. Sie würde sich seinen Handwagen ausleihen können. Mit etwas Glück würde sie den Rest mit einer einzigen Tour in Sicherheit bringen können. Der geheime Kellerraum in der Villa Creutzfeldt war bestimmt sicher. Außerdem würden Bomben wohl in erster Linie über dem Bahnhof, bei *Henschel* und anderen kriegswichtigen Anlagen abgeladen.

Das Grummeln der Flugzeuge kam näher. „Sie kommen", sagte jemand. Die Gespräche verstummten. Die Kinder drückten sich an ihre Mütter, die Erwachsenen hielten in ihren Bewegungen inne, horchten, wandten die Blicke unwillkürlich zur Decke. Caroline ergriff die Hand ihrer Mutter und lauschte auf das herannahende Dröhnen der Bomber. Erste Einschläge ließen den Boden erzittern. Das Licht flackerte und erlosch. Ein Kind weinte, die alte Frau Kleinschmidt fing laut an zu beten. Die Lampen flammten wieder auf. „Na, wär sacht's dann", brummte Krüger, „is doch immer gutgegangen."

Nicht für alle, dachte Caroline. Bei jedem Angriff wurden auch Wohnhäuser getroffen. Die Brüderstraße war bisher verschont geblieben, hier standen noch alle Häuser. In der Nachbarschaft der Rüstungsbetriebe war auch manches Wohngebäude zerstört. Bettenhausen war schon im Juli getroffen worden. Und Anfang Oktober erneut. Dazu die Nordstadt, Wolfsanger, und Sandershausen. Aber auch die Martinskirche hatte im August ihr Dach eingebüßt.

*

„Hallo, Freddy. Wo steckst du denn?" Jörg Rascher zog die Ladentür auf und ließ sie wieder ins Schloss fallen, um die Klingel erneut zum Tönen zu bringen. Hatte der Kunsthändler die Geduld verloren? Rascher sah zur Uhr. Er war nur eine Viertelstunde später dran als verabredet. Aber wenn Colberg vorzeitig gegangen war – warum stand die Ladentür offen? Rascher musterte die Ausstellung. Antike Möbel, Uhren, Porzellanfiguren, Silberbestecke, Kristallvasen. *Ganz schöne Werte. Ist überhaupt nicht seine Art, alles allein zu lassen.* Er wanderte durch den Laden, umrundete den Tisch mit der alten Registrierkasse und stieß die Tür zu den hinteren Räumen auf. Hier gab es ein Büro, eine Teeküche und eine Toilette. Eine weitere Tür führte zum Lager. Nachdem er alle Räume kontrolliert hatte, zog er sein Handy aus der Tasche. Freddys Privatnummer hatte er gespeichert. Er ließ es mehrfach klingeln. Ohne Erfolg. Auf dem Schreibtisch im Büro fand er die Telefonnummer von Peter König. Freddys Partner schien entsetzt, als er hörte, dass das Geschäft ohne Aufsicht war. „Können

Sie einen Moment dort bleiben? Ich komme sofort." Jörg Rascher bejahte und machte es sich auf einem der Bürosessel bequem.

Sein Blick fiel auf den Tresor. Fast aus Gewohnheit durchsuchte er den Schreibtisch. Die Schublade, in der Freddy das Bild zuerst abgelegt hatte, war leer. Im Auszug für Schreibutensilien entdeckte er einige Schlüssel, von denen jedoch keiner zum Tresor passte.

Enttäuscht lehnte er sich zurück. *Hoffentlich ist Freddy in Ordnung. Sobald König hier auftaucht, haue ich ab. Sicher ist sicher. Wenn es Probleme gibt, soll der sich darum kümmern. Hauptsache, das mit dem Bild wird bald geklärt. In der Zwischenzeit kann ich das andere ja schon mal im Internet anbieten.*

„Sehr geehrte Damen und Herren, in wenigen Minuten erreichen wir Kassel-Wilhelmshöhe. Sie haben Anschluss ..." Während die Ansage der Zugverbindungen weiterlief, erhob sich der Mann im Erste-Klasse-Abteil des ICE Helvetia, der ihn in weniger als neunzig Minuten von Frankfurt zu seinem Zielort gebracht hatte. Er faltete die FAZ sorgfältig zusammen und verstaute sie im äußeren Fach seines Samsonite-Bordcase. Er rückte die Krawatte gerade und schloss die Knöpfe seines Jacketts. In der dunklen Fensterscheibe des Waggons kontrollierte er sein Aussehen. Anzug und Accessoires waren sorgfältig aufeinander abgestimmt, die dunklen Haare perfekt frisiert. Unbefangene Betrachter hätten ihn für den Manager eines großen Unternehmens oder einen erfolgreichen Nachwuchspolitiker gehalten. Ein geübter Beobachter hätte vielleicht erkennen können, dass in dem teuren Anzug ein durchtrainierter Körper steckte.

Er schien mit seinem Spiegelbild zufrieden, warf einen Blick auf seine Rolex, nahm dann den farblich zum Anzug passenden Mantel vom Haken und ergriff seinen Koffer, um sich zum Ausstieg zu begeben.

Seine Aufträge führten ihn durch ganz Europa, meistens in die großen Städte, sodass er gewöhnlich das Flugzeug nehmen konnte. Nicht zuletzt deshalb hatte er sich in Frankfurt niedergelassen. In Kassel gab es noch keinen Flughafen für Linienflüge, doch die Zugverbindung war schnell und bequem gewesen.

Er verließ den Bahnhof und steuerte die Taxischlange an. „Schlosshotel Wilhelmshöhe", antwortete er auf den fragenden Blick des Taxifahrers, der sich offensichtlich eine Bemerkung zu der kurzen Fahrstrecke verkniff. Er hoffte auf ein fürstliches Trinkgeld.

Für seine Arbeit würde er einen Wagen benötigen. Um sich nicht am Bahnhof mit der Anmietung aufhalten zu müssen, hatte er den Mercedes SLK im Voraus gebucht. Er würde am Hotel für ihn bereitstehen.

In der nordhessischen Großstadt hatte er noch nicht gearbeitet. Deshalb steckte in der Innentasche seines Mantels ein Stadtplan. Neben der Zeitung und einer Kreditkarte war dies die einzige schriftliche Unterlage, die er bei sich führte. Seine Instruktionen, die Beschreibung der Männer, mit denen er zu tun haben würde, und Bilder der Objekte, um die es ging, trug er in seinem Kopf. Unter Umständen würde er jemanden töten müssen. Darum durfte es keinerlei Hinweise auf seine Identität geben.

Heike Westermann hatte ihre Dehn- und Streckübungen beendet. Sie freute sich auf die Strecke. In den zurückliegenden Wintermonaten war sie kaum zum Laufen gekommen. Jetzt hatte ein Wärmeeinbruch zu frühlingshaften Temperaturen geführt. Obwohl Heike nicht damit rechnete, dass der Winter schon vorüber war, hatte sie sich entschlossen, ihr Trainingsprogramm aufzunehmen. In die Vorfreude auf die körperliche Anstrengung und die Bewegung an der frischen Luft mischte sich ein wenig die Unsicherheit über ihre Kondition. Gewöhnlich brauchte sie zwei bis drei Wochen regelmäßige Übung, um auf ihre gewohnten Rundenzeiten zu kommen.

Nach gut hundert Metern hatte sie ihren Rhythmus gefunden. Leicht und locker und gleichmäßig atmend lief sie vom Parkplatz an der Rasenallee in Richtung Wurmberg. Unter den Bäumen war der Boden noch feucht, aber das beeinträchtigte sie nicht.

Gewöhnlich war sie nicht die Einzige, die hier joggte, und gewöhnlich waren zumindest ein paar Spaziergänger unterwegs. Doch heute schien es, als habe niemand sonst dem Witterungsumschwung getraut. Heike war froh, nicht auf Hunde zu treffen. Sie empfand es als unangenehm, wenn sie verbellt oder angesprungen wurde. Manche Hundehalter hingegen schienen das für normal zu halten und kommentierten das Benehmen ihrer Tiere mit deren Wunsch, nur spielen zu wollen.

Sie genoss es, dass der Wald heute ihr gehörte. Andererseits war ihr nicht ganz wohl bei der Vorstellung, weit und breit keine Menschenseele zu wissen, die sie im Notfall um Hilfe rufen konnte. Heike tastete nach ihrem Handy und war beruhigt, es nicht vergessen zu haben.

Während sie dem menschenleeren Wanderweg folgte, dachte sie an die Arbeit in der Apotheke. Heike liebte ihren Beruf, aber die ersten Wochen des Jahres ließen sie zum ersten Mal zweifeln. Kunden und Patienten waren ratlos und verärgert. Manchmal auch wütend. Wieder und wieder mussten sie und ihre Kolleginnen die neuen Zuzahlungsregelungen erklären. Sie stießen nicht immer auf Verständnis. Nicht wenige Patienten machten die Apotheke für die neuen Belastungen verantwortlich. Heike empfand diese Atmosphäre im Verkaufsraum als belastend. Außerdem war es lauter geworden. Wer seinem Ärger Luft machen wollte, erhob die Stimme. Auch die Kolleginnen hatten ihre liebe Not, sich verständlich zu machen, besonders bei älteren und schwerhörigen Menschen.

Den Hund erahnte sie zunächst eher, als dass sie ihn wirklich sah. Am Ende des geraden Wegstücks war ein schwarzer Schatten aufgetaucht und wieder verschwunden. Instinktiv hielt sie inne, lauschte, kniff die Augen zusammen und starrte auf den Punkt, an dem die Erscheinung aufgetreten war. Sekundenlang glaubte sie, sich geirrt zu haben. Doch dann tauchte er wieder auf: ein riesiger schwarzer Dobermann.

Heike wartete nicht darauf, dass sein Herrchen erschien. Zu oft hatte sie die Erfahrung gemacht, wie wenig manche Hundehalter ihre Tiere im Griff hatten. Kurz entschlossen wich sie vom Weg ab und lief unter den Bäumen in die Richtung, in der sie die Rasenallee wusste. Alle paar Schritte warf sie einen Blick über die Schulter. Der Dobermann schien ihr nicht zu folgen. Entweder hatte der Hund kein Interesse an ihr oder der Halter hatte ihn doch zurückgepfiffen. Trotzdem sah sich Heike immer wieder um.

Sie hätte nach vorn schauen sollen.

Vielleicht wäre die Begegnung dann weniger entsetzlich geraten.

So konnte sie nicht mehr ausweichen und prallte im Laufschritt gegen den Körper. Ihr Gesicht tauchte in die Weichteile des Mannes, seine Schuhe schlugen gegen ihre Beine.

Heike schrie auf. In diesem Augenblick fielen die Arme des Toten über ihre Schultern, sein Körper rutschte an ihr herab und sackte vor ihr auf die Knie. Für eine Sekunde schwankte er in dieser Stellung und kippte dann langsam nach hinten weg. Dabei glotzte er Heike aus hervorquellenden Augen an. Um den Hals trug er einen Strick, dessen zerfasertes Ende sich im Fallen über seinem offenen Mund ausbreitete.

2

„Menschenfresserei steht nicht im Strafgesetzbuch. Was sollten die Richter machen?" Hanna Wolf sah ihren jungen Kollegen fragend an.

Florian Stöber blies die Backen auf. „Aber Hanna, der Typ hat sein Opfer vorsätzlich und planvoll und aus niedrigen Beweggründen getötet. Was – wenn nicht das – ist Mord? Auch wenn es angeblich Tötung auf Verlangen war."

„Florian, dieser Mann ist so was von krank, da sind die Grenzen des Strafrechts erreicht."

„Aber das Gericht hat ihn doch nicht in die Psychiatrie eingewiesen. Hier steht ..." Stöber kramte die Zeitung hervor, die noch vom Morgen herumlag. *„... hatte der Täter nach Auffassung des Gerichts volle Steuerungsfähigkeit und volle Einsichtsfähigkeit.* Damit war er schuldfähig. Also *nicht* krank. Also gehört er wegen Mordes verurteilt. Stattdessen kriegt er achteinhalb Jahre. Das heißt, er ist nach spätestens fünf Jahren wieder draußen. Ich fass' es nicht. Unterdessen verhökert er seine Geschichte an die Illustrierten. Womöglich das Video von seiner Schlachterei ans Privatfernsehen. Für sechs Millionen Euro. Ein Buch ist auch schon in Arbeit. Das kann doch alles nicht wahr sein."

„In diesem Punkt gebe ich dir Recht, Florian. Das begreife ich auch nicht. Aber nachdem ich neulich Ausschnitte aus dieser Stars-im-Dschungel-Sendung gesehen habe, muss ich feststellen, dass ich anscheinend so manches nicht mehr begreife. Und wenn die Entwicklung so weitergeht, werden wir eines Tages im Fernsehen miterleben können, wie Menschen einander ..."

„Es gibt Arbeit für euch." Isabella Rodriguez wedelte mit einem Stück Papier. „Im Habichtswald hat sich einer aufgehängt."

„Wir sind hier das Fachkommissariat für Tötungsdelikte", riefen Hanna und Stöber wie aus einem Munde, „nicht für Selbstmorde!"

„Darauf wäre ich nie gekommen." Die Sekretärin ließ das Blatt auf Hannas Schreibtisch segeln und wandte sich der Kaffeemaschine zu, um den feuchten Kaffeefilter vom Morgen zu entsorgen. „Unser Herr Florian könnte auch mal Kaffee mitbringen. Wenn ich mich hier schon um alles kümmern muss, sollte wenigstens der Nachschub funktionieren."

„Sorry, ich hab's wieder vergessen." Stöber erhob sich halb von seinem Bürostuhl und hangelte das Blatt vom Schreibtisch. „Morgen bringe ich welchen mit. Ganz bestimmt."

„Der Satz kommt mir irgendwie bekannt vor", versetzte Isabella spitz.

„Und", fragte Hanna, „ist das was für uns?"

„Wie man's nimmt." Stöber schob Hanna den Zettel hinüber. „Die grünen Kollegen haben freundlicherweise an uns gedacht, weil sie nicht sicher sind, ob sich der Mensch selbst aufgehängt hat. Er trug nämlich nichts bei sich, was eine schnelle Identifizierung ermöglicht hätte."

„Stimmt", ließ sich Isabella vernehmen. „Wer sich umbringen will, leert vorher kaum seine Taschen aus. Schließlich will er ja irgendwie auch auf sich und seine Situation aufmerksam machen."

„Adelheid und ihre Selbstmörder", grinste Stöber. „Isabella, du solltest dich umtaufen lassen." Schnell ging er hinter seinem Schreibtisch in Deckung, um der nassen Filtertüte auszuweichen, die in seine Richtung flog.

„Kinder", seufzte Hanna, „lasst's gut sein. Komm, Florian, wir schauen uns das mal an. Haben wir eine vernünftige Ortsangabe? Habichtswald als alleinige Tatortbezeichnung wäre etwas ungenau."

Florian nickte. „Die Kollegen erwarten uns am Parkplatz in Höhe der Schanzenstraße."

„Wilhelmshöhe oder Rothenditmold?", fragte Stöber, als der Wagen vom Hof des Polizeipräsidiums in den Grünen Weg einbog. „Die Wolfhager scheint dicht zu sein. Unfall Höhe Mombachstraße. Könnte sein, dass wir da nicht durchkommen."

Hanna lehnte sich zurück und schnallte sich an. „Das überlasse ich dir. Du bist der Fahrer."

Florian Stöber entschied sich für die Wilhelmshöher Allee. Zwar würden sie zwischen Brüder-Grimm-Platz und Nahlstraße in einen Engpass geraten, weil dort an der Kanalisation gearbeitet wurde, aber die kurvenreiche Strecke zwischen Hessentherme und Rasenallee würde ihm Gelegenheit geben, sein fahrerisches Können unter Beweis zu stellen.

Außerdem gehörte dieser Abschnitt zu den wenigen Straßen in Kassel, auf denen man nicht von Baustellen oder Ampeln am flotten Fahren gehindert wurde. Zum Glück war Hanna nicht ängstlich, sodass er sich in dieser Hinsicht nicht bremsen musste.

In anderer schon.

Seit er der Hauptkommissarin zugeteilt worden war - was der Leiter der Kriminaldirektion, Kriminaloberrat Wenzel zunächst nur mit Vorbehalten akzeptiert hatte –, bewunderte er seine Chefin. Und in die Bewunderung mischte sich deutlich mehr. Hanna war siebzehn Jahre älter als er, aber so attraktiv, dass er manchmal davon träumte, für sie mehr als ein netter Kollege zu sein. Dabei war er mit Silke zusammen. Schon fast zwei Jahre. Und sehr gerne. Im nächsten Monat würden sie zusammenziehen. Vorher mussten sie noch die Wohnung renovieren. Farbe hatten sie schon gekauft. Und was man sonst so für die Renovierung brauchte. Der erste gemeinsame Hausstand kostete schon Geld, bevor er überhaupt existierte. Aber er freute sich auf das gemeinsame Einrichten, das gemeinsame Leben, das gemeinsame Frühstück. Und auf die vielen Nächte, die vor ihnen lagen.

Während Stöber versuchte, sich aufs Fahren zu konzentrieren, kramte Hanna in ihrer Handtasche. Schließlich zog sie eine Rolle Mentos heraus.

„Möchtest du auch eins?"

„Danke, nein. Das Zeug macht süchtig."

Hanna lachte. „Da hast du Recht. Aber mir hilft es gegen die andere Sucht. Immerhin rauche ich jetzt schon seit fast zwei Jahren nicht mehr."

Sie erreichten den Kirchweg. Hanna wandte den Kopf, um einen Blick in die Friedensstraße zu werfen. Sie wies mit dem Daumen die Richtung. „Erinnerst du dich an Julia Engelhardt?"

„War das nicht die junge Frau, die auf dem Friedhof vergewaltigt wurde?"

„Genau. Der Würger von Wehlheiden. Eine scheußliche Geschichte. Sie geht mir immer noch im Kopf herum."

„Weil wir den Mörder des Würgers nicht erwischt haben?"

„Oder die Mörderin."

„Du meinst ..."

„Ich meine, dass Julia Engelhardt den Kollegen Karras umgebracht haben könnte."

„Aber hatte nicht ein Zeuge eine männliche Person auf dem Flur des Krankenhauses gesehen? Und diese Julia ... ich weiß nicht. So jung und so ..."

„Du meinst hübsch? Kann eine Frau keine Mörderin sein, weil sie jung und hübsch ist? Weil sie jedem jungen Mann in deinem Alter gefällt?"

„Ja, schon. Aber ..."

„Aber was?"

Florian Stöber zuckte die Schultern. „Wenn ich mich recht erinnere, war die Aussage des Zeugen glaubhaft und nicht zu erschüttern."

„So ist es. Aber der Zeuge ist ein junger Mann. Und Julia Engelhardt ist jung und hübsch. Könnte doch sein, dass er sie schützen wollte."

„Aber warum sollte er?"

„Vielleicht, weil er sich was ausgerechnet hat."

Stöber schwieg. Sie passierten die Kurhessentherme, und er drückte aufs Gas, um den betagten Dienstwagen ordentlich in die Kurve zu legen.

So war Hanna. Ein ungelöster Fall ließ ihr keine Ruhe. Manchmal war das lästig. Weil sie ihn dann für aufwendige Nachforschungen ins Archiv, zu Nachfragen bei Rechtsmedizinern oder auf die Suche nach Zeugen schickte. Andererseits bewunderte er ihre Hartnäckigkeit. Sie hatte manchen Fall gelöst, über dem die Aktendeckel schon längst geschlossen gewesen waren.

„Und?", fragte er, „siehst du einen Ansatzpunkt?"

Hanna Wolf schüttelte den Kopf. „Noch nicht." Sie wies nach vorne. „Da sind die Kollegen von der Streife. Und Frankenstein ist da. Ich sehe sein Auto. Wie kommt der denn hierher?"

Stöber hob die Hände. „Vielleicht hat er ja doch übersinnliche Kräfte. Isabella wird ihn kaum angerufen haben."

Dr. Frank-Norbert Stein, der – nachdem jemand seinen Namen im Kasseler Polizeireport in der Form *Frank N. Stein* geschrieben hatte –, im Präsidium nur noch nach der berühmten Figur aus Bram Stokers Roman benannt wurde, war ein schmächtiger, aber überaus beweglicher und bemerkenswert streitlustiger Mittfünfziger mit einem für sein Alter ungewöhnlich faltigen Gesicht. Hanna führte sein Aussehen auf die ständig in seinem Mundwinkel brennende Zigarette zurück. Die Vorstellung, selbst eines Tages wie Frankenstein auszusehen, hatte wesentlich zu ihrem Entschluss beigetragen, das Rauchen aufzugeben. Und Nina natürlich. Ihre Tochter hatte keine Gelegenheit ausgelassen, ihr die Schädlichkeit des Tabakkonsums in drastischen Farben auszumalen. *Du wirst innen schwarz und außen schrumpelig. Und wenn du doch noch mal einen Lover haben solltest, muss der hart im Nehmen sein und darf nichts dabei finden, eine Frau zu knutschen, die aus allen Poren stinkt und nach vollem Aschenbecher schmeckt.*

Frankenstein empfing sie mit einem schwer zu deutenden Grinsen. „Es tut mir ja außerordentlich Leid, aber ich fürchte, dieses wird ein Fall für euch. Sieht zwar alles nach Selbsttötung aus, aber es gibt auch Hinweise, die daran zweifeln lassen."

„Grüß dich, mein lieber Norbert." Hanna hatte möglichst viel Charme in ihre Stimme gelegt, um den Mediziner, der wegen seiner ausufernden Fachvorträge am Tatort gefürchtet war, nicht vor den Kopf zu stoßen. „Wie kommst du denn hierher?"

„Reiner Zufall. Kam gerade vom Flugplatz Calden. War in Frankfurt auf einem Kongress. Suchtmedizin und Forensik. Ein Kollege hat mich in seinem Flieger mitgenommen. Deine grünweißen Kollegen haben mich erkannt und einfach hierher verschleppt." Er drehte sich um. „Habe die Gelegenheit genutzt und schon mal einen Blick auf den bedauernswerten Menschen geworfen."

„Du wirst uns sicher gleich die Einzelheiten erklären. Aber erst möchte ich das Opfer sehen."

„Aber bitte. Mit Vergnügen. Der Tote ist männlich, ungefähr vierzig Jahre alt, etwa einsachtzig, zirka siebzig Kilo. Haare dunkelblond, keine besonderen Kennzeichen." Dr. Stein kicherte. „Wenn man mal vom Halsschmuck absieht."

Sie hatten die Leiche erreicht. Der Mann lag auf der Seite, die Beine leicht angewinkelt. Er trug einen braun-beige gestreiften Anzug, ein weißes Hemd, schwarze Schuhe, keine Krawatte.

„Habt ihr den abgeschnitten?" Hanna sah die uniformierten Beamten an.

Die schüttelten die Köpfe. „Er ist", sagte einer, „der Dame dort buchstäblich in die Arme gefallen."

Hanna warf der jungen Frau, die unter einer umgehängten Decke fröstelte, einen freundlichen Blick zu. „Wir unterhalten uns gleich. Dann können Sie gehen." Sie umrundete den Toten und beugte sich über dessen Hals. Der Abdruck der tödlichen Strangulation war deutlich zu erkennen. „Und du meinst", fragte sie, während sie sich aufrichtete, „es könnte Fremdverschulden vorliegen?"

Der Gerichtsmediziner bewegte den Kopf. „Sieh dich um. Es gibt nichts, auf das er gestiegen sein könnte, um sich fallen zu lassen. Keinen Hocker, keinen Holzklotz, keine Trittleiter. Er müsste also in den Baum geklettert sein. Was zwar, wie du siehst, leicht möglich ist, aber Spuren in seinen Händen hinterlassen hätte. Schau sie dir an. Sie sind sauber."

Florian Stöber, der etwas abseits geblieben war, hob einen Gegenstand auf und hielt ihn hoch. „Er könnte Handschuhe benutzt haben. Zum Beispiel diese hier."

Frankenstein errötete leicht. „Unwahrscheinlich", knurrte er. „Dann hätte er sie noch getragen."

„Was ist mit der Strangulationsfurche?", mischte Hanna sich ein. „Ist sie nicht eindeutig?"

„Leider nein." Dr. Stein schüttelte bedauernd den Kopf. „Wie ihr seht, wurde ein Doppelstrick benutzt. Die dadurch entstandenen Hautquetschungen und Zwischenkammblutungen verlaufen so, wie es bei einer Selbsttötung zu erwarten ist. Aber nur fast. Ich gebe zu, dass ich mich täuschen kann. Ebenso gut könnte ein Täter, der sich auskennt, den Mann sehr geschickt erdrosselt haben. Sozusagen fachgerecht. Ich werde natürlich die Haut untersuchen. Außerdem Phosphatid- und Histaminspiegel bestimmen, dann sind wir sicher. Ihr könnt ja inzwischen schon mal die Identität herausfinden. Der Tote trug nämlich nichts bei sich."

„Danke für den Hinweis." Hanna lächelte nachsichtig und wandte sich an Stöber. „Dann brauchen wir wohl die Spurensicherung. Rufst du den Erkennungsdienst an?" Ihr Kollege nickt und zog sein Handy aus der Tasche.

Hanna Wolf wandte sich wieder an den Arzt. „Wann bekommen wir das Ergebnis, Herr Doktor?"

„Wie immer, Frau Hauptkommissarin. So schnell wie möglich."

„Aber die Handschuhe untersuchst du auch?"

Stein zögerte. „Selbstverständlich", knurrte er dann.

*

Obwohl alle auf die Einschläge gewartet hatten, kam der erste Donnerschlag überraschend. Der Boden bebte, die Wände zitterten, Mörtel rieselte von der Decke. Dann krachte es Schlag auf Schlag. Es zischte und heulte, dröhnte und grollte. Die Kinder hielten sich die Ohren zu. Das kleine Mädchen schrie aus Leibeskräften, aber ihre Stimme ging im Getöse des Infernos unter.

Caroline umfasste die Schultern ihrer Mutter und wartete auf das Ende des Weltuntergangs. Sie hätten nicht sagen können, wie viel Zeit verstrichen war, als die schwere Eisentür explosionsartig aufbrach. Staub und Qualm drangen herein, heiße Luft, die Caroline den Atem nahm. Sie riss ihren Schal heraus, tauchte ihn in eine der mit Wasser gefüllten Wannen. Ein Stück des nassen Wollstoffes presste sie vor den Mund und drückt das andere Ende ihrer hustenden Mutter in die Hand. Dumpfes Poltern über der Kellerdecke, ein fernes Knistern und Knirschen berstenden Gebälks ließen sie ahnen, dass das Haus getroffen war und über ihnen zusammenbrach.

Von Sekunde zu Sekunde wurde der Rauch dichter. Er biss in die Augen, brannte sich in die Atemwege. Die Menschen im Keller husteten.

„Wir müssen raus", rief Caroline und zog ihre Mutter vom Sitz. Ohne auf eine Antwort zu warten, zerrte sie die alte Dame hinter sich her. Der Weg durch die Tür war versperrt. Im Halbdunkel des Kellerraumes steuerte sie das Loch zum Nachbarhaus an. Alle drängten in die gleiche Richtung. Sie erreichte den Durchbruch, warf den Koffer hindurch und beugte sich hinab, um durch die niedrige Öffnung zu kriechen. Ihre Mutter hielt noch immer den Schal umklammert und folgte ihr. Sie half ihr auf, Hand in Hand stolperten sie weiter. Hier war die Luft besser. Wie aus weiter Ferne hörte sie die Stimme von Blockleiter Krüger. „Los, wir müssen alle da durch. Sie auch."

Durch die Dunkelheit tasteten sie sich voran, krochen durch eine weitere Maueröffnung, fanden schließlich einen Weg nach draußen. Heiße Luft schlug ihnen entgegen. Um sie herum loderte ein gewaltiges Flammenmeer. Alle Häuser des Viertels schienen zu brennen. Fassungslos starrten sie in die Feuersbrunst. Irgendwo brach ein Dachstuhl zusammen. Brennende Balken lösten sich und fielen auf die Straße. Caroline zog ihre Mutter zur Straßenmitte und hastete in Richtung Altmarkt. Aus allen Straßen rannten Menschen auf diesen Platz, um den um sich greifenden Flammen und den Bruchstücken zusammenbrechender Gebäude zu entgehen. Sie stürzten aus Kellern und Trümmergrundstücken hervor, abenteuerlich gekleidet, mit schnell zusammengerafften Taschen, angesengtem Bettzeug oder Haushaltsgegenständen unter den Armen. Eine alte Frau im Nachthemd trug einen Vogelkäfig.

„Wir müssen zur Fulda", rief Caroline ihrer Mutter zu. „Ans Wasser."

Die hölzerne Treppe, die von der Fuldabrücke zur Schlagd hinabführte, war wie durch ein Wunder unversehrt geblieben. Irgendwann erreichten sie schließlich die Karlsaue und das Ufer des Flusses. Direkt an der Wasserlinie, dicht gedrängt zwischen unzähligen Menschen, die aus der Altstadt geströmt waren, beobachteten sie stumm den Feuersturm in der Altstadt. Giftig gelb und feurig rot loderten die Flammen aus dem Häusermeer hoch über die Stadt, ihr Lichtschein schien den Himmel zu beleuchten. Myriaden von Funken tanzten den Sternen entgegen.

Irgendwann ließen sie sich nieder, lehnten sich gegeneinander und fielen in einen Dämmerzustand, aus dem sie aufschreckten, wenn in der Nähe ein Kind zu weinen begann oder Menschen Namen riefen, um ihre Angehörigen zu finden.

Gegen Morgen, Caroline war ein wenig eingenickt, rüttelte jemand an ihrer Schulter. „Frau Elshoff, haben Sie meine Kinder gesehen?" Sie blinzelte gegen die Helligkeit. „Frau Wiegand, sind Sie das?" Unter der mit Ruß und Staub verschmierten Haut waren die Züge der jungen Mutter kaum zu erkennen. Das Haupthaar war zur Hälfte abgesengt, die glanzlosen Augen lagen in tiefen, dunklen Höhlen. „Ich habe sie verloren. Am Marställer Platz. Muss für einen Moment ..." Die Frau sah Caroline nicht an, während sie sprach, ihr Blick hastete unstet über die in der Karlsaue lagernden und herumirrenden Menschen. Plötzlich sprang sie auf und stürzte davon.

„Mein Gott, was für ein Albtraum. Womit haben wir das bloß verdient?"

„Mutter! Wie geht es dir?"

„Ich möchte nach Hause."

Caroline nickte, obwohl sie sicher war, dass sie kein Zuhause mehr hatten. „Komm, wir gehen."

Die Stadt brannte noch immer. Fridericianum und Staatstheater, Schloss und Brüderkirche, die ganze Altstadt.

Je näher sie dem Schlossplatz kamen, desto deutlicher wurde das Ausmaß der Zerstörung. Der Krieg hatte Kassel endgültig erreicht. Bepackte Menschen strömten ihnen entgegen, einige schleppten Teppiche oder Lampen auf den Schultern, andere trugen schreiende Kleinkinder, prall gefüllte Taschen oder Volksempfänger unter den Armen. Wer noch eine Hand frei hatte, presste sich ein Tuch vor Mund und Nase. Schwarze Rauchwolken hingen über der Stadt, die Luft roch Ekel erregend nach verkohltem Holz und verbranntem Fleisch.

Sie passierten brennende Häuser, geschwärzte Fassaden mit leeren Fensterhöhlen, sahen Menschen in den Trümmern nach ihren Habseligkeiten wühlen. Straßen und Gehsteige waren mit kohlengleichen Holzstücken, Steinen, Mauerresten und Leichen übersät. Mühsam bahnten sie sich den Weg, hastenden Menschen und herumliegenden Trümmerbrocken ausweichend. Das Haus, in dem sie erst gestern den toten Albert aufgebahrt hatten, war mitsamt dem ganzen Straßenzug verschwunden.

Schließlich bogen sie in die Brüderstraße ein. Auch hier hatten die Bomben ihr zerstörerisches Werk geleistet. Das Haus war nur noch ein Trümmerhaufen. Sie kletterten über Geröll und Schutt, um dorthin zu kommen, wo einmal ihre Wohnung gewesen war. Beißender Qualm drang aus den verrußten Trümmern und zwang sie zur Umkehr.

Caroline musterte das versteinerte Gesicht ihrer Mutter, die regungslos auf die Stelle starrte, an der das Haus gestanden hatte.

Sie hatte nicht nur den geliebten Mann in den russischen Pripjet-Sümpfen, sondern nun auch ihren gesamten Besitz in Kassel verloren. Und damit alles, was ihr lieb und teuer gewesen war: Uhren und Porzellan, Wäsche und Kleider. Großmutters Silberbesteck. Bücher, Fotos, Briefe.

„Wo sollen wir jetzt hin?“, fragte sie schließlich, ohne den Blick abzuwenden.

3

Jörg Rascher überflog die Schlagzeilen und blätterte die Zeitungsseite um. Er schüttelte angesichts einer neuen Episode der unendlichen Geschichte von der LKW-Maut den Kopf, schmunzelte über die Dummheit eines Einbrechers, der am Tatort seinen Personalausweis liegen gelassen hatte, und freute sich über eine Meldung, wonach die hessische Landesregierung bei der Polizei Stellen streichen wollte. Allein in Kassel *60 Polizisten weniger auf den Straßen* – so die Überschrift –, das würde ihm entgegenkommen.

Schließlich studierte er die Todesanzeigen. Aus der Kombination von Anzeigengröße, Adresse und Angaben über den Verstorbenen ließen sich manchmal Schlüsse über günstige Gelegenheiten ziehen. Nach einem Trauerfall standen Villen und Herrenhäuser gelegentlich einige Tage leer oder die Aufmerksamkeit der Bewohner richtete sich weniger auf das Haus als auf die mit dem Todesfall verbundenen Verpflichtungen. Im Lokalteil stieß er auf eine Meldung, die ihn beunruhigte.

Unbekannter Toter im Kasseler Staatsforst. Wie die Pressestelle des Polizeipräsidiums mitteilt, wurde gestern im Bereich zwischen Wurmberg und Rasenallee die Leiche einer männlichen Person gefunden. Wie der Mann ums Leben kam, teilte die Polizei nicht mit. Allerdings kann ein Verbrechen nicht ausgeschlossen werden. Hanna Wolf, Erste Hauptkommissarin im Fachkommissariat 11 (Tötungsdelikte), sucht nach Anhaltspunkten zur Feststellung der Identität des Toten. Hinweise nimmt das Polizeipräsidium Nordhessen am Grünen Weg oder jede andere Polizeidienststelle entgegen. Der Unbekannte ist dunkelblond, ungefähr vierzig Jahre alt, etwa 1,80 Meter groß und zirka siebzig Kilo schwer. Er trug einen beige-braunen Anzug ohne Krawatte, ein weißes Hemd und schwarze Schuhe.

Nachdem er die Notiz zum dritten Mal gelesen hatte, kreiste ein Name in seinem Kopf: Freddy. Die Beschreibung passte auf Alfred Colberg. Und Freddy war verschwunden. Seit seinem letzten Besuch im Geschäft an der Friedrich-Ebert-Straße hatte er mehrmals vergeblich versucht, ihn zu erreichen. Sollte er seinen Verdacht der Polizei mitteilen? Gewöhnlich mied er Kontakt mit den Bullen. Aber Freddy hatte schon viel für ihn getan. Ihm war er es schuldig. Zu seiner eigenen Sicherheit würde er eine anonyme E-Mail schicken. Er musste sowieso nachschauen, was sich in seinem elektronischen Posteingang befand.

Rascher erschrak, als er seine Mails kontrollierte. Ein Absender mit dem Namen Terminator forderte ihn auf, sofort sein Angebot aus der Auktion bei eBay zu nehmen. Wenn das Bild echt sei, müsse er es an den Schreiber der Nachricht verkaufen. Zum Dreifachen des Preises, den Rascher gefordert hatte. Keinesfalls dürfe er es einem anderen Interessenten überlassen. Einen solchen Verkauf würde er nicht überleben. Zum Schluss schlug ihm der Unbekannte einen Treffpunkt und ein Erkennungszeichen vor. Rascher sollte sich am Samstag um zwölf Uhr mit einer Financial Times Deutschland in das Bistro Artischocke in der Königsgalerie setzen und einen Campari bestellen.

Auf die Kanzlei Wellershoff wies keines der üblichen Schilder hin. Lediglich eine Gravur unter dem in eine Messingtafel eingelassenen Klingelknopf ließ erkennen, dass sich hinter der Jugendstilfassade der Villa am Mulang ein Anwaltsbüro befand. Mark Wellershoff legte auch keinen Wert auf Laufkundschaft und

Publikumsverkehr. Er hatte sich schon Anfang der achtziger Jahre auf zwei lukrative Geschäftsfelder spezialisiert. Aus der Zusammenarbeit mit dem nordhessischen Bauunternehmer Heinz Bollmann, den er aus Studienzeiten kannte, hatten sich einträgliche Immobiliengeschäfte ergeben. Das andere war ein sehr spezielles Tätigkeitsfeld. Großbürgerliche Herkunft und das Vermögen seines Vaters hatten es ihm ermöglicht, nach dem Jurastudium mehrere Jahre im Ausland zu verbringen. Seine dort erworbenen Sprachkenntnisse und Kontakte erlaubten es ihm, Mandanten aus dem europäischen Ausland und den USA mit ganz speziellen Wünschen auf dem deutschen Kunst- und Antiquitätenmarkt zu vertreten. Weil sich die Geschäfte, die sich daraus ergaben, oft in einer rechtlichen Grauzone abspielten und gelegentlich Maßnahmen erforderten, die seinen Status als Organ der Rechtspflege gefährdet hätten, war er auf die Zusammenarbeit mit einem professionell arbeitenden Schnüffler angewiesen. In Julian Pawlowski, der in Berlin eine gut funktionierende Detektei betrieb, hatte er einen Partner gefunden, der nicht nur über ganz hervorragende Kontakte in der Hauptstadt verfügte, sondern auch qualifizierte Mitarbeiter beschäftigte, die er nach der Wende aus dem Heer ehemaliger Stasi-Agenten gewonnen hatte.

Wellershoff selbst hatte, nachdem sich die Gewinne aus seiner Tätigkeit stabilisiert hatten, einen Kunsthistoriker eingestellt, dessen Kenntnisse sich als außerordentlich hilfreich erwiesen.

An diesem unerwartet sonnigen Februartag saßen der Anwalt, sein Kunstexperte Joachim Rose und Pawlowskis Angestellter Josef Delitz im Besprechungszimmer der Kanzlei. Man hatte sich zu einem schnellen Mittagsimbiss im *Gutshof* getroffen und bekämpfte nun im Besprechungszimmer der Kanzlei die Müdigkeit mit Cognac und Espresso. Während Wellershof und Delitz sich ein Zigarillo anzündeten, klappte der Kunsthistoriker sein Notebook auf.

Er wartete darauf, dass sein Chef das Gespräch eröffnen würde. Sein Blick folgte den zur getäfelten Decke des hohen Raumes aufsteigenden Rauchschwaden, wanderte zur Fensterfront und erfasste das Panorama der Stadt und des Fuldatals. Oft behinderte eine Dunstglocke über der Stadt die Sicht, heute jedoch war die Luft klar. Jede Einzelheit des Stadtbildes ließ sich erkennen: die Friedenskirche in West, Martinskirche und Druselturm in Mitte, Fuldaaue und Autobahntrasse im Hintergrund und die Höhenzüge des Kaufunger Waldes am Horizont.

Wellershoff blies blaue Ringe gegen die Decke, räusperte sich und betrachtete sein Zigarillo. „Ich fasse mal zusammen", ließ er sich schließlich vernehmen, „was wir bisher wissen. Da gibt es ein Angebot im Internet, das nach einem Bild von Anselm Grünberg aussieht, und fast zeitgleich ein Gerücht in der Szene, wonach jemand die Echtheit eines anderen Grünberg-Gemäldes untersuchen lassen will. Die Koinzidenz der Ereignisse könnte Zufall und beide Bilder könnten Fälschungen sein. Andererseits kann nicht ausgeschlossen werden, dass jemand auf die verschollene Sammlung gestoßen ist und nun versucht, den Schatz zu versilbern." Wellershoff unterbrach sich und stieß eine Rauchwolke aus. Dann wandte er sich an seinen Mitarbeiter. „Was, mein lieber Rose, wissen wir über Grünberg und seine Bilder?"

Der Angesprochene drückte einige Tasten und begann, die Informationen seines Computers vorzutragen: „Anselm Grünberg wird 1889 als erster Sohn des Architekten Johannes Grünberg in Kassel in der Hohenzollernstraße geboren. Als junger Mann nimmt er ab 1914 am Ersten Weltkrieg teil, wird an der Westfront schwer verletzt und kehrt 1917 nach Kassel zurück, wo er sich dem Arbeiter- und Soldatenrat anschließt. In dieser Zeit entstehen seine ersten Bilder, die sich zunächst auf Motive aus der Arbeitswelt beschränken. Nach Studien in Berlin, Wien und Brüssel lässt er sich 1922 in Kassel nieder und heiratet die Tochter des Geheimen Kommerzienrats Phillip von Eberth. Die Ehe mit seiner Frau Elisabeth bleibt nach einer Fehlgeburt kinderlos. Begegnungen mit Paul Klee, Otto Dix, Max Beckmann und anderen Malern seiner Zeit lassen Grünberg zunächst dem Expressionismus folgen, später wendet er sich der so genannten Neuen Sachlichkeit zu. Mehrere Jahre werden sein Bilder kaum über Kassel hinaus bekannt, und Grünberg lebt mehr schlecht als recht von der Malerei. Er wird jedoch von seinem Vater finanziell unterstützt. Erst als Oskar Kokoschka ihn zu einer gemeinsamen Ausstellung in Berlin überredet, werden die Gemälde des Kasseler Malers bekannt.

Seine Darstellung eines weinenden Herkules, die in seiner Heimatstadt nicht sonderlich beliebt ist, begeistert die Kunstkritiker, auch international. Die *Tränen des Herkules* zeigen die gebrochene Kraft sinnlos gewordener Stärke. Eine dem hiesigen Herkules nachempfundene Figur - weniger muskulös, aber in Haartracht und Physiognomie mit dem Vorbild übereinstimmend - hockt zusammengesunken, den Kopf in die Armbeuge gelegt, vor einem Gräberfeld. Aus dem sichtbaren Auge quillt eine Träne. Obwohl darin wohl die Selbstdemütigung Deutschlands durch den Ersten Weltkrieg ausgedrückt werden sollte, wird das Gemälde später auch als Warnung vor dem wieder erstarkenden Nationalismus gedeutet."

Wellershoff hob die Hand und unterbrach den Vortrag. „Wenn ich mich nicht irre, ist genau dieses eines der Bilder, von denen ich vorhin gesprochen habe."

Rose nickte. „Nach der Beschreibung, die ich von meinem Gewährsmann bekommen habe, könnte es sich um *Die Tränen des Herkules* handeln. Nur schade, dass es verschwunden ist. Nachdem Colberg bei Professor Ringhausen in München war, verliert sich die Spur."

„Das wiederum", warf Wellershoff ein, „deutet möglicherweise auf Interessenten hin, die den Wert des Bildes erkannt haben." Er beugte sich zur Seite und zog ein Blatt aus einem Stapel Papiere auf dem Tisch neben sich. „Ich darf vielleicht die Bedeutung dieses Aspektes anhand einer Nachricht aus den USA unterstreichen. Mister Vanderbildt, mit dem wir ja schon manches Geschäft gemacht haben, schreibt ... ich übersetze gleich: Für das von Ihnen beschriebene Gemälde, sofern es echt ist, überbiete ich jeden Preis, der Ihnen von anderer Seite genannt werden sollte."

„Das ist ja alles sehr interessant", meldete sich Delitz zu Wort. „Aber um welche Größenordnungen geht es hier eigentlich? - Wenn man mal fragen darf."

Wellershoff lächelte. „Das soll Rose uns beantworten."

Der Kunsthistoriker legte die Stirn in Falten. „Ich bin kein Händler. Ich kann mich nur an dem orientieren, was in ähnlich gelagerten Fällen gezahlt wurde. Wenn man die Verrücktheiten des amerikanischen Marktes in Rechnung stellt, dürften die *Tränen des Herkules* auf einen sechsstelligen Betrag veranschlagt werden. Sollte sich eine Sammlung der verschollenen Gemälde finden, wäre entsprechend mehr drin."

Der Privatdetektiv pfiff durch die Zähne. „Geht's vielleicht ein bisschen genauer?"

Wellershoff hob die Hand. „Über diesen Aspekt brauchen Sie sich keine Gedanken zu machen. Ihr Honorar ist mit Ihrem Chef vereinbart. Allerdings können Sie eine zusätzliche Prämie verdienen, wenn Sie gute Arbeit leisten. Womit wir bei den konkreten Aufgaben wären."

Der Anwalt nahm einen schmalen Aktenordner zur Hand. „Diesen Unterlagen können Sie ein paar Anhaltspunkte entnehmen. Finden Sie heraus, wer das andere Bild im Internet anbietet. Dann nehmen Sie die Kunsthandlung unter die Lupe. Ich will wissen, wer das Bild bisher gesehen hat."

Delitz warf einen Blick in die Akte und schloss sie wieder. „Und wenn ich die Leute gefunden habe - was soll dann ...?"

„Das, mein Lieber", unterbrach ihn Wellershoff, „erfahren Sie, wenn es so weit ist. Sie dürfen aber davon ausgehen, dass keine leichte Aufgabe auf Sie zukommen wird. Wir müssen auch mit Konkurrenten rechnen. Es kann durchaus sein, dass Mister Vanderbildt einen eigenen Kunstfahnder losschickt. Und wenn Clemens Toussaint von der Sache Wind bekommt, wird es richtig schwierig."

„Toussaint? Wer ist das?"

„Ein international agierender Kunstdetektiv mit nahezu unbegrenzten Mitteln." Wellershoff wandte sich an Rose. „Fahren Sie fort. Was ist mit dem Maler geschehen?"

Der Kunsthistoriker beugte sich über seinen Computer. „Grünberg verschwand 1941 von der Bildfläche. Weder sein Tod noch sein Überleben sind dokumentiert. Es wird vermutet, dass er von der Gestapo ermordet wurde. Seine Frau kam bei einem Bombenangriff im Oktober 1943 ums Leben. Ebenso die gesamte Kasseler Linie der Familie von Eberth."

„Nicht schon wieder." Hanna Wolf seufzte. „Der Februar ist noch nicht rum, und wir haben schon den sechsten Drogentoten des Jahres."

„Bestimmt kein Fall für uns", entgegnete Florian Stöber. „Der Typ hat zu viel eingeworfen. Dazu noch jede Menge Alk. Für die Kollegen vom Drogenkommissariat war der Junge ein alter Bekannter."

Rasch überflog der Kommissar den Bericht der Kollegen und las halblaut vor. „... erst im Januar eine Therapie abgebrochen ... leblos in einer Wohnung an der Frankfurter Straße aufgefunden ... keine Hinweise auf Kampfhandlungen ... vermutlich schon einige Tage tot ..." Stöber hob den Kopf. „Soll ich mal bei Frankenstein anrufen? Vielleicht hat er ihn ja schon untersucht."

Hanna nickte. „Dann frag ihn auch gleich nach dem Obduktionsergebnis der Leiche aus dem Habichtswald."

Während ihr Kollege das Telefon heranzog und wählte, wanderten Hannas Gedanken zum vorigen Abend. Obwohl sie sich sagte, dass die Verknüpfung unsinnig war, hatte der Fall des Drogentoten sie an eine Auseinandersetzung mit Nina erinnert. Ihre Tochter studierte in Göttingen im vierten Semester Jura. Sie schien gute Fortschritte zu machen, und Hanna war stolz auf sie. Aber als Nina von ihrer Semesterabschlussfete berichtet hatte, war ihr ein Wort herausgerutscht, das Hanna hellhörig gemacht hatte. Einige Kommilitonen waren so bekifft gewesen, dass sie sich unter anfeuernden Rufen und Gelächter der anderen ausgezogen hatten und trotz Kälte nackt über eine belebte Kreuzung getanzt waren. Natürlich hatte sie fragen müssen, ob Nina auch schon mal dieses Zeug genommen hätte. Und natürlich war ihr Ton nicht ganz frei von Schärfe gewesen. Das hatte ihre Tochter aufgebracht. In ihrer Erinnerung lief der Dialog noch einmal ab.

„Wird das jetzt ein Verhör?" Sie hatte Ninas gereizten Unterton vernommen, konnte aber nicht verhindern, dass sich auch ihre eigene Stimme hob. „Aber Kind, ich will doch nur ..."

„Ich weiß, was du willst. Du willst immer noch an mir herumerziehen. Es passt dir nicht, dass ich meine eigenen Entscheidungen treffe. Und was das Rauchen betrifft, bist du ja wohl nicht gerade diejenige, die groß tönen sollte."

„Es geht nicht ums Rauchen, Nina. Es geht um Rauschdrogen. Haschisch ist nicht so harmlos, wie manche behaupten."

„Ach ja? Und was ist mit deinen Zigaretten, die du dir jahrelang reingezogen hast? Und dein Calvados? Ist das vielleicht Medizin?"

„Ninalein ..."

„Und lass dieses verdammte Ninalein. Ich kann's nicht mehr hören."

„Okay, okay. Aber weißt du, wenn ich mir vorstelle, wie meine Tochter zu nächtlicher Stunde ohne Kleider auf einer Kreuzung herumspringt ..."

„Mama! Ich war das doch nicht. Das waren andere. Kapierst du das nicht? Wir waren nur zusammen auf einer Fete. Da waren hundert Leute. Bei so was ticken immer mal ein paar Idioten aus."

„Gut, lassen wir das ... Aber hast du denn nun ... oder hast du nicht?"

„Willst du das wirklich wissen?"

„Ja, Nina."

„Also gut. Ich habe mal eine Tüte probiert. Hat mich aber nicht vom Hocker gerissen. Zufrieden?"

Sie war entsetzt und erleichtert zugleich gewesen, besorgt und unsicher. Und sie hatte die Auseinandersetzung nicht eskalieren lassen wollen. „Entschuldige, wenn ich zu inquisitorisch war. Ich wollte dich nicht unter Druck setzen. Ich war nur in Sorge. In meinem Beruf sehe ich so viele Drogenopfer, und alle haben mal mit Haschisch angefangen."

„Schon in Ordnung, Mama. Geh einfach mal davon aus, dass ich gut auf mich selbst aufpassen kann. Und mach dir keine Sorgen, okay?"

Während Nina den Wortwechsel in der nächsten Sekunde vergessen zu haben schien und fröhlich über ihr Engagement für den Nationalpark Kellerwald berichtet und von der Schauspielerin Felicitas Woll geschwärmt hatte, die als Botschafterin für den Nationalpark gewonnen worden war, kurz darauf aber wegen der Streitigkeiten um die Besetzung des Chefpostens ihr Amt niedergelegt hatte, hatte Hanna noch lange gegrübelt und sich gefragt, ob ihre Tochter dabei war, sich ihr zu entfernen.

Es war einer der seltenen Momente, in denen sie sich einen starken Partner wünschte.

Florian Stöber hatte den Hörer aufgelegt und sah sie erwartungsvoll an. Hanna nickte aufmunternd. „Und?“

„Eine gute und eine schlechte Nachricht. Welche willst du zuerst hören?“

„Das kannst du selbst entscheiden. Mach's nicht so spannend.“

„Der Junge aus der Frankfurter Straße ist eindeutig an einer Vergiftung durch einen Cocktail aus Drogen und Alkohol gestorben. Keinerlei Anzeichen für Fremdeinwirkung. Also kein Fall für uns. Der Tote aus dem Staatsforst dagegen war schon hinüber, als er an den Baum geknüpft wurde.“

*

Der Alarm, der die Bombennacht einleitete, hatte Obersturmführer Hartwig Kessler im Luftschutzkeller des Marstallgebäudes erreicht. Die Zusammenkunft mit Kameraden von der Gruppe „Sturmwindrose“ war in einen unfreiwilligen Einsatz übergegangen, bei dem die anwesenden Männer sich um hereinströmende Frauen und Kinder kümmerten. Voller Unruhe hatte Kessler den Morgen erwartet und an seine eigene Frau und das Kind gedacht, inständig hoffend, das Haus in der Mauerstraße möge verschont bleiben. Er hatte dafür gesorgt, dass die Kellerräume gut gesichert und ausgestattet worden waren. Sogar einen *Piller*-Raumbelüfter hatte er installieren lassen, mit dem Frischluft von außen in den Keller gepumpt werden konnte und Erika gezeigt, wie man ihn bediente.

Dann war der große Schlag gekommen, Mörtel und Lehm war von Wänden und Decken auf die Menschen herabgeregnet, das Licht war erloschen, und mit höllischem Getöse war die Tür aus der Verankerung geflogen, Wolken aus Rauch und Dreck den Weg nach innen freigebend. Zum Glück gab es reichlich Wasser, sodass die Menschen Tücher anfeuchten und damit ihre Atemwege schützen konnten.

Irgendwann hatte Kessler es nicht mehr ausgehalten und sich durch Staub und Ruß ins Freie gearbeitet, zwischen brennenden Balken, Pferdekadavern und Trümmern von umliegenden Gebäuden den Marställer Platz überquert.

Die ganze Stadt schien zu brennen, die Straßen Richtung Königsplatz wirkten wie Feuerschluchten. Rasch kehrte er in den Keller zurück und tränkte seinen Mantel mit Wasser. Irgendwo entdeckte er einen Stahlhelm, den setzte er auf, presste sich ein nasses Taschentuch vor die Nase und eilte durch die Tränkepforte zum Graben. Auch die Entengasse war eine einzige Feuerschlucht. Kessler hastete weiter, folgte der Obersten Gasse, erreichte schließlich den Druselplatz und die Untere Königsstraße. Überall riefen Menschen um Hilfe oder nach ihren Angehörigen. Aus Kellern krochen verschmutzte Gestalten, taumelten über die Trümmerbrocken oder hasteten zu den großen Plätzen. „Sie laufen in die falsche Richtung“, rief ihm eine Frau mit rußgeschwärztem Gesicht zu. „Man muss die freien Plätze aufsuchen, hier gibt es keine Luft zum Atmen.“ Kessler stieß die Frau aus dem Weg und eilte weiter. Bis zum Haus seiner Familie waren es noch gut zehn Minuten. In seinem Kopf kreiste nur ein Gedanke. *Hoffentlich sind sie rechtzeitig nach unten gegangen. Hoffentlich sind sie rechtzeitig nach unten gegangen. Hoffentlich ...*

Obwohl inzwischen überall Löscharbeiten begonnen hatten, brannte die Stadt noch immer. Rauchwolken stiegen zum Himmel, in den Ruinen knirschten und knackten glimmende Balken. An der Schönen Aussicht hatten Menschen aus den Flammen gerettete Möbel, eilig zusammengerafften Hausrat und andere aus den Trümmern geborgene Habseligkeiten gestapelt. Der Friedrichsplatz war in eine Trümmerwüste verwandelt worden, eingerahmt von den Ruinen des Fridericianums und des Staatstheaters, des Roten Palais und anderer ehemals prachtvoller Bauten und übersät mit Gesteinsbrocken und den zerfetzten Teilen von Notbaracken, die von der Stadtverwaltung für den Fall errichtet worden waren, dass Behördengebäude bei Luftangriffen zerstört würden. Dazwischen hockten größere und kleinere Menschengruppen und Familien inmitten ihrer verbliebenen Besitztümer. Caroline Elshoff hatte ihre Mutter an die Hand genommen und zog die willenlose Frau über den Platz. Caroline spürte, wie sich die kraftlose Hand aus ihrer lösen wollte. Und dann sah sie, wie ihr die Beine wegknickten. Sie konnte sie gerade noch auffangen und zu einem Holzstapel dirigieren, auf dem sie niedersank. Während sie beruhigend auf die Mutter einredete, erkannte sie den Auslöser. Unendliche Reihen verkohlter Leichen säumten den Platz.

„Wo sollen wir denn hin?", flüsterte Martha Elshoff. „Wir haben doch gar kein Zuhause mehr." Es brach Caroline das Herz, die Mutlosigkeit in der Stimme zu hören und die Tränen über die eingefallenen Wangen rollen zu sehen. Ihre Antwort fiel deshalb betont munter aus: „Erst mal gehen wir zur Villa. Die steht bestimmt noch. Und dann sehen wir weiter. Vielleicht können wir bei Tante Else in Großenritte unterkommen. Oder wenigstens du. Ich kann in der Villa bleiben. Wenn du willst, kannst du auch bei mir bleiben, Creutzfeldts hätten bestimmt nichts dagegen. Komm jetzt, Mutter, wir müssen gehen."

Stumm wanderten sie über die Königsstraße zur Wilhelmshöher Allee, vorbei an Trümmern und Toten, begleitet vom Gestank der brennenden Stadt. An einigen Fassaden zerstörter Wohnhäuser waren mit Kreide Namenslisten geschrieben worden, meistens die Namen der bei den Angriffen ums Leben gekommenen Bewohner, gelegentlich auch ein Hinweis auf Überlebende und deren Aufenthaltsort.

Caroline dachte an die Schätze an der Schlagd. Sie war fest entschlossen, auch die restlichen Objekte in Sicherheit zu bringen. *Hoffentlich sind sie nicht verbrannt. Der Krieg kann doch nicht mehr ewig dauern, und die Nazis werden sich auch nicht mehr lange halten. Irgendwann gibt es einen Neuanfang, und dann werden die Bilder unser Startkapital.*

Je näher sie Wilhelmshöhe kamen, desto unruhiger wurde Caroline. Auch hier hatte es Bombeneinschläge gegeben. Aber es waren weit weniger Häuser zerstört als in der Altstadt, und die wenigen Brände waren bereits weitgehend gelöscht. Ungeduldig zerrte sie ihre Mutter voran. Als sie schließlich die Kreuzung erreichten, von der aus man die Villa sehen konnte, schlug ihr Herz bis zum Hals.

4

„Kassel speckt ab." Seit Wochen sprang Hanna Wolf die Schlagzeile entgegen, wenn sie die Kassel-Seite der HNA aufschlug. Zuerst hatte sie die Artikel rasch überblättert. Doch der Gedanke an das bevorstehende Frühjahr hatte sie schließlich genauer hinsehen lassen. *Bewegung und gesunde Ernährung*. Das war eigentlich nicht neu. Nachdem sie vor fast zwei Jahren das Rauchen aufgegeben hatte, war ihr Gewicht um drei Kilo gestiegen. Und schon vorher war sie nicht gerade dünn gewesen. Und nun sollte das Schwertfisch-Konzept die Wende bringen? Sie überflog den Artikel. Die gute Nachricht war, dass sie nicht allein gegen überflüssige Pfunde ankämpfte. Im Stadtgebiet Kassel hatten die Experten der Universität mehr als eine Million Kilo Übergewicht ausgemacht. Und die Personen, die in der Zeitung vorgestellt wurden, brachten jede deutlich mehr auf die Waage als Hanna. *Wenn die das schaffen, müsste ich doch erst recht abspecken können*. Sie betrachtete die Zeichnung, deren Kurven die Form eines Schwertfisches hatten und die Balance zwischen Ernährung und Bewegung darstellen sollten. Es kam darauf an, den täglichen Energieüberschuss abzubauen. Also keine Nüsse, keine Schokolade, weniger Pasta. Und vor allem: keinen Calvados. Stattdessen Obst und Gemüse. Das würde eine harte Zeit. Ob sie sich wirklich darauf einlassen sollte?

Hanna legte die Zeitung aus der Hand und wanderte durch die Wohnung. Vor dem großen Spiegel im Flur begutachtete sie ihre Figur. Sie war noch immer gut proportioniert, nach heutigen Maßstäben vielleicht etwas füllig, aber in den fünfziger Jahren hätten sich die Männer nach ihr umgedreht. Noch vor fünf Jahren – oder waren es zehn? – hatte ein Verehrer sie mit Marilyn Monroe verglichen. Und Stöber hatte ihr einmal gestanden, dass sie ihn an Claudia Cardinale erinnerte. Der Junge hatte neben seiner Leidenschaft für Computer und Motorräder eine Schwäche für alte Filme. Anscheinend auch für überkommene Schönheitsideale. Leider verhielt sich der Spiegel weniger subjektiv und zeigte ihr, dass der Hosenbund einkniff und leichte Speckrollen verursachte.

Ich brauche mal was Neues. Hanna öffnete den Kleiderschrank und suchte zwischen den dicht gedrängten Kleidern, Jacken und Hosen, ohne recht zu wissen, wonach sie fahndete. *Ich muss unbedingt mal ein paar Klamotten ausrangieren.* Die Sachen waren entweder zu eng oder entsprachen nicht mehr der Mode. Ihre Hände zupften ein paar Ärmel hervor. *Diese Farbe steht mir überhaupt nicht. Warum habe ich das bloß gekauft?* Sie zog eine Bluse heraus und hielt sie sich vor die Brust. *Zu lang. Man trägt sie jetzt kürzer. Kurz macht aber auch nicht gerade schlank. Vielleicht gehe ich einfach mal los, um zu sehen, was es so gibt.* Hanna quetschte die Bluse in den Schrank und kehrte seufzend zum Spiegel zurück. Sie drehte sich zur Seite.

Im Profil erschien eine Wölbung, die nur verschwand, wenn sie den Bauch einzog. Irgendwie erinnerte sie das an eine Wurst in der Pelle. *Also gut. Ab heute nur noch kalorienarme Salate und Vollkornprodukte. Wasser statt Wein. Und statt Calvados ...* Ja, was um Himmels willen sollte ihren geliebten Schlummertrunk ersetzen? Hanna entspannte ihre Bauchdecke ein wenig. So schlimm war es eigentlich doch nicht. Im Vergleich zu der Leserin mit den fünfundsiebzig Kilo war sie ja geradezu schlank. Vielleicht war ein Kompromiss möglich. Nicht auf *alle* schönen Sachen verzichten, dafür nur *drei* Kilo abnehmen. Sie kehrte zu ihrer Zeitung zurück. Ach ja, mehr Bewegung. Das auch noch. Nina ging jede Woche ins Fitnessstudio. Und joggte regelmäßig. Ob sie sich ihr einfach einmal anschließen sollte? Nein. Ihre Tochter würde sich bedanken. Wäre ihr sicher peinlich, mit der übergewichtigen Mutter im Schlepptau in der Mucki-Bude aufzutauchen. *Vielleicht versuche ich es auch mal mit dem Laufen. Am besten ohne Begleitung.*

In Gedanken sah sie sich durch Fuldaauen und Habichtswald laufen. Allein. Die Joggerin vom Wurmberg war auch allein gelaufen. Und dann ... Hanna sah den Toten an einem Ast baumeln, sah eine junge Frau durch den Wald rennen, sah sich an ihrer Stelle und spürte den Zusammenprall mit der Leiche.

Da war er wieder. Ihr Fall. Dabei hatte sie sich vorgenommen, heute nicht mehr daran zu denken. Stöber und sie hatten sich lange genug die Köpfe zerbrochen, Theorien aufgestellt und verworfen. Sie wussten einfach zu wenig über den Toten. Die Spurensicherung hatte auch keine Hinweise gefunden. Alles was sie hatten, waren die Untersuchungsergebnisse von Frankenstein.

Das Geräusch des Schlüssels und der Haustür ließ sie zusammenfahren. „Na Mama, kleine Modenschau? Oder plagen dich mal wieder Figurprobleme?"

Nina warf ihre Tasche in den Flur und ließ die Tür zufallen.

„Kind, hast du mich erschreckt. Ich habe noch gar nicht mit dir gerechnet. Wie war das Meeting?"

„Danke für die Nachfrage. Im Augenblick machen wir Punkte. Die Befürworter des Flughafens sehen ziemlich alt aus, weil ihnen durch die wirtschaftliche Entwicklung ihre Prognosen verhageln. Und die Niedersachsen sind inzwischen auch aufgewacht. Zwar hat einer von der FDP dummes Zeug über angeblich minimale Lärmbelastung geredet, aber der niedersächsische Ministerpräsident hält nichts vom Ausbau. Das lässt hoffen. Außerdem hat sich eine neue Initiative gemeldet, die mit uns zusammenarbeiten will. Ich bin jetzt wieder ganz optimistisch."

„Das freut mich, Nina. Zeitweise hatte ich das Gefühl, dass dich die Arbeit bei den Flugplatzgegnern und für den Kellerwald mehr belastet als aufbaut."

„War auch so, Mama. Aber zurzeit läuft's ziemlich gut. Und bei dir? Habt ihr den Henker vom Habichtswald schon gefangen?"

Hanna schüttelte den Kopf. „Es gibt noch keine Anhaltspunkte. Aber lass uns von was anderem reden. Hast du Lust auf ein Glas Wein?"

Nina zögerte. „Ach ja. Warum eigentlich nicht? Ich bringe nur schnell meine Sachen weg und springe kurz unter die Dusche."

Beglückt stellte Hanna Wolf Gläser bereit, holte einen Côte du Rhône aus der Vorratskammer und schüttete Chips und Erdnüsse in kleine Schälchen. Während sie sich daran machte, die Flasche zu entkorken, summte sie leise vor sich hin. *Warum kann es nicht immer so sein? Sich auf einander freuen und ganz normal unterhalten? So wie heute Abend. Nina hat sich noch nicht mal beschwert, dass ich sie Kind genannt habe.* Warum geriet sie mit ihrer Tochter so leicht in Streit? Warum reagierten sie oft so gereizt aufeinander?

Hanna goss den Wein in die Gläser und griff nach den Chips. Ihr Blick fiel auf die aufgeschlagene Zeitung. Rasch faltete sie die Blätter zusammen. Mit dem Abnehmen konnte sie auch morgen noch beginnen.

Nina ließ das heiße Wasser auf ihre Haut prasseln. *Mama ist gut drauf. Eine günstige Gelegenheit. Die sollte ich nutzen. Nach zwei Gläsern Rotwein verkraftet sie es sowieso besser.*

„Also doch keine Figurprobleme.“ Nina lachte und zeigte auf die kalorienreichen Knabbereien. Sie griff nach dem Glas, das ihre Mutter für sie gefüllt hatte. „Na, dann prost!“

„Prost, mein Schatz.“ Hanna hob ihr Glas. „Ich freue mich über eure Erfolge. Hoffen wir, dass es so weitergeht.“

„Ja“, antwortete Nina und schaute dabei in ihr Weinglas. „Das hoffe ich auch. Allerdings ...“

„Allerdings? Zweifelst du etwa daran?“

Nina schüttelte den Kopf. „Nein, natürlich nicht. Es ist nur ... Ich weiß nicht, wie ich es sagen soll ...“

„He, du bist doch sonst nicht auf den Mund gefallen. Was gibt's denn? Kann ich dir helfen?“

Nina nahm einen kräftigen Schluck und stellte ihr Glas ab. Dann sah sie ihre Mutter an. „Du könntest mir tatsächlich helfen. Aber anders, als du es dir vielleicht vorstellst.“

Hanna leerte ihr Glas und schenkte nach. „Du machst es aber spannend. Nun sag schon – was kann ich für dich tun?“

„Du könntest ...“ Nina zögerte. „Nein. Du würdest mir helfen, wenn du ... ich meine, wenn du nicht ... ausrasten würdest.“

„Warum sollte ich wohl ausrasten? Wir können doch über alles reden. Ganz vernünftig und in Ruhe.“

„Also gut." Nina holte tief Luft. „Jan und ich ... wir gehen ... im Sommer ... nach Amerika."

„Wie – nach Amerika?" Hanna lachte leise. „Du und Jan – Urlaub bei den Amis? Ausgerechnet! Das glaube ich nicht. Zu diesen unkultivierten Cokes and Hamburgers, wie du immer sagst, die sich von einem hergelaufenen texanischen Cowboy regieren lassen! Ausgerechnet!"

Nina errötete und knetete ihre Hände, während ihre Mutter sie mit leicht spöttischem Gesichtsausdruck beobachtete. *Mein Gott, das Kind ist ja richtig verlegen.* Plötzlich ahnte sie, dass hinter Ninas Ankündigung etwas Ernstes stecken könnte. „Das ist doch ein Witz, oder?"

Das Mädchen schüttelte den Kopf. „Jan hat ein Stipendium für die University of Minnesota in Minneapolis. Er kann dort den Magister legum für internationales Recht machen. Den TOEFL-Test hat er auch schon bestanden."

„Töffel-Test? Minneapolis? Magister legum? Kind, was redest du da? Das klingt ja wie ... nach ... als ob ihr dort *studieren* wolltet."

„Genau das, Mama, haben wir vor. Jedenfalls Jan. Und ich gehe mit. Für ein Jahr. Vielleicht kann ich ein Praktikum machen. Von dem bescheuerten Jura-Studium habe ich jedenfalls erst mal die Nase voll. Diese bekloppten Fälle, in denen ein Bauer dem anderen ein Schwein klaut und auf dem Markt verhökert, wobei zu prüfen ist, wer nachher welche Rechte an den Koteletts geltend machen kann, haben doch mit dem Leben nichts zu tun. Und außerdem ..."

„Nina!" Hanna hatte das Gefühl, den Boden unter den Füßen zu verlieren. In ihrem Kopf drehten sich Bilder und Gedankenfetzen. Die Flugzeuge des 11. September, einstürzende Hochhäuser. Grenzbeamte, die Fingerabdrücke ihrer Tochter nahmen. Polizeisirenen in den Straßenschluchten von New York. Finstere Gestalten an Straßenecken. Dealer und Junkies in Parkanlagen. Waren nicht junge Menschen aus Deutschland in den USA während des Irak-Krieges gemobbt und geschlagen worden? War nicht die Tochter eines Göttinger Bekannten auf dem Campus erstochen worden? Nina in Amerika. So weit weg. Ohne mütterliche Aufsicht. Zwischen Hasch rauchenden sexbesessenen Kommilitonen.

Hanna Wolf kam auch in den Sinn, was alles gegen eine Unterbrechung des Studiums, gegen das Land und seine Bewohner sprach. Nichts davon kam über ihre Lippen. Sie sagte nur diesen einen Satz, von dem sie in dem Augenblick, in dem sie ihn aussprach, wusste, dass er nichts Gutes bewirken konnte: „Kommt überhaupt nicht in Frage!"

Der Tag in Hannas Büro im Polizeipräsidium begann mit den Bildern vom Vorabend. Sie hatte den Kopf in die Hände gestützt und starrte aus dem Fenster. Die Häuser der Stadt trugen weiße Hauben, und hinter Fuldatal und Ihringshausen gingen die hellen Tupfer in eine winterliche Schneelandschaft über. Bald war Frühlingsanfang, aber der Winter war noch einmal zurückgekehrt. Auch jetzt tanzten weiße Flocken vor den Scheiben. Hanna nahm sie nicht wahr. Sie hatte schlecht geschlafen, und die Albträume der Nacht mischten sich unter die Fragen und Gedanken, die in ihrem Kopf herumgingen.

Nachdem sie begriffen hatte, dass Nina entschlossen war, ihrem Jan nach Amerika zu folgen, war ihr nur noch ein Argument eingefallen, das finanzielle. „Und wovon willst du das bezahlen?", hatte sie gefragt. Die Antwort hatte sie noch zusätzlich erschüttert. „Den Flug kriege ich von Papa. Wohnen können wir bei Jans Gasteltern, bei denen er während des Schüleraustausches war. Die sind total nett. Außerdem kann ich dort bestimmt jobben."

„Du hast deinen Vater ...?" Hanna war sprachlos gewesen. Zu Niklas Wolf, ihrem Ex, den sie mit Anfang zwanzig geheiratet, aber schon bald nach Ninas Geburt wieder verlassen hatte, weil der Assistent an der Kunsthochschule nicht die Finger von seinen Studentinnen hatte lassen können, hatten sie kaum Kontakt. Nina hatte ihn immer wegen seiner Frauengeschichten verachtet. Inzwischen war er längst Professor, hatte mehrere Bücher geschrieben und eine gewichtige Stimme bei der Planung der Documenta. Seit Hanna sich von ihm getrennt hatte, war er dreimal verheiratet gewesen, alle Ehen waren kinderlos geblieben.

Wahrscheinlich ist er unendlich stolz auf seine hübsche Tochter und unendlich geschmeichelt, dass sie ihn um Unterstützung bittet. Und den Flug bezahlt er aus der Portokasse. Ich verstehe nur nicht, warum Nina nicht zuerst mit mir gesprochen hat. Bin ich dabei, meine Tochter zu verlieren?

Das Klappen einer Tür riss Hanna aus ihren Gedanken. Florian Stöber und Isabella Rodriguez betraten gleichzeitig das Büro. „Guten Morgen, Hanna", riefen sie wie aus einem Munde.

Die Hauptkommissarin blickte auf und grüßte zurück. „Schön, dass ihr da seid. Hat es gestern noch etwas Neues gegeben?"

„Wie man's nimmt", antwortete Isabella. „Wir haben das siebente Drogenopfer in diesem Jahr. Eine junge Frau. Also nichts wirklich Neues. Die Kollegen vom K 13 haben schon alles veranlasst. Ihr braucht euch nicht mehr darum zu kümmern." Sie legte eine Tüte auf Hannas Schreibtisch ab, aus der es verführerisch nach Backwerk duftete und verschwand im Nebenraum. „Ich setze mal Kaffee auf. Hast du welchen mitgebracht, Florian?"

„Oh, Mist!" Stöber klopfte auf seine Jackentaschen, als könnte er dort noch überraschend ein Paket finden. „Ich hab's wieder vergessen."

„Das habe ich mir gedacht", rief Isabella, „und von zu Hause eine Notration mitgebracht."

Hanna Wolf schüttelte den Kopf. „So jung und schon so vergesslich. Was soll das nur werden?"

Stöber warf die Jacke über den Kleiderhaken und ließ sich auf seinen Bürostuhl fallen. Er schaltete den Computer ein und hob entschuldigend die Hände. „Ich habe gestern Abend noch welchen gekauft. Aber heute Morgen muss ich ihn übersehen haben. Wahrscheinlich liegt er noch bei mir auf dem ..."

„Kann es sein, Florian, dass es bei dir ein bisschen drunter und drüber geht?" Isabella Rodriguez grinste. „Außerdem siehst du ungewohnt nach Arbeit aus – oder nach ungewohnter Arbeit – wie man's nimmt."

Stöber sah an sich herunter. „Ich verstehe nicht ..."

Hauptkommissarin Wolf lachte leise. „Vielleicht schaust du mal in den Spiegel. Ich weiß nicht, ob diese Krankheit gefährlich ist.

Vielleicht solltest du vorsorglich Doktor Frankenstein konsultieren."

Stöber rieb seine Wangen und betrachtete seine Hände. „Ihr seid gemein", rief er. „Silke und ich haben die halbe Nacht gestrichen. Und dann bin ich todmüde ins Bett gefallen. Heute Morgen ..."

Die aufspringende Bürotür unterbrach ihn.

„Guten Morgen zusammen." Ute Krüger aus der Pressestelle wedelte mit einem Blatt Papier. „Ich glaube, das ist etwas für euch. War heute Morgen im elektronischen Briefkasten."

Stöber sprang auf und nahm ihr den Zettel aus der Hand. Er überflog die wenigen Zeilen und pfiff durch die Zähne. Dann strahlte er seine Chefin an. „Darauf haben wir gewartet. Jemand liefert uns die Identität des Toten aus dem Habichtswald. Er behauptet, es sei Alfred Colberg. Von der Kunst- und Antiquitätenhandlung König & Colberg, Friedrich-Ebert-Straße."

„Na dann." Hanna erhob sich. „Auf in die Friedrich-Ebert."

„Und was ist mit dem Kaffee?" Isabella erschien in der Tür, die dampfende Kanne in der Hand. „Und mit meinen Hefeteilchen?"

*

Hartwig Kessler keuchte, hustete, verharrte. Die Hitze wurde unerträglich. Seine Lungen brannten, die Füße schmerzten. Er sah an sich herab. Der Mantel war fast trocken und voller Brandflecken, das Leder seiner Stiefel verschmort. In der Nähe entdeckte er einen Bombentrichter, in dem sich ein wenig Wasser gesammelt hatte. Stolpernd rutschte er den Rand hinunter und ließ sich in die Flüssigkeit sinken. Er wälzte sich im nassen Schlamm, bis Schuhe und Mantel voll gesogen waren, widerstand der Versuchung, das Schmutzwasser zu trinken und kletterte zur Straße zurück.

Auf dem Lutherplatz wäre er fast gestürzt, als sich seine Füße in den herumliegenden Fahrdrähten der Straßenbahn verfingen. Neben der Kirche, hinter deren dicken Mauern Flammen loderten und aus den Fensterhöhlen flackerten, hatten sich zahlreiche Menschen versammelt. Kessler ignorierte ihre warnenden Rufe und setzte seinen Weg fort. In der Gießbergstraße waren fast alle Häuser zerstört, die Straße war auch hier übersät mit Trümmern und brennenden Balken. Kessler sprang, stolperte, rannte. Je näher er der Stelle kam, von der aus man das Haus sehen musste, desto rücksichtsloser stürmte er durch das Inferno aus Funken, Flammen und Rauch. Schließlich blieb er keuchend stehen und wischte sich die tränenden Augen. Aus der Trümmerwüste ragten zwei Fassaden. Sein Haus? Sollte es verschont geblieben sein? Er stürzte voran.

Mit brennenden Augen und schmerzenden Lungen erreichte er schließlich die Haustür und stieß die verkohlten Reste zur Seite. Sein Blick fiel ins Freie. Der hintere Teil des Hauses fehlte. Über ihm leuchteten rote Wolken durch die zerfetzten Decken, das Treppenhaus war ausgebrannt. Glühende Balken und Berge glimmender Asche bedeckten den Boden und versperrten den Zugang zum Keller. Hektisch sah er sich um. I*ch muss in den Keller. Nachschauen. Der Keller ist nicht beschädigt. Vielleicht sind sie noch dort.* Schließlich entdeckte er ein verkohltes Brett. Er warf Helm und Mantel zur Seite, und ohne auf die Hitze in den Händen und die Glut unter seinen Füßen zu achten, begann er, den Weg zum Keller freizuschaufeln.

Kessler arbeitete wie besessen. Irgendwann war es so weit. Er zwängte sich durch die Lücke und stürzte die Treppe hinab. Hier unten waren die Türen unversehrt. Er riss an der Klinke, die Tür zum Kellerraum schwang auf.

Seine Augen brauchten einige Sekunden, um sich an die Dunkelheit zu gewöhnen.

Die Hausbewohner waren vollständig versammelt. Es gab fünf Mietparteien: das alte Ehepaar aus dem Erdgeschoss, die beiden Frauen und die Familie aus dem ersten Stock, der kauzige Alte und seine Enkelin von ganz oben. Und Erika, in deren Arm sich sein kleiner blonder Engel gekuschelt hatte. Sie alle saßen oder lagen an der gegenüberliegenden Wand und schliefen. Kessler wollte rufen, aber seine Stimme versagte. Beißende Luft nahm ihm den Atem und ließ nur ein schwaches Krächzen heraus. Dann entdeckte er den gelblichen Schaum an den Mündern.

Tot. Sie waren alle tot. Vergiftet. Durch Rauchgase von außen. Die Pumpe. Statt Frischluft hatte sie giftiges Gas in den Keller befördert. Er selbst ... hatte ... seine Familie ... ausgelöscht. Kessler stürzte zu seinem Kind, wollte das Mädchen aufheben. Da knickten ihm die Beine weg.

Irgendwann war Kessler zu sich gekommen. In dem kleinen Gemüsegarten hinter dem Haus hatte er zwei Grabstellen ausgehoben und die Leichen seiner Angehörigen in die kühle Erde gebettet. Später hatte er sich zum Friedrichsplatz geschleppt. Wut und Trauer wühlten in seinen Eingeweiden und verbanden sich mit einem neuen, bisher unbekannten Gefühl der Angst zu anhaltender Übelkeit. Er stützte sich gegen einen der verkohlten Baumstämme und erbrach sich, bis sein Magen nichts mehr hergab.

Auf einem der herumliegenden Balken ließ er sich nieder und starrte in die leeren Fensterhöhlen des Roten Palais. Vor gut fünf Jahren, im Februar achtunddreißig, hatte hier der Führer eine mitreißende Rede gehalten. Der Platz war voller Menschen gewesen. Fast alle hatten Hitler zugejubelt. Hand in Hand mit Erika hatte er ganz vorn gestanden. Und voller Begeisterung hatten sie die Arme hochgerissen, als der Reichskanzler den Sieg des Nationalsozialismus angekündigt hatte.

Damals hatte er sich der neuen Bewegung verschrieben. War in die Partei eingetreten, hatte sich für den Sicherheitsdienst der SS beworben, war rasch aufgestiegen und bald zur Gestapo gewechselt, wo er es zum stellvertretenden Abteilungsleiter gebracht hatte. Und seine Aussichten, die Abteilung Abwehr, Spionage und Landesverrat ganz zu übernehmen, waren günstig.

Nun saß er zwischen Trümmern, Seite an Seite mit anderen ausgebombten Volksgenossen und fragte sich, ob seine Dienststelle in der Wilhelmshöher Allee 32 noch existierte. Der Kampf für Führer, Volk und Vaterland, gegen jüdische Schieber und Betrüger, gegen ausländische Spione und deutsche Verräter erschien ihm plötzlich fragwürdig. Ob Erikas Vater doch Recht behalten würde? Der alte Querkopf war nie von der Sache des Nationalsozialismus überzeugt gewesen, und im Sommer, bei ihrem letzten

Besuch in der Eichwaldsiedlung hatte es einen heftigen Wortwechsel gegeben, nachdem der Alte den Krieg für verloren erklärt hatte. Wenige Tage später waren Elkes Eltern bei einem amerikanischen Bombenangriff ums Leben gekommen.

Keine Sekunde hatte Kessler bisher in Erwägung gezogen, dass auch seinen eigenen Eltern in Heckershausen etwas zugestoßen sein könnte. Angst kroch wieder hoch und löste erneut einen Würgereiz aus. Er musste telefonieren. Im Bürgermeisteramt oder im Parteibüro würden sie wissen, ob es im Dorf Schäden gegeben hatte. Es wurde Zeit, die Dienststelle aufzusuchen. Außerdem würde er sich um eine Unterkunft kümmern müssen.

Caroline Elshoff hatte insgeheim damit gerechnet, dass der leer stehende Wohnraum in der Villa Creutzfeldt für die unzähligen Obdachlosen beschlagnahmt würde. Am Montag nach der Bombennacht erschien in der Kurhessischen Landeszeitung ein Aufruf des Gauleiters Weinrich an die Kasseler *Volksgenossen*, in dem die Bevölkerung auf die Einquartierungen vorbereitet wurde. Einen Tag später klingelte ein Ortsgruppenleiter, um die Räume in Augenschein zu nehmen. Caroline erklärte ihm, weshalb sie mit ihrer Mutter in dem kleinen Zimmer wohnte, das ihr die Familie Creutzfeldt eingerichtet hatte. Sie sollte bei Bedarf dort übernachten können. Der Mann gab sich damit zufrieden. „Das geht jetzt alles ganz unbürokratisch. Anordnung von der Kreisleitung", erklärte er. „Das Ausmaß der Katastrophe bedingt außergewöhnliche Maßnahmen. Grundsatz ist, dass in allen Lagen entschlossen und verantwortungsfreudig gehandelt wird. Wenn die getroffenen Maßnahmen dem gesunden Menschenverstand entsprechen, werden sie unter allen Umständen gedeckt."

Kurz darauf war die Villa voll mit Menschen, die ebenfalls alles verloren hatten.

Die meisten waren sehr rücksichtsvoll und hatten Verständnis für Caroline, die sich für Haus und Garten, Möbel und Teppiche verantwortlich fühlte, während die Besitzer, die ihr dieses alles anvertraut hatten, bei Verwandten in der Schweiz auf das Ende des Krieges warteten.

Man akzeptierte sie als rechtmäßige Hausverwalterin und fragte sie um Rat, wenn Hilfe gebraucht wurde. Schließlich wurde sie sogar durch polizeiliche Verfügung zur Luftschutzwartin für die Villa Creutzfeldt ernannt.

Trotz der ihr zugewachsenen Autorität konnte sie nicht verhindern, dass eine der eingewiesenen Familien das Haus wieder verlassen musste, um einem einzelnen Herrn Platz zu machen. Der neue Bewohner war höflich, aber verschlossen. Aus der respektvollen Haltung, die der Angestellte des Quartieramtes an den Tag gelegt hatte, schloss Caroline auf ein hohes Tier bei der Stadt oder in der Partei. Sie hatte das Gefühl, ihn schon einmal gesehen zu haben, konnte das Gesicht aber nicht einordnen. Wahrscheinlich irrte sie sich, denn mit Behörden hatte sie bislang kaum zu tun gehabt. Und mit Parteibonzen erst recht nicht.

Ein wenig bedauerte sie die Zurückhaltung des großen, schlanken Mannes, in dessen Augen sie gelegentlich einen Anflug von Trauer und Schmerz entdeckte. Er war eine attraktive Erscheinung, und sie hätte gern mehr über ihn erfahren. Wahrscheinlich hatte er in der Bombennacht seine Familie verloren und deshalb kein Interesse an anderen Menschen. „Ein stattlicher Herr", bemerkte ihre Mutter jedes Mal, wenn sie ihm begegneten. „Gute Manieren. Und in den besten Jahren."

Caroline registrierte den auffordernden Unterton. Doch sie ging nicht darauf ein. Solange Krieg war, würde sie sich für keinen Mann interessieren. Der Schmerz über den Verlust ihres Verlobten, der schon in den ersten Kriegstagen beim Angriff auf Polen in der Kesselschlacht von Radom sein Leben verloren hatte, war noch immer gegenwärtig.

Außerdem beschäftigten sie die alltäglichen Probleme des Überlebens, die Sorge um die Gesundheit der Mutter und der Gedanke an das Magazin an der Schlagd. Noch hatte sie keine Gelegenheit gefunden, dort nachzusehen. Viele Tage hatte sie damit verbracht, in den Trümmern des Hauses der Brüderstraße nach Gegenständen aus ihrem Besitz zu suchen. Doch die unvorstellbare Gewalt des Feuers hatte alles vernichtet. Nur die Vorräte aus dem Keller hatte sie retten und in die Villa schaffen können.

Martha Elshoff las eine behördliche Bekanntmachung aus der Zeitung vor: „Gegen den Genuss von Konserven und Eingemachtem bestehen keine Bedenken, sofern die Gläser und Gefäße unbeschädigt sind. Kartoffeln, die in Kellern gelegen haben, in denen Wasser gestanden hat, das mit Leichen in Berührung gekommen ist, sind für menschliche Ernährung unbrauchbar. Auch Gurken, Sauerkraut und dergleichen, das in irdenen Töpfen aufbewahrt wird, ist, sofern die Töpfe nicht unter Wasser gestanden haben, nach gründlicher Reinigung genießbar."

5

Als Jörg Rascher die Tür seiner Souterrainwohnung in der Marburger Straße öffnen wollte, hakte der Schlüssel zunächst ein wenig. Er nahm sich vor, das Schloss mit Graphitöl zu behandeln. Nachdem er seine Mütze auf die Hutablage geworfen und die Jacke an den Haken gehängt hatte, warf er einen Blick in den Spiegel. Sein Gegenüber wirkte blass und müde. Neben den altbekannten Krähenfüßen hatten sich neue Linien gebildet und die alten vertieft. Kein Zweifel, er kam in die Jahre. Es wurde Zeit, ein paar größere Deals zu machen, damit er sich irgendwo im Süden zur Ruhe setzen konnte. Im Gegensatz zu jenem „Florida-Rolf", der sich auf Staatskosten ein schönes Leben unter Palmen machte, musste er sein Geld durch mühsame Arbeit verdienen. Immerhin hatte er schon einiges auf die hohe Kante gelegt, sodass er die berechtigte Hoffnung hatte, noch vor der üblichen Altersgrenze die Fliege machen zu können. Möglicherweise war er ja gerade dabei, das Geschäft seines Lebens einzufädeln. Möglicherweise war dieses Geschäft gefährlich. Irgendwie signalisierte ihm sein Unterbewusstsein, dass es einen Zusammenhang zwischen den Bildern, die er entdeckt hatte, und Freddys plötzlichem Tod geben könnte. Aber sein Verstand sagte ihm, dass dies eigentlich nicht sein konnte. Also verdrängte er den Gedanken und malte sich lieber aus, welchen Gewinn er aus dem Verkauf der Gemälde ziehen würde. Der unbekannte Absender der E-Mail hatte ihm auf seine Rückfrage sofort eintausend Euro geboten. Da war mit Sicherheit mehr drin.

Wenn er sich nicht täuschte, hatte er alle Zimmertüren geschlossen, bevor er die Wohnung verlassen hatte. Nun standen sie offen. Eine ungute Ahnung befiel ihn, während er sich vorsichtig dem ersten Raum näherte.

Als die Tür aufschwang, setzte sein Herzschlag aus. Sämtliche Schranktüren standen offen, alle Schubladen waren herausgerissen und auf dem Fußboden ausgeschüttet worden. Der Computer lief und auf dem Bildschirm blinkte eine Fehlermeldung. Hastig wandte er sich um und stieß die Tür zum Wohnzimmer auf. Hier bot sich das gleiche Bild: Jemand hatte alle Schränke und Regale durchwühlt. Bücher, Gläser und Zeitschriften waren auf dem Boden zerstreut. Auch im Schlafzimmer herrschte Chaos. Anzüge, Hemden und Bettwäsche lagen auf dem Bett, die Schranktüren standen offen.

Unwillkürlich tastete Rascher nach seinem Schlüsselbund. Zum Glück trug er den Schlüssel für das Schließfach, in dem er die Bilder deponiert hatte, bei sich. Er gratulierte sich zu der Entscheidung, die brisanten Objekte sicher verwahrt zu haben. Dass er einen bedeutenden Fund gemacht hatte, bezweifelte er nun nicht mehr. Anders als mit dem Interesse an den Bildern war der Einbruch in seine Wohnung nicht zu erklären. Und dann hatte wohl auch Freddys Tod und seine merkwürdigen Begleitumstände damit zu tun. In diesem Fall musste der Wert der Bilder noch viel höher sein, als er sich bisher erträumt hatte. Allerdings wuchs auch die Gefahr. Er musste möglichst schnell von der Bildfläche verschwinden.

Rascher hob den leeren Koffer auf, der aufgeklappt auf dem Boden lag, und begann zu packen. Für ein paar Tage würde er zu seiner Schwester nach Harleshausen ziehen. Ihr Mann, der als Techniker bei ThyssenKrupp arbeitete, war kürzlich zu Reparaturarbeiten am Transrapid nach Shanghai geflogen. Vielleicht würde sie nicht begeistert sein, wenn er sich so kurzfristig bei ihr einquartierte, aber in seiner Wohnung konnte er nicht bleiben.

Nachdem er das Nötigste eingepackt hatte, nahm er einen Schraubenzieher aus der Küchenschublade und lockerte eine der Dielen im Flur. Er griff in die Öffnung und zog ein kleines Päckchen hervor. Rascher vermied nach Möglichkeit Waffengewalt, aber in dieser Situation benötigte er die Walther PPK zu seinem Schutz.

Peter König schien sichtlich betroffen, als Hauptkommissarin Hanna Wolf ihm in seinem Büro das Foto aus der Pathologie zeigte, er den Toten als seinen Geschäftspartner erkannte und man ihm eröffnete, in welchem Zustand man Alfred Colberg gefunden hatte. Zugleich wirkte er nervös. Äußerlich machte König den Eindruck eines seriösen Geschäftsmannes, der es gewohnt war, mit Kunden aus der besseren Gesellschaft umzugehen. Sein gepflegtes Äußeres – von der modischen Kurzhaarfrisur über die seidene Krawatte und den teuren Zweireiher bis zu den feinen Cavendish-Schuhen – trug ebenso zu diesem Eindruck bei wie seine gewählte Ausdrucksweise. Dennoch registrierte Hanna unsichere Blicke und fahrige Bewegungen, als er versuchte, sich eine Zigarette anzuzünden.

„Ich habe es mir abgewöhnt", bemerkte sie, als sein dritter Versuch mit einem gebrochenen Streichholz endete. Darauf gab er es auf.

„Warum", fragte Stöber, „haben Sie keine Vermisstenanzeige erstattet? Wenn mein Partner ohne ein Wort verschwände, würde ich doch zur Polizei gehen."

„Freddy, ich meine Herr Colberg, ist manchmal unangekündigt ferngeblieben. Um einen wichtigen Kunden zu treffen oder um in Frankfurt oder München eine kurzfristige Expertise einzuholen. Meistens hat er mich dann von unterwegs darüber in Kenntnis gesetzt."

„Wann und wie?", warf Hanna ein.

„Wie meinen ...?"

„Wann und wie hat Colberg Sie informiert? Am gleichen Tag? Telefonisch? Oder hat er nach drei Tagen eine Postkarte geschickt?"

„Ach so. Ja. Nein. Also ... gewöhnlich hat er mich am Abend desselben Tages vom Handy aus angerufen."

„Dann müssten Sie ihn spätestens am Abend des nächsten Tages vermisst haben. Das war vorgestern. Warum, Herr König, haben Sie nichts unternommen?"

„Ich wollte ja. Aber erstens hatte ich sehr viel zu tun und zweitens waren die Umstände ... wie soll ich sagen ... etwas ungewöhnlich."

Hanna fixierte den Antiquitätenhändler. „Inwiefern ungewöhnlich?"

„Nun ja." König rieb Daumen und Zeigefinger gegeneinander. „Er hatte sein Handy nicht mitgenommen. Es lag hier auf dem Schreibtisch. Ich habe deshalb angenommen, dass er keine Gelegenheit zum Telefonieren hatte. Zumal er in einer möglicherweise sehr delikaten Angelegenheit unterwegs war."

„Das wüssten wir doch gern etwas genauer, Herr König. Was bezeichnen Sie in Ihrem Metier als delikat?"

Daumen und Zeigefinger rieben heftiger. Die Frage war ihm sichtlich unangenehm. Hanna ahnte, was kommen würde. Sie behielt Recht.

„Das möchte ich hier nicht ... Also, ich denke, das fällt unter das Geschäftsgeheimnis. Der Kunstmarkt reagiert sehr sensibel auf Gerüchte. Wenn bekannt würde, in welcher Angelegenheit Herr Colberg tätig war, könnte ein Geschäft von erheblichem Ausmaß in Gefahr geraten. Möglicherweise wäre sogar unsere Existenz gefährdet."

„Sie meinen *Ihre* Existenz", warf Stöber ein. „Oder gibt es noch einen Teilhaber?"

„Ja. Nein. Wir – Herr Colberg und ich – haben uns gegenseitig als Erben eingesetzt. Weitere Teilhaber gibt es nicht."

„Herr König." Hanna sprach leise und betonte jedes Wort. „Wir ermitteln hier in einem Mordfall. Niemand hat ein Interesse daran, Ihre Geschäftsgeheimnisse auszuplaudern. Aber wenn Ihr Partner mit einer besonderen Angelegenheit befasst war, müssen Sie uns schon sagen, worum es dabei ging. Diese Angelegenheit könnte uns Hinweise geben, sie könnte sogar der Schlüssel zur Aufklärung des Mordes sein."

Bei „Mord“ war König kaum merklich zusammengezuckt. Hanna lehnte sich zurück und gab Stöber durch einen Blick zu verstehen, dass er sich bremsen sollte. Sie spürte, wie es in dem Antiquitätenhändler arbeitete, und sie wollte ihm Gelegenheit geben, zu einem Ergebnis zu kommen.

Schließlich räusperte er sich. Sie lächelte ihn aufmunternd an. „Nun? Haben Sie es sich überlegt?“

„Nun ja. Der Fall ist insofern etwas ... heikel, als bei uns ein Gemälde von ... möglicherweise ... beträchtlichem Wert aufgetaucht ist. Herr Colberg hat ein Gutachten über die Echtheit in Auftrag gegeben und nach potenziellen Käufern Ausschau gehalten.“

„Was verstehen Sie unter beträchtlich?“, meldete sich Stöber.

König sah die Hauptkommissarin fragend an. Hanna nickte auffordernd. „Im günstigsten Fall handelt es sich um ...“, König senkte die Stimme, „einen siebenstelligen Betrag.“

Im Gegensatz zu seiner Chefin gelang es Stöber nicht, seine Überraschung zu verbergen. Mit offenem Mund starrte er den Antiquitätenhändler an. Doch der schien die Reaktion nicht zu bemerken.

Bevor er seinem Erstaunen auch noch verbal Ausdruck geben konnte, stellte Hanna Wolf die nächste Frage: „Dieses Bild, sagen Sie, ist aufgetaucht. Was dürfen wir denn darunter verstehen? Wertvolle Gemälde fallen ja nicht vom Himmel.“

König nickte. „Gewöhnlich werden sie uns angeboten. Das war auch in diesem Fall so.“

Kommissar Stöber zog einen Notizblock aus der Tasche. „Wie heißt der Kunde und wie lautet seine Adresse?“

„Es tut mir Leid. Das kann ich Ihnen nicht sagen.“

„Nun fangen Sie bloß nicht wieder mit Ihrem Geschäftsgeheimnis an.“ Stöber klang ärgerlich.

Der Antiquitätenhändler hob bedauernd die Schultern und drehte die Handflächen nach oben. „Ich kann es Ihnen nicht sagen, weil ich es nicht weiß. Mein Partner hat das Bild angenommen, und er hat keine Eintragung über den Anbieter gemacht. Er hat mir lediglich auf der Mailbox die Nachricht hinterlassen, dass er ein möglicherweise besonders wertvolles Gemälde angenommen hätte. Ich nehme an, er kennt den Kunden, ich meine *kannte.*"

„Wo befindet sich das Kunstwerk jetzt?"

„Selbst das kann ich Ihnen nicht sagen. Weil ich nicht weiß, bei welchem Gutachter Herr Colberg die Expertise in Auftrag gegeben hat. Ich weiß noch nicht einmal sicher, ob er es überhaupt schon weitergegeben hat. Ich weiß nur, dass es nicht hier ist."

König wirkte jetzt regelrecht geknickt.

„So viele können das ja nicht sein", sagte Hanna Wolf. „Es ist doch sicher kein Problem für Sie, uns eine Liste der in Frage kommenden Kunstexperten zur Verfügung zu stellen."

„Selbstverständlich nicht. Wenn Sie wollen, können Sie sie gleich mitnehmen. Es dauert nur ein paar Minuten."

„Gut", bestätigte die Hauptkommissarin. „Dann notieren Sie bitte auch gleich die Adresse Ihres verstorbenen Kollegen und die Namen der nächsten Angehörigen."

„Bedaure", antwortete König, „aber Angehörige sind mir nicht bekannt. Herr Colberg ist - war - nicht verheiratet, weil ... nun ja, er bevorzugte ... wie soll ich sagen? Also, Frauen entsprachen nicht seinem Naturell."

„Sie meinen, er war schwul?", warf Stöber ein.

„Wenn Sie es so auszudrücken belieben ..."

„Und was ist mit Eltern oder Geschwistern?"

Wieder hob König die Schultern. „Herr Colberg stammt aus einem kleinen Ort in Süddeutschland, er hat lange in München gelebt und ist erst vor zwei Jahren nach Kassel gekommen."

„Sie wissen erstaunlich wenig über Ihren verstorbenen Partner", stellte Stöber fest.

Peter König antwortete nicht. Aus seiner betrübten Miene schloss Hanna, dass ihm dieses soeben auch klar geworden war. „Jetzt habe ich nur noch eine Bitte. Sie haben den Toten zwar auf dem Foto erkannt, aber Sie müssten ihn trotzdem noch identifizieren. Können Sie morgen Vormittag um zehn Uhr in der Pathologie des Klinikums Kassel sein?" Als König nickte, fuhr sie fort: „Nun hätten wir gern noch die Liste und die Adresse. Dann verabschieden wir uns. Es kann aber sein, dass wir Sie noch benötigen. Und wenn Ihnen etwas einfällt oder wenn sich jemand wegen des Bildes bei Ihnen meldet, rufen Sie mich bitte an."

Während der Antiquitätenhändler in einer Schublade kramte, um die Liste der Kunstexperten herauszusuchen, angelte Hauptkommissarin Wolf ihre Visitenkarte aus den Tiefen ihrer geräumigen Jackentasche und legte sie auf dem Schreibtisch ab.

„Was hältst du von König?", fragte Stöber, als sie wieder im Wagen saßen. „Ist er glaubwürdig?"

Hanna neigte den Kopf. „Auf den ersten Blick wirkt er seriös. Ich glaube nicht, dass er gelogen hat. Aber vielleicht hat er uns etwas verschwiegen. Ich hatte den Eindruck, dass er nicht nur wegen Colbergs Tod beunruhigt war."

Stöber startete den Motor und nickte. „Ich empfand ihn als ziemlich nervös. Wahrscheinlich fürchtet er um das Geschäft mit dem Gemälde. Warum so ein alter Schinken Millionen wert sein kann, verstehe ich sowieso nicht."

„Wir wissen doch noch gar nicht, ob es um einen solchen geht. Es könnte sich ja auch um moderne Kunst handeln."

„Dann würde ich es noch viel weniger verstehen", brummte Stöber und beschleunigte den Dienstwagen, um sich in den Verkehr auf der Friedrich-Ebert-Straße einzufädeln, während die Hauptkommissarin das Blatt auseinander faltete und mit ausgestreckten Armen zu entziffern versuchte. Plötzlich stieß sie einen Laut aus.

Stöber nahm erschrocken den Fuß vom Gas und sah sie an.

„So eine Überraschung." Sie hielt die Liste hoch, die ihr der Antiquitätenhändler gegeben hatte. „Weißt du, wer hier draufsteht?"

„Keine Ahnung. Woher auch? Wer denn?"

„Professor Niklas Wolf. Mein Ex."

„Dein Ex? Und ich dachte immer, du warst mit Oberstaatsanwalt von Bredow ..."

„Carl von Bredow war mein letzter Ex, Niklas mein erster. Mit ihm war ich verheiratet. Er ist Ninas Vater."

Stöber schwieg. Nach einer Weile warf er Hanna einen vorsichtigen Blick zu. „Wirst du dich mit ihm treffen?"

Hanna zögerte. „Ich denke schon", murmelte sie schließlich.

*

Hartwig Kessler flüchtete sich in die Arbeit. Seine Dienststelle in der Wilhelmshöher Allee war ebenfalls ausgebombt, mehrere Kollegen verletzt oder getötet. Auch Altekrüger, sein Vorgesetzter und stellvertretender Leiter der Gestapostelle, war ums Leben gekommen. Unzählige Unterlagen waren vernichtet worden. In aller Eile hatte die Stadtverwaltung in den Goethe-Anlagen hölzerne Baracken aufgestellt. Dort wurde auch seine Abteilung untergebracht. So sehr er sich bemühte, durch dienstliche Aktivitäten die Leere zu füllen, die der Verlust seiner Familie hinterlassen hatte, gelang es ihm doch nicht, seinem Überleben einen Sinn zu geben. Hatte er sich zuvor als Kämpfer für eine glückliche Zukunft seiner Familie und des deutschen Volkes gesehen, vermochte er sich nun kaum noch gegen Zweifel an den Zielen des Nationalsozialismus und an den Erfolgsaussichten des Krieges zu wehren. Allerdings gab es auch nichts, das er an deren Stelle hätte setzen können. Der Übereifer seiner Untergebenen ging ihm auf die Nerven, und die Depressionen seiner Eltern nach dem Verlust ihres Enkelkindes belasteten ihn mehr, als er sich eingestehen mochte.

Erstmals begann er, das Elend der Menschen um ihn herum wahrzunehmen. Vier Monate waren seit jener Nacht vergangen, und noch immer bekam er Berichte von Überlebenden des Bombenterrors auf den Schreibtisch. Er hätte sich mit deren Inhalten nicht befassen müssen. Er hätte sich darauf beschränken können, die von den aufnehmenden Polizeidienststellen gekennzeichneten Passagen auf staatsgefährdendes Gedankengut und auf Hinweise zu möglicher Spionage oder auf sozialdemokratische und jüdische Umtriebe zu prüfen. Doch immer wieder ertappte er sich dabei, wie er sich auf eine geradezu masochistische Weise in die Schilderungen vertiefte. Dabei mischten sich die aus der Lektüre entstehenden Bilder mit seinen eigenen Erlebnissen in der brennenden Altstadt und der furchtbaren Begegnung mit dem Tod seiner Frau und seines Kindes.

Unzählige Kinder waren dem barbarischen Angriff der Engländer zum Opfer gefallen. Eine Mutter berichtete, wie sie mit ihren Kindern im Keller eingeschlafen war. Und als sie wieder aufgewacht war, hatten ihre kleinen Mädchen tot neben ihr gelegen.

Kohlenoxydgas. Bei fast einem Drittel der in der Bombennacht Erstickten wurde als Todesursache Vergiftung durch Kohlenoxydgas festgestellt. Kessler las den Entwurf eines Berichtes für den Polizeipräsidenten.

Das unbemerkt tödlich wirkende Gas kann sich bei allen Bränden entwickeln und wird daher bei Großbränden stets auftreten, auch wenn keine Kohlen zur Entzündung kommen. Jedoch sind Kohlenbrände als Ursache für eine große Anzahl solcher Vergiftungen nachzuweisen. Zur Vermeidung derartiger Vergiftungen erscheint es zweckmäßig, die Kohlenvorräte aus den Kellern zu entfernen ...

Unbemerkt tödlich. Wenigstens haben sie nicht leiden müssen.

Andere Kinder waren mit ihren Eltern verbrannt, weil sie den rasch um sich greifenden Flammen nicht entkommen konnten. Und viele Menschen hatten versucht, sich auf die Straßen und Plätze zu retten, und waren dort erstickt, weil ihnen das Feuer durch seinen gigantischen Sauerstoffbedarf die Atemluft genommen hatte. Der gewaltige Sog der Feuersäule hatte sogar Menschen angesaugt und in der unvorstellbaren Hitze verdampft.

Obersturmführer Kessler starrte auf die mit sichtlicher Mühe in die Schreibmaschine getippten Schicksale. Wenn die Engländer in der Lage waren, solche verheerenden Schläge gegen Deutschland zu führen, konnte der Endsieg nicht mehr sicher sein.

Seit der vernichtenden Niederlage der Wehrmacht bei Stalingrad im Januar hatte die Rote Armee die deutsche Ostfront um viele hundert Kilometer zurückgedrängt, die deutsche Flotte hatte die Schlacht um den Atlantik verloren, und alliierte Truppen hatten in Nordafrika gesiegt, waren sogar in Italien gelandet. Dabei hatte alles so gut angefangen. Auch die Judenfrage war weitgehend gelöst. Doch nun mehrten sich die Anzeichen für einen katastrophalen Umschwung der militärischen Kräfteverhältnisse.

Die Vorstellung, das deutsche Volk könnte von ausländischen Besatzungstruppen unterjocht werden, erregte Übelkeit in ihm.

Was würde dann aus ihm werden? Und aus den unzähligen Volksgenossen, die wie er an der Heimatfront für die nationale Sache gekämpft haben? Das konnte doch nicht alles vergebens gewesen sein. Gauleiter Weinrich verbreitete weiterhin Optimismus. Aber der hatte ja auch nicht Frau und Kind verloren. Und ob er noch lange Gauleiter bleiben würde, bezweifelte Kessler von Tag zu Tag mehr. Bei der Organisation der Aufräumungsarbeiten und des Wiederaufbaus hatte er sich nicht gerade Ruhm erworben.

Obersturmführer Hartwig Kessler rief sich zur Ordnung. Er schob die Papiere auf seinem Schreibtisch zusammen und ordnete die Blätter in den Aktenordner zurück. Es hatte keinen Sinn, jetzt aufzugeben. Noch war Deutschland nicht verloren, und es gab viel zu tun. Auch für ihn.

Caroline Elshoff hatte es endlich geschafft, das Magazin an der Schlagd aufzusuchen. Das Gebäude war zum größten Teil zerstört, doch nachdem sie einige Tage lang Schutt beiseite geräumt hatte, war der Lagerraum wieder zugänglich. Ihr Herz schlug schneller, als sie den Schlüssel ins Schloss steckte, um die vom Brand ausgeglühte Eisentür zu öffnen. Da es in dem Raum keine Beleuchtung gab, benötigte sie einige Zeit, um sich an die Dämmerung darin zu gewöhnen.

Das Feuer hatte anscheinend nur wenig Schaden angerichtet. Vorsichtig tastete sie die Regale ab. In der Nähe der Tür waren einige Regalböden mitsamt den darauf liegenden Leinwänden und Rahmen angekohlt. Der Rest schien unversehrt. Erleichtert begann Caroline, den mitgebrachten Sack zu füllen. Sie hatte breite Bänder an einen Kartoffelsack genäht und an der Öffnung eine Kordel eingezogen, sodass sie ihn wie einen Rucksack benutzen und ein halbes Dutzend Rahmen unterschiedlicher Größe und ebenso viele Leinwände darin tragen konnte. Um das gesamte Lager zu räumen, würde sie noch einige Male kommen müssen. Sorgfältig verschloss sie die Tür und packte ein paar Trümmersteine und Balken aus der Ruine davor. Mit gemischten Gefühlen trat sie den Heimweg an. Einerseits war sie beglückt von der Vorstellung, den Inhalt des Lagerraumes retten zu können, andererseits fürchtete sie, bei einer Kontrolle der Gestapo in die Hände zu fallen. Dann wäre sie nicht nur ihr Erbe los, sondern müsste auch noch mit einer harten Bestrafung rechnen. Um nicht aufzufallen, unterdrückte sie den Impuls, im Eilschritt zur Villa zurückzukehren. Sie ging zügig, aber ohne erkennbare Hast durch die Trümmerwüste, die einmal Kassels Innenstadt gewesen war. Dabei mied sie die großen Straßen und Plätze.

Um zur Wilhelmshöher Allee zu kommen, musste sie den Adolf-Hitler-Platz überqueren. Caroline zögerte. Im Landesmuseum war die Warnzentrale untergebracht. Hier standen Soldaten der Wehrmacht Wache. Und durch den Eingang gingen uniformierte Männer ein und aus. Doch dann sagte sie sich, dass diese Uniformträger in ihrem Bewusstsein eigener Wichtigkeit mit sich und ihren bedeutenden Angelegenheiten beschäftigt waren und nicht auf sie achten würden. Der Erfolg gab ihr Recht. Sie überquerte den Platz unbehelligt und setzte ihre Wanderung in der belebten Wilhelmshöher Allee fort. Je weiter sie vorankam, desto sicherer fühlte sie sich.

Als sie schon nicht mehr mit Personenkontrollen rechnete, auf der Höhe des Kirchweges, entstand vor ihr plötzlich Unruhe. Sie hörte Rufe, sah eine Gruppe von Menschen, die von Polizisten und Soldaten aus einem Hofeingang auf die Straße getrieben wurden. Hastig überquerte sie die Straße, um der unübersichtlichen Situation auszuweichen.

In diesem Augenblick näherten sich von beiden Seiten mit hoher Geschwindigkeit Polizeifahrzeuge. Bewaffnete Männer sprangen heraus und richteten ihre Maschinenpistolen auf die Gruppe. Als Caroline sich in einen Hauseingang drücken wollte, stieß einer der Männer einen Ruf aus. „He, da! Die Frau mit dem Rucksack. Herkommen! Hände über den Kopf! Mitkommen!“

Carolines Magen krampfte sich zusammen.

6

Die Begegnung in der Königsgalerie verlief anders, als Jörg scher es sich vorgestellt hatte. Um die Zeit bis zum verabrede Zeitpunkt zu überbrücken, war er durch Läden und Passagen bummelt und hatte sich das vielfältige Angebot im Herkul Shop angesehen. Hier gab es alles, was das Herz des Kassel-Fa begehrte, von der Armbanduhr über Tassen und Teller bis Pullovern und Jacken mit dem Wahrzeichen der Stadt. Rasch hatte unwillkürlich grinsen müssen, als er sich vorgestellt hatt wie sich wohl das Gemälde mit dem zusammengesunkenen He kules aus der Villa zwischen den zahlreichen aufrechten Statue und Gebrauchsgegenständen ausmachen würde.

Nun saß er direkt am gläsernen Geländer des Bistros und hatte seinen Korbsessel so ausgerichtet, dass er die beiden Zugänge der Ebene von der Theaterstraße und von der Treppenstraße im Blick hatte. Vor ihm auf dem runden Bistrotisch, neben der aufgeschlagenen Financial Times Deutschland stand ein Campari Soda, an dem er nervös nippte, während seine Augen das Leben und Treiben um ihn herum betrachteten.

Ganz unten, auf der kreisrunden Fläche des italienischen Restaurants, fanden sich die ersten Mittagsgäste ein. Automatisch folgte sein Blick der gläsernen Kabine des Fahrstuhls, die sich seitlich am offenen Innenraum nach oben bewegte. Durch die gläserne Dachkuppel fiel Licht in rasch wechselnder Helligkeit, so wie der Wind an diesem stürmischen Frühlingstag die Wolken über den Himmel jagte.

Musik und Gesprächsfetzen, Lachen und Kindergeschrei nahm Rascher zwar mit Augen und Ohren auf, aber es drang nicht bis in sein Bewusstsein vor, denn seine Gedanken beschäftigten sich mit der Verkaufsstrategie für das große Geschäft, das ihm bevorstand. Da er nun ohne Freddys Hilfe auskommen musste, war es schwierig, einen angemessenen Preis zu nennen. Setzte er ihn zu niedrig an, würde der Käufer ihn als ahnungslosen Amateur einstufen. Forderte er zu viel, konnte das Geschäft scheitern. Er

schwankte zwischen zweitausend und hunderttausend Euro. Tausend hatte der Interessent bereits per E-Mail geboten. Wenn er aber in Rechnung stellte, dass der Tod des Kunsthändlers mit den Bildern zu tun hatte und auch seine Wohnung deswegen durchsucht worden war, mussten andere Größenordnungen gelten. Er würde versuchen, seinem Verhandlungspartner zu entlocken, wie viel ihm das Bild mit den grausigen Gerippen wert war.

Rascher stellte sein Glas ab und nahm die Zeitung auf. Zwischen den Seiten steckte ein großformatiges Foto des Gemäldes, das er mit der Digitalkamera aufgenommen und in hoher Auflösung ausgedruckt hatte. Selbst die Reproduktion vermittelte den Ausdruck von Verzweiflung und Düsternis. Er hatte das Bild schon oft betrachtet, aber erst jetzt entdeckte er einige Details, die ihm bisher entgangen waren. So waren die Mauern im Vordergrund in der Art von Kinderzeichnungen mit Kreide bekritzelt. Was auf den ersten Blick nach einem Strichmännchen aussah, erwies sich als Symbol des Todes: ein menschliches Skelett. Die Häuser waren mit seltsamen Fahnen geschmückt, die in ihrer Vielzahl einerseits an einen festlichen Anlass erinnerten, andererseits aus schwarzen Spinnweben bestanden. Im Hintergrund, wo die beiden Häuserzeilen scheinbar miteinander verschmolzen, ragten spitze Kirchtürme auf. Plötzlich wusste Rascher, woran sie ihn erinnerten: an die Türme einer Kirche im Zentrum. *Vielleicht soll es eine der Altstadtgassen darstellen – so wie sie vor dem Krieg ausgesehen hat.*

Eine Bewegung unmittelbar neben ihm schreckte ihn aus seinen Gedanken. „Sie gestatten doch?" Der Mann, der diese Frage gestellt hatte, wartete nicht auf eine Antwort, sondern zog einen Stuhl heran und ließ sich nieder.

Rascher musterte den Ankömmling. Er war ähnlich gekleidet wie er selbst: Lederblouson, Cordhose und halbhohe Schuhe. Allerdings stammte das Outfit seines Gegenübers nicht aus dem Kaufhaus. Kleidung und Accessoires waren aus feinstem Material und farblich aufeinander abgestimmt. Aus dem gebräunten Gesicht fixierte ihn ein Paar stahlblauer Augen. Der Fremde wies auf die Financial Times Deutschland. „Darf ich einen Blick in Ihre Zei-

tung werfen?“ Rascher nickte unsicher, behielt aber die Blätter in der Hand. Er fragte sich, ob dieser Mann sein Geschäftspartner war. Der Fremde lächelte und streckte die Hand aus. „Sie bekommen sie ja wieder. Und das Bild können Sie ruhig drin lassen, Herr Rascher.“

Damit war die Sache klar. Er reichte die Zeitung über den Tisch und formulierte in Gedanken seine Forderungen. *Damit wir uns gleich richtig verstehen: Das Objekt bleibt bis zur vollständigen Bezahlung in meinem Besitz, die Zahlungsmodalitäten bestimme ich. Sobald wir uns über den Preis geeinigt haben ...*

„Eine sehr gute Aufnahme.“ Der Mann hatte die Zeitung zurück auf den Tisch gelegt und betrachtete ohne erkennbare Regung das Foto, bevor er es zusammenfaltete und in seiner Innentasche verstaute.

„Wir haben drei Probleme zu lösen“, fuhr er fort. „Erstens müssen wir die Echtheit prüfen. Zweitens müssen wir uns über den Preis einigen. Und drittens gehen meine Auftraggeber davon aus, dass es dort, wo dieses Bild herstammt, noch mehr davon gibt. Alle drei Probleme hängen miteinander zusammen. Nur wenn das Bild echt ist, kommen wir ins Geschäft, nur dann gibt es Verhandlungen über den Preis, und zwar nur für das gesamte Paket. Sie werden uns also das Original zur Verfügung stellen. Wir lassen es prüfen, und dann sehen wir weiter.“ Der Fremde erhob sich. „Wir melden uns, Herr Rascher. Auf Wiedersehen.“

Sekunden später war er im Gewühl der Einkäufer verschwunden.

Knirschend biss Rascher die Zähne aufeinander. Das Gefühl, der Situation nicht gewachsen zu sein, schlug in maßlose Verärgerung um. Er hatte verhandeln wollen – aus der Position des Überlegenen heraus, als derjenige, der die Regeln bestimmte. Und nun war er nicht einmal zu Wort gekommen. Wütend warf er einen Geldschein auf den Tisch und sprang auf. Beim nächsten Mal würde er sich nicht so vorführen lassen. Er griff nach der Zeitung und wollte davonstürmen. Da bemerkte er das Foto zwischen den Seiten. *Komisch. Der Typ hat das Bild doch eingesteckt. Was ist denn ...?* Rascher erstarrte. Von der Fotografie, die zwischen den Zeitungsseiten steckte, lächelten ihm zwei blonde Mädchen im

Grundschulalter entgegen. Ein blutroter Schriftzug lief quer über das Foto: *Hübsche Kinder, Ihre Nichten.*

*

Man brachte sie zur neuen, provisorischen Dienststelle der Gestapo in den Goethe-Anlagen. Sie wurden in einen kleinen Hof hinter den Baracken getrieben und mussten dort Aufstellung nehmen. Ein Mann in Zivil trat heraus. Der Anführer des Einsatzkommandos salutierte, und Caroline erfuhr mit Entsetzen, in was sie hineingeraten war.

„Melde Festnahme einer Gruppe von Volksschädlingen, Obersturmführer", schnarrte der Mann in Polizeiuniform. „Festgenommene wurden beim Plündern ertappt." Erst jetzt bemerkte Caroline, dass die Frauen und Männer um sie herum ebenfalls Rucksäcke oder Taschen bei sich hatten. Sie begriff plötzlich, in welcher Lage sie sich befand. Plünderer wurden erschossen oder wanderten ins Konzentrationslager. Ihr wurde schlecht, nur mit Mühe hielt sie sich auf den Beinen, während in ihrem Kopf die Gedanken rasten. Wie sollte sie den Inhalt ihres Rucksackes erklären? Sie war doch keine Plünderin. Würden die Gestapoleute erkennen, welche Last sie transportierte? Die Vorstellung, sich in einem Verhör erklären zu müssen, ließ den Wunsch, davonzulaufen, übermächtig werden. Sie sah sich um und wog ihre Chancen ab. Wenn sie den Rucksack fallen ließ, den Wachmann hinter der Gruppe zur Seite stieß, konnte sie vielleicht die Hecke zur Kaiserstraße erreichen. Vielleicht. Aber die Flucht käme einem Geständnis gleich. Und ob sie den Schüssen der Wachleute entkommen würde, war höchst zweifelhaft.

Der Zivilbeamte, der die Meldung entgegengenommen hatte, wandte sich ihnen zu und ließ den Blick über die Gruppe schweifen. Er streckte die Hand in ihre Richtung aus. „Was ist mit der Frau? Gehört die auch dazu?"

In diesem Augenblick erkannte sie ihn. Der Mann war derjenige, der nachträglich in die Villa Creutzfeldt eingezogen war und sich als Hartwig Kessler vorgestellt hatte. Mit rasendem Herzen verfolgte sie die wortreiche Erklärung des Truppführers über die Umstände ihrer Festnahme. „Um die Frau kümmere ich mich selbst", sagte Kessler, ohne sie anzusehen. „Bringen Sie sie in mein Büro. Die anderen ..." Er zögerte kurz und fuhr dann fort: „Nehmen Sie die Personalien auf und dann ... das Übliche." Er wandte sich um und verschwand im Inneren des Gebäudes.

„Ich gehe davon aus, dass Sie nicht zu den Plünderern gehören", stellte Kessler fest, als sie ihm kurze Zeit später gegenübersaß. Der kleine Raum war spartanisch eingerichtet. Die hölzernen Wände waren mit Pappe vernagelt, auf der nationalsozialistische Propaganda-Plakate und städtische Bekanntmachungen klebten. Ein Plakat fiel Caroline ins Auge. Es zeigte eine junge blonde Frau, die ausgemusterte Wäschestücke in den Armen hielt und den Betrachter anzuschauen schien. Große Blocklettern forderten: *Helft und gebt für die Spinnstoff-, Wäsche- und Kleidersammlung.*

Als Garderobenhaken dienten einige in die Balken getriebene große Nägel. Unter einem breitkrempigen Hut hing ein langer Ledermantel.

Kessler wies auf ihren Rucksack, den sie abgenommen und zwischen ihre Beine gestellt hatte. „Und was darin ist, interessiert mich nicht. Aber wenn ich Ihnen einen Rat geben darf, Frau Elshoff, vermeiden Sie Situationen, die zu Missverständnissen Anlass geben könnten. Ich weiß, dass Sie eine ehrenwerte Dame sind, aber das ist ein glücklicher Zufall. Andere wissen das nicht."

Caroline konnte zunächst nichts sagen. Der rasche Wechsel zwischen Todesangst und Erleichterung hatte ihr Tränen in die Augen getrieben. Sie nickte. „Ganz bestimmt." Ihre Stimme krächzte. „Ich weiß gar nicht, wie ich Ihnen ..." Kessler hob abwehrend die Hand. „Keinen Dank. Ich tue nur meine Pflicht. Und nun muss ich Sie leider verabschieden. Ich habe noch zu tun."

Caroline erhob sich und ergriff ihren Rucksack. Kessler öffnete die Tür seines Büros. „Auf Wiedersehen, Frau Elshoff, leben Sie wohl."

„Auf Wiedersehen", flüsterte Caroline und beeilte sich, die Baracke zu verlassen.

Obersturmführer Hartwig Kessler sah ihr nach. Die Silhouette der hoch gewachsenen, schlanken Frau erinnerte ihn an Erika. Und noch etwas hatte sich in seinem Kopf verankert: Unter einem blonden, streng zurückgebundenen Haarschopf leuchtete ein Paar blauer Augen, in denen sich das Wechselbad der Gefühle gespiegelt hatte, dem die Frau ausgesetzt gewesen war. Trotzdem hatte sie Haltung bewahrt. Dafür bewunderte er sie. Eine deutsche Frau von natürlicher Schönheit – so wie jeder deutsche Mann sie sich wünschte.

*

Julia Engelhardt unterdrückte einen Seufzer der Erleichterung, als Dennis sich von ihr wälzte und nach der kleinen Blechdose mit den Joints hangelte. Sie widerstand dem Drang, aufzuspringen, um sich im Bad unter die Dusche zu stellen.

Es würde ihm nicht gefallen.

Ob sie unter Waschzwang litte und ob er nicht gut genug gewesen war, hatte er gefragt, nachdem sie das erste Mal miteinander geschlafen hatten. Und sie hatte gelogen. Das Bedürfnis, danach zu duschen, sei auf die Vergewaltigung zurückzuführen. So eine Art Reflex. Und natürlich sei er gut gewesen. Noch kein Mann vor ihm habe es geschafft, sie das Trauma ihres Lebens vergessen zu lassen.

Der letzte Satz enthielt einen wahren Kern. Wenn Dennis sich auf ihr abmühte, dachte sie nicht mehr an das Schwein, das sie auf dem Wehlheider Friedhof erwischt hatte. Sie dachte auch nicht mehr an das Messer, das sie ihm in den Leib gerammt hatte. Und nur gelegentlich noch sah sie die Szene im Krankenhaus vor sich. Als sie Dennis begegnet war. Nachdem sie das Schwein von den lebenserhaltenden Verbindungen zu den Apparaten getrennt hatte.

Meistens dachte sie darüber nach, wie sie der Abhängigkeit entkommen konnte. Und immer öfter endeten ihre Fantasien mit einer Szene am Grab ihres Freundes. Sie warf einen kleinen Blumenstrauß auf den Sarg, wischte eine Träne aus dem Augenwinkel und nahm Beileidsbekundungen entgegen. Keiner der zahlreichen Trauergäste würde ahnen, was geschehen war. Und sie würde frei sein.

Dennis hatte einen Arm unter den Kopf gelegt und zog an seinem Joint. Er blies den Rauch gegen die Decke. „Na, Schätzchen, überlegst du gerade, wie du mich loswerden kannst?"

Julia erschrak und spürte, wie ihr das Blut in die Wangen schoss. „Wie kommst du denn darauf?", hörte sie sich sagen, während sie hoffte, ihr Satz möge überzeugend locker klingen.

Dennis kicherte. „War nur 'n Scherz. Wir sind doch ein cooles Paar. Dein kleines Geheimnis ist bei mir gut aufgehoben, und mein kleiner Geheimagent bei dir. Besser kann's gar nicht sein. Es ist nur schade, dass wir uns so selten sehen. Ich finde wir sollten zusammenziehen. Wird doch langsam Zeit, oder?"

Jörg Rascher hatte schlecht geschlafen. In seinen Träumen waren Alexandra und Marie von einem gesichtslosen Mann in schwarzem Jogginganzug in ein Auto gezerrt und entführt worden. Jetzt saß er im Esszimmer des kleinen Eigenheims in Harleshausen, das seine Schwester und ihr Mann kurz nach Geburt ihrer zweiten Tochter bezogen hatten, und beobachtete die munteren Mädchen beim Frühstück, ohne ihre Faxen, mit denen sie sich die Zeit am Tisch verkürzten, wirklich wahrzunehmen. Lustlos rührte er seinen Kaffee um. Die Szene in der Königsgalerie geisterte in seinem Kopf herum.

Ich muss mich absichern. Und das Versteck. Am besten so, dass niemand ohne mich herankommt. Und wenn doch, müsste alles unbrauchbar werden. Sein Blick fiel auf den Stapel alter Zeitungen, die Susanne in einem Karton für den Gang zum Altpapiercontainer bereitgestellt hatte. Die Schlagzeile des obersten Blattes war zur Hälfte sichtbar. *... in Madrid.* Der Anschlag in der U-Bahn der spanischen Hauptstadt! Davon waren die Ausgaben der letzten Wochen voll gewesen. Für die Fernzündung ihrer Sprengsätze hatten die Attentäter moderne Kommunikationstechnik benutzt. Plötzlich wusste er, wie er sich schützen konnte.

„Hast du keinen Hunger, Onkel Jörg?“, fragte Alexandra und streckte ihm freudestrahlend ihren Löffel entgegen, mit dem sie zuvor ihr Müsli in den kleinen Mund geschaufelt hatte. „Du darfst bei mir probieren.“

„Bei mir auch“, krähte Marie.

„Nun lasst mal den Onkel Jörg in Ruhe“, rief Raschers Schwester Susanne aus der Küche, wo sie die Schulbrote für ihre Töchter einpackte. „Der ist noch etwas müde.“

„Ich bin überhaupt nicht müde“, verkündete Marie und rutschte vom Stuhl, um ihr Frühstücksgeschirr in die Küche zu tragen.

„Ich auch nicht“, bestätigte Alexandra und folgte ihrer Schwester.

Susanne erschien im Durchgang zwischen Küche und Esszimmer. „Schlecht geschlafen, Bruderherz?“

Rascher antwortete mit einem Brummen, das alles und nichts bedeuten konnte. „Ich kann die Kinder zur Schule mitnehmen“, sagte er dann. „Ich muss sowieso in die Stadt.“

Seine Schwester schüttelte den Kopf. „Ich finde es besser, wenn sie laufen.“ Doch offenbar hatten die Mädchen den Satz mitbekommen. Sie stürzten sich mit Begeisterungsrufen auf ihren Onkel. Damit war die Entscheidung gefallen.

Sobald er sie an der Schule abgesetzt hatte, steuerte er die Innenstadt an. Zwar würde er nun noch eine Weile warten müssen, bis die Geschäfte öffneten, die er aufsuchen wollte, aber er hätte keine Ruhe gehabt, wenn er die Kinder nicht zur Schule gebracht hätte.

Er nutzte die Zeit, um sich in seiner Wohnung umzusehen. Die Türen hatte er geschlossen und mit unauffälligen Klebestreifen versehen, bevor er gegangen war. Sie waren unberührt. Auch sonst entdeckte er keinerlei Anzeichen eines weiteren Besuches. Für einen Augenblick spielte er mit dem Gedanken, in seine eigenen vier Wände zurückzukehren. Doch der Gedanke an Susanne und die Kinder ließen ihn die Idee wieder verwerfen. Es war besser, wenn er in ihrer Nähe blieb. Außerdem empfand er die Versorgung mit regelmäßigen Mahlzeiten im Haus seines Schwagers als ausgesprochen angenehm.

Nachdem er ein wenig aufgeräumt hatte, machte er sich daran, seinen Computer zum Laufen zu bringen. Zum Glück hatten die unbekannten Besucher keinen größeren Schaden angerichtet. In weniger als einer Stunde hatte er das Betriebssystem so weit wiederhergestellt und die wichtigsten Programme eingerichtet, dass er seine E-Mails abrufen konnte.

Nur eine davon interessierte ihn im Augenblick.

Deponieren Sie das fragliche Objekt in einem Schließfach am Hauptbahnhof. Hinterlegen Sie den Schlüssel an der Rezeption des City-Hotels auf den Namen Wandolewski. Wir nehmen nach der Prüfung mit Ihnen Kontakt auf.

Obwohl er mit einer derartigen Anweisung gerechnet hatte, fühlte er, wie sich diese Mischung aus Ohnmacht und Wut in seinen Eingeweiden zu einem schmerzhaften Druck zusammenballte. Um so wichtiger war es, sich gegen mögliche Tricks der anderen Seite zu wappnen.

Rascher kontrollierte noch schnell die Internet-Auktion. Es überraschte ihn nicht, dass sein eBay-Angebot gelöscht worden war. Jemand hatte sein Passwort ausgelesen und das Bild mit Hilfe seiner Zugangsdaten herausgenommen.

Er versah die Türen wieder mit unauffälligen Markierungen, packte seine Werkzeugtasche, verließ die Wohnung und fuhr ins Parkhaus Jägerstraße. Zuerst kaufte er ein Prepaid-Handy mit Vibrationsalarm, dann suchte er ein Elektronik-Geschäft auf, in dem er eine Rolle Kabel, einen speziellen elektromechanischen Schalter, eine kleine Hochleistungsbatterie sowie mehrere Kleinteile erstand. Für die Beschaffung von Sprengstoff reichte die Zeit nicht. Er würde Tage benötigen, um einen Steinbruch zu finden und eine Möglichkeit zum Einbruch ins Lager des Sprengmeisters auszukundschaften. Aber für seine Zwecke reichte ein gefüllter Benzinkanister aus. Und ein paar Zündkapseln befanden sich noch in seiner Werkzeugtasche.

*

Hartwig Kessler stand am Fenster und starrte hinaus in die Dämmerung. Die Baumwipfel im Park der Villa hatten bereits ihre Blätter abgeworfen. Über den Bäumen leuchtete schwach der Abendhimmel, während sich über dem Rasen bereits die Dunkelheit ausgebreitet hatte. Von der Rückseite des Parks, wo es eine schmale Pforte zu einem schattigen Fußweg gab, näherte sich eine Frau. Sie trug einen Trenchcoat und hatte ihr Haar unter einem streng gebundenen Kopftuch verborgen. Auf dem Rücken schleppte sie eine Art Rucksack. Sie sah sich mehrfach um und näherte sich dann rasch dem Hintereingang des Hauses.

Er hatte Caroline Elshoff auf den ersten Blick erkannt und fragte sich nun, was die Frau zu später Stunde, kurz vor der allgemeinen Verdunkelung, ins Haus schleppte. Schon einmal hatte er sie zu dieser Stunde mit dem Rucksack kommen sehen. Und er erinnerte sich an den Zwischenfall in der Zentrale, bei dem sie fast in die Mühlen des Justizapparates geraten wäre.

Was trieb diese Frau, die tagsüber gewissenhaft und umsichtig die Menschen in der Villa betreute und dafür sorgte, dass das Haus trotz der vielen eingewiesenen Menschen in Ordnung gehalten wurde, zu solch gefährlichen Unternehmungen? Kessler schätzte sie als klug und verständig ein. Sie musste schwerwiegende Gründe haben, um dieses Risiko auf sich zu nehmen. Er beschloss, die Antwort herauszufinden.

Schon wenige Tage später bot sich dazu die Gelegenheit. Er hatte rechtzeitig seinen Dienst beendet und begab sich zur gewohnten Stunde in den Park, wo er, wie um sich die Beine zu vertreten, auf und ab ging. Als er den Schatten ihrer Gestalt hinter dem Haus entdeckte und ihr Kopftuch erkannte, umrundete er die Villa und begegnete Caroline Elshoff unversehens vor dem Hintereingang. Sie erschrak, als er ihr in den Weg trat, fasste sich aber rasch.

„Guten Abend, Herr Kessler. Sie sollten jetzt nicht mehr ausgehen. Wir müssen verdunkeln.“ Sie wies auf die Fensterfront der Villa.

Kessler gab sich überrascht. „Oh ja, Sie haben selbstverständlich Recht. Ich wollte gerade noch etwas frische Luft schnappen, dabei habe ich wohl die Zeit vergessen und nicht auf die Dunkelheit geachtet. Entschuldigen Sie bitte. Es ist gut, dass wir Sie haben und Sie sich so aufmerksam um die Vorschriften kümmern. Warten Sie, ich helfe Ihnen." Ohne auf ihre höflich dankende Ablehnung und ihre abwehrende Haltung zu achten, nahm er ihr den Rucksack von den Schultern.

„Bitte", sagte er und öffnete die Tür. „Nach Ihnen."

Während Caroline Elshoff voranging und er ihr folgte, befühlte er den Rucksack.

7

Drogendealerwohnung aufgeflogen.

Kassel. Beamte des Sonderkommandos City haben über mehrere Tage eine Wohnung im Stadtteil Fasanenhof beobachtet, in der offenbar Rauschgiftgeschäfte abgewickelt wurden. Am Mittwochnachmittag drangen die Beamten in die Wohnung ein. Während der Wohnungsinhaber, ein 37-jähriger Kasseler, gerade drei Beutel mit insgesamt 84 Gramm Heroin über die Toilettenanlage verschwinden lassen wollte, sprangen ein 31-jähriger Kasseler türkischer Abstammung und eine 31-jährige deutsche Frau, ebenfalls aus Kassel, vom Balkon der Wohnung, um zu flüchten. Sie wurden aber nach wenigen Metern gestellt. Während man die Frau nach den ersten polizeilichen Maßnahmen wieder auf freien Fuß setzte, nahm die Polizei die beiden Männer fest, die bereits wegen ähnlicher Delikte polizeilich in Erscheinung getreten sind. Bei der Wohnungsdurchsuchung wurden dealertypische Gegenstände sichergestellt: Feinwaagen, Verpackungsmaterial, Rauschgiftutensilien und andere Gegenstände mit Rauschgiftanhaftungen. Da-

rüber hinaus wurde durch den Einsatz des Rauschgifthundes „Spike“ noch Marihuana aufgefunden.

Der zuständige Richter ordnete auf Antrag der Staatsanwaltschaft Untersuchungshaft gegen die beiden Männer an. Ihnen wird gewerbsmäßiger Handel mit Rauschgift vorgeworfen.

Der Bericht der HNA brachte Julia Engelhardt auf eine Idee. Im Drogenmilieu gab es regelmäßig Tote. Für die Polizei waren diese Art Todesfälle bestimmt Routine. Wer an einer Überdosis Heroin starb, hatte sich in aller Regel selbst umgebracht. Nach Tätern und Motiven wurde nicht weiter geforscht. Dennis kiffte zwar nur unregelmäßig, aber für seinen Stoff musste er Kontakt zur Drogenszene haben. Das würden die Bullen herausfinden. Sie musste nur dafür sorgen, dass in seiner Wohnung auch Heroin gefunden wurde. Und sie musste ihm irgendwie den Schuss verpassen. Keine leichte Aufgabe. Aber auch nicht unlösbar. Julia erinnerte sich an einen Artikel über einen Stoff, dessen Namen sie vergessen hatte. Ein Medikament gegen Schlafstörungen, das wegen seiner Wirkung in den USA verboten und in England zur Droge erklärt worden war. Damit konnte man gefahrlos jemanden betäuben. Vielleicht gelang es ihr, an dieses Mittel zu kommen. Oder ein anderes mit ähnlicher Wirkung. Und wegen des Heroins würde sie sich in der Jägerstraße umhören oder eines der Mädchen ansprechen, die sie gelegentlich in der Gießbergstraße beobachtet hatte.

Obwohl Jörg Rascher seinen kleinen Sprengsatz gründlich vorbereitet hatte, benötigte er mehrere Stunden für die Installation. Seine Befürchtung, das Handy könnte im Keller der Villa keinen ausreichenden Empfang haben, hatte sich nicht bewahrheitet. Die Auslösung des Schalters durch die Vibration beim Anruf funktionierte zuverlässig, sodass der Stromkreis zu den Zündkapseln sicher geschlossen wurde. Nur die Anbringung des Benzinkanisters bereitete Probleme. Zwei Mal musste er das Haus verlassen, um geeignetes Befestigungsmaterial zu holen.

Schließlich war seine Installation vollständig und funktionsbereit. Ein Anruf würde genügen, um den Zündmechanismus zu aktivieren. Rascher hoffte inständig, dass es nicht dazu kommen würde. Wenn die Werte, die er hier vermutete, vernichtet würden, wäre die Aussicht auf einen baldigen Ruhestand unter südlicher Sonne dahin. Darum war es wichtig, die andere Seite über die Gefahr zu informieren. *Wenn die kapieren, dass sie ohne mich nicht an die Sachen herankommen, bin ich auf der sicheren Seite. Und Susannes Kinder auch.*

Im Schein seiner Taschenlampe tarnte er sorgfältig den Zugang zum Versteck. Als er das Haus durch das Fenster wieder verließ, war bereits die Nacht hereingebrochen. Das Licht der Straßenlaternen beleuchtete den vorderen Teil des Parks, hinter dem Haus war es nahezu dunkel. Angestrengt versuchte er, mit den Augen die Dunkelheit zu durchdringen, um sich zu vergewissern, dass niemand ihn beobachtete. Er bewegte sich vorsichtig unter den Bäumen in Richtung Zaun. An der schmalen Pforte, die durch ein schweres Schloss gesichert war, vergewisserte er sich noch einmal, dass niemand in der Nähe war. Dann erklomm er den Mauersockel, in den die schmiedeeisernen Gitter eingelassen waren, und zog sich hoch. In dem Augenblick, als er sich über die spitzen Verzierungen des Zaunes schwang, vernahm er ein leises Lachen.

Unter ihm, auf dem Fußweg, der außen am Grundstück vorbei führte, stand mit verschränkten Armen ein Mann, der ihn offensichtlich erwartet hatte. „Mach keine Dummheiten", befahl der Unbekannte und richtete den Lauf einer Pistole auf Rascher. „Bevor du da runterspringst, lass deine Tasche fallen und gib mir deine Waffe."

Rascher zerrte die Umhängetasche von der Schulter und ließ sie auf den Boden fallen. „Eine Waffe habe ich nicht."

„Na, dann komm mal runter. Aber schön vorsichtig. Und keine Tricks. Ich habe nämlich eine Waffe."

„Das sehe ich", bestätigte Rascher, der noch immer mit einem Bein über dem Zaun hing. „Aber ich muss springen. Anders komme ich hier nicht runter."

Der Mann mit der Pistole trat einige Schritte zurück. „Nur zu."

Rascher schwang sein Bein über den Zaun und sprang. Er rollte sich ab und landete vor den Füßen des Unbekannten. Betont langsam und mit erhobenen Händen richtete er sich auf und musterte seinen Widersacher. Er war klein und schmächtig. Sein Blick wirkte gleichermaßen lauernd und berechnend. Ein Bulle war er jedenfalls nicht. Aber er besaß ein schwerwiegendes Argument.

„Zurück an die Mauer", kommandierte er und bewegte die Waffe. Rascher gehorchte. Dann machte der Mann einen Fehler: Er bückte sich nach der Werkzeugtasche. In der Sekunde der Unaufmerksamkeit trat Rascher zu. Sein Schuh traf das Handgelenk des anderen, es knirschte vernehmlich, und die Pistole fiel zu Boden. Mit einem Satz war er über dem Mann und schlug ihm die verschränkten Fäuste in den Nacken. Lautlos sackte der Körper zusammen.

Rascher steckte die Pistole ein und sah sich um. Weit und breit war niemand zu sehen. Er musste den Typen wegschaffen. Und er musste herausfinden, wer er war, was er von ihm wollte und in wessen Auftrag er arbeitete. An eine zufällige Begegnung mit einem Räuber glaubte er nicht.

Mit den Resten des Kabels aus seiner Werkzeugtasche verschnürte er die Hände auf dem Rücken, band die Füße zusammen und verklebte den Mund mit Isolierband. Dann zerrte er den Mann in sein Auto, fuhr zu sich nach Hause und trug den noch immer Bewusstlosen durch den Kellereingang hinein.

Er ließ ihn im Wohnzimmer seiner Souterrainwohnung auf den Teppich fallen und zog einen Sessel heran, in dem er sich schwer atmend niederließ. Erst jetzt wurde ihm bewusst, dass er völlig verschwitzt war. Unschlüssig betrachtete er den reglosen Körper. *So langsam könnte er wieder zu sich kommen.* Einen Augenblick lang erwog Rascher, den Mann allein zu lassen und ins Bad zu gehen, um zu duschen. Doch dann entschied er sich anders. Er erhob sich und kniete neben dem Bewusstlosen nieder, um ihm mit der flachen Hand ein paar leichte Schläge auf die Wangen zu verpassen.

Plötzlich überfiel ihn ein seltsames Gefühl. Intuitiv tastete er nach der Halsschlagader. Dann riss er dem Mann das Klebeband von den Lippen und beugte sich dicht über ihn. Kein Lebenszeichen.

In Jörg Rascher stieg Panik auf.

„Frau ... äh ... Wolf? Sie möchten Professor Wolf sprechen?" Die Institutssekretärin war sichtlich verunsichert. „Und Sie sind ...?"

„Frau Wolf." Hanna unterschlug bewusst ihren Vornamen und verzichtete auf jede weitere Erklärung. Sie stellte sich vor, wie die Sekretärin irritiert den Telefonhörer anstarrte, und schmunzelte innerlich. Wahrscheinlich hatte sie zwei oder drei Ehefrauen ihres Professors miterlebt, wusste vielleicht, dass er derzeit solo war, und nun meldete sich eine unbekannte Frau mit dem Namen ihres Herrn.

„Einen Augenblick bitte." Im Hintergrund hörte sie die ungläubige Stimme. „Herr Professor, da ist eine Frau Wolf am Apparat, die Sie sprechen möchte. Aber ich glaube nicht ..." Was sie nicht glaubte, blieb ungesagt und was Niklas antwortete, war nicht zu verstehen, doch dann meldete sich die Sekretärin wieder. „Ich verbinde."

„Niklas Wolf." Hanna spürte eine unverhoffte Regung. Die Stimme war unverändert. Nach zwanzig Jahren. Sie hatten sich nach der Trennung nur drei Mal gesehen: bei Ninas Konfirmation, bei ihrer Abi-Feier, und einmal waren sie sich im Staatstheater begegnet. Diese Begegnungen waren voller Spannungen gewesen, die in erster Linie durch Ninas Verhalten entstanden waren. Darum hatten sie sich im Grunde gar nicht richtig wahrnehmen können.

Sie sah ihn vor sich. Wie er lächelte. Aus dunkelbraunen Augen. Verschmitzt und hintergründig. Liebevoll und zärtlich. Nur, dass er dieses Lächeln nicht nur ihr ...

„Hallo?"

„Guten Tag, Niklas. Ich bin's." Für Sekunden herrschte Stille.

„Hanna?"

„Ja, ich bin's. Ich würde gern einmal mit dir reden."

„Ja. Selbstverständlich. Was kann ich ...? Ist es wegen Nina?"

„Nein. Das heißt, vielleicht doch. Auch. In erster Linie brauche ich deine Kompetenz als Kunstsachverständiger. Wann hättest du Zeit?"

„Als Kunstsachverständiger? Ich weiß nicht. Willst du herkommen? Oder soll ich ...?"

„Wie wär's, wenn wir uns auf neutralem Boden treffen? Zum Beispiel zu einem Glas Wein in der Zentral-Bar? Heute Abend? Um neun?"

„Moment." Hanna hörte Papier rascheln. Niklas sagte etwas im Hintergrund, das sie ebenso wenig verstand wie die Antwort der Sekretärin, dann war seine Stimme wieder da.

„Heute kann ich nicht, Hanna. Aber morgen. Und halb zehn wäre besser. Ich habe vorher noch eine Sitzung. Ist das in Ordnung?"

„Selbstverständlich. Dann bis morgen um halb zehn in der Zentral-Bar. Das ist hinter der Komödie, in der ..."

„Ich weiß, Hanna. Bis morgen Abend. Ich bin ja schon sehr gespannt ..."

„Bis morgen, Niklas. Und vielen Dank, dass du es einrichten kannst." Hanna legte auf und betrachtete das Telefon, als könnte der Apparat ihr erklären, warum ihr so seltsam zumute war. Sie zog am Rollkragen ihres Pullovers. Plötzlich war ihr heiß. *Wahrscheinlich ist das Büro überheizt.* Sie ging zum Fenster und öffnete beide Flügel. Tief atmete sie die frische Märzluft ein, die noch immer nach Winter und keineswegs nach Frühling roch. Sie kehrte zu ihrem Schreibtisch zurück und stützte den Kopf in die Hände.

Sie würde Niklas treffen. Vor ihrem inneren Auge kam er auf sie zu, begrüßte sie höflich und charmant, lächelte und streckte die Arme aus. Würde sie sich umarmen lassen? Würde sie die Umarmung erwidern? *Meine Güte, ich weiß nicht, wie ich mich verhalten soll. Kann das wahr sein? Es ist doch kein Date. Es ist nur ... ein Gespräch. Mit einem Kunstexperten. Aus rein beruflichen Gründen.*

Hanna beschloss, den Arbeitstag zu beenden. Sie hatte noch einiges einzukaufen, und im Augenblick machte es wenig Sinn, weitere Überstunden anzuhäufen. Als sie ihre Wohnung betrat, klingelte das Telefon. Sie zögerte, weil sie eine Sekunde lang glaubte, Niklas riefe zurück, um abzusagen. Doch dann erkannte sie Stöbers Handy-Nummer.

*

Caroline Elshoff fragte sich, ob Hartwig Kessler bemerkt haben konnte, was sie in ihrem Rucksack transportiert hatte. Der Mann war nicht nur ansehnlich, wie ihre Mutter immer wieder betonte, höflich und zuvorkommend - ein echter Gentleman, sondern auch ein höheres Tier bei der Gestapo. Und dort durfte man auf gar keinen Fall von ihrer heimlichen Rettungsaktion wissen. Die Bilder in ihrem Kopf passten nicht zusammen. Sie konnte sich nicht vorstellen, dass der ehrenwerte Herr Kessler Menschen in Schwierigkeiten bringen könnte. Wahrscheinlich wäre es für ihn ein Leichtes gewesen, sie verhaften und ihre Zimmer durchsuchen zu lassen.

Wenn er das gewollt hätte, wäre es bestimmt längst passiert. Caroline beschloss, dennoch vorsichtig zu sein und alle Bilder in den geheimen Kellerraum zu schaffen. Das Lager an der Schlagd war ohnehin so gut wie leer. Nur noch einmal würde sie den gefährlichen Gang unternehmen müssen. Aber es war schwierig, die Zeit dafür zu finden. Die Arbeitszeiten in der Fabrik waren immer länger geworden, und es war kaum zu schaffen, abends noch auf Lebensmittelkarten etwas zu essen zu bekommen. Seit der Bombennacht wurde ihre kränkelnde Mutter jeden Tag schwächer, sie war nicht mehr in der Lage, mehrere Stunden für Milch oder Kartoffeln anzustehen.

Caroline schätzte sich glücklich, ihren Arbeitsplatz im Büro der Junkers Flugzeug- und Motorenwerke zu haben und nicht in der Produktion schaffen zu müssen wie einige ihrer Freundinnen. Früher hatte es immer geheißen, die deutsche Frau gehöre ins Haus und an den Herd. Seit immer mehr Männer ihre Arbeitsplätze verlassen mussten, wurden die Frauen für die Arbeit verpflichtet, besonders in den Kasseler Rüstungsbetrieben. Nur der Dienst an der Waffe war tabu. „Niemals soll die deutsche Frau militarisiert werden, denn das würde sich nicht mit ihrer Würde und ihrer Stellung in der Gemeinschaft unseres Volkes vereinbaren lassen“, verkündete die Kurhessische Landeszeitung.

Obersturmführer Hartwig Kessler war von der zunehmenden Verpflichtung der Frauen zum Arbeitseinsatz nicht angetan. Am Beispiel der Caroline Elshoff beobachtete er die immer größere Belastung einer Frau, die neben der Arbeit in der Fabrik ihre Aufgabe als Verwalterin und Luftschutzbeauftragte der Villa Creutzfeldt gewissenhaft erfüllte und obendrein noch ihre kranke Mutter pflegte. Dennoch begegnete sie allen Menschen - auch ihm - freundlich und hilfsbereit. Obwohl er täglich mit Schmerz und Sehnsucht an Erika dachte, fühlte er sich zu Caroline hingezogen. Sein Ehrgefühl erlaubte es ihm jedoch nicht, allzu offen um sie zu werben. Darum beschränkte er sich auf höfliche Anteilnahme am Gesundheitszustand der Mutter und gelegentliche Grüße an die beiden Damen.

Seit einiger Zeit hegte er einen Verdacht. Was Frau Elshoff in ihrem Rucksack transportiert hatte, waren offenbar gerahmte Bilder und aufgerollte Leinwände. Er hatte über das Zentralregister nachforschen lassen und herausgefunden, dass sie eine Nichte des verstorbenen Malers Anselm Grünberg war, den er vor zwei Jahren verhaftet hatte. Bei der Vielzahl der Verhaftungen, die er vorgenommen hatte, hätte er sich kaum an diesen Fall erinnert, wenn damit nicht ein ärgerlicher Misserfolg verbunden gewesen wäre. Obwohl er damit gedroht hatte, die Ehefrau des Malers vor dessen Augen zu erschießen, hatte er nicht herausbekommen, wo der Mann seine Werke versteckt hatte. Nachforschungen hatten ergeben, dass die entarteten Bilder mit Hilfe gefälschter Dokumente aus öffentlichen Gebäuden und Museen entfernt worden waren, noch bevor die Reichskulturkammer darauf zugreifen konnte. Auch aus privaten Sammlungen waren Grünbergs Gemälde verschwunden.

Es sprach einiges dafür, dass er auf die verschollene Sammlung gestoßen war. Zu seiner eigenen Überraschung hatte er jedoch aus dieser Erkenntnis noch keine Konsequenzen gezogen. Vor dem Oktober 1943 hätte er, ohne zu zögern, die Frau verhaften und das Haus durchsuchen lassen. Doch so wie die Dinge um Deutschland standen, sollte er vielleicht eine andere Lösung finden. Eine Lösung, die für ihn von Vorteil sein würde.

Dazu würde er die Frau heiraten müssen. Oder aus dem Weg schaffen.

*

„Hallo, Hanna. Hier ist Florian. Ich war gerade noch mal im Präsidium. Wegen des Kaffees. Und wegen Isabellas Geburtstag."

„Und? Gibt's da ein Problem?"

„Nein. Aber wir haben eine neue Leiche. Die Meldung ist gerade reingekommen. Auf dem Friedhof."

„Auf dem Friedhof? Florian, willst du mich auf den Arm ...?"

„Nein, Hanna, keineswegs. Sie haben wirklich auf dem Hauptfriedhof einen Toten gefunden. Ich weiß, das hört sich blöd an, aber es ist so. Und zwar aufgehängt."

„Aufgehängt?"

„Genau. So wie dieser Colberg. Nur nicht mit einem Strick, sondern mit einem Elektrokabel. Wollen wir uns das anschauen? Oder überlassen wir's den Kollegen vom Kriminaldauerdienst?"

„Nein. Wir übernehmen das. Morgen müssten wir uns sowieso darum kümmern. Kannst du mich abholen? Oder treffen wir uns auf dem Friedhof?"

„Ich bin mit dem Motorrad hier. Wenn du ..."

„Oh, nein danke. Dann fahre ich lieber selbst. Sag mir nur, wo ich hinkommen soll."

„Zum Parkplatz an der Nordseite. Wiener Straße. Die Leiche hängt nicht weit vom Eingang entfernt an einem Baum."

„Dann bis gleich. Hast du Frankenstein schon informiert?"

„Ja, der ist schon unterwegs. Aber vielleicht hat sich dieser Typ ja selbst aufgehängt. Ich meine, wenn einer auf einem Friedhof ..."

„Wir werden sehen, Florian."

Mit dem dünnen Draht, an dem er baumelte, erinnerte Hanna der Tote an eine Marionette. Sein nach vorn geknickter Kopf über der schmächtigen Gestalt wirkte überdimensional, die Hände unnatürlich groß. Die Gestalt schaukelte leicht im Wind, wodurch die Fußspitzen über die Grasnarbe streiften. Neben den Füßen lag eine verzinkte Gießkanne. Inmitten der Gräber ringsum wirkte die Szene noch gespenstischer als sie es ohnehin war. Hanna fröstelte.

„Es sieht so aus", berichtete Stöber, als sie die Kollegen von der Streife und den Arzt begrüßt hatte, der gerade die Fingerspitzen des Toten untersuchte, „als wäre er auf eine Gießkanne gestiegen, hätte seine Schlinge an dem Ast befestigt und sich um den Hals gelegt. Und dann ist er gesprungen."

„Was wissen wir über den Toten?"

„So gut wie gar nichts. Seine Taschen waren leer. Kein Ausweis, kein Führerschein, keine Fahrkarte. Noch nicht mal ein Taschentuch. Gefunden hat ihn ein Friedhofsgärtner. Besucher kommen kaum in diese abgelegene Ecke." Stöber sah auf seine Uhr. „Vor ungefähr einer Stunde. Da war er jedenfalls schon kalt. Der Mann war ziemlich unerschrocken und hat im ersten Augenblick versucht, ihn abzuhängen. Dann hat er gemerkt, dass er ihm nicht mehr helfen konnte und hat ihn für uns hängen lassen."

„Wo ist der Mann?"

„Der Gärtner? Ich habe seine Personalien von den Kollegen bekommen. Willst du ihn ...?"

Hanna winkte ab. „Lass uns erst mal hören, was Frankenstein sagt. Wenn nicht klar erkennbar ist, dass der Typ sich selbst erhängt hat, müssen wir ohnehin ..."

„Euch bleibt aber auch nichts erspart," rief der Arzt wie aufs Stichwort. „Hier könnte jemand nachgeholfen haben. Genaueres nach der Obduktion."

Hanna und Florian sahen sich an. Stöber zog sein Handy aus der Tasche. „Na, dann rufe ich mal den Staatsanwalt und die Kollegen vom Erkennungsdienst an."

Auf dem Rückweg zum Tor blieb Hanna plötzlich stehen und wies auf einen bemoosten Grabstein. „Schau mal, Florian. Mutter und Tochter sind am gleichen Tag gestorben. Wie tragisch." Stöber entzifferte die verwitterten Buchstaben.

Martha Elshoff, geboren am 13.11.1882, gestorben am 31.3.1945
Caroline Elshoff, geboren am 11.10.1909, gestorben am 31.3.1945.
„Wahrscheinlich bei einem Bombenangriff ums Leben gekommen."

„Vermutlich", bestätigte Hanna. „Aber so kurz vor Kriegsende. Das ist wirklich tragisch."

Am Friedhofstor fiel Hanna plötzlich Isabellas Geburtstag ein. „Was hast du eigentlich für Isabella besorgt?"

„Eine Herkulesuhr."

Hanna schüttelte irritiert den Kopf. „Eine Herkulesuhr?"

„Eine Armbanduhr. Mit einem Bild vom Herkules auf dem Zifferblatt. Isabella redet doch dauernd davon, dass man helfen muss, den maroden Herkules zu erhalten. Und ihre Uhr ist kürzlich stehen geblieben. Da dachte ich ..."

„Gute Idee, Florian!"

Als Julia Engelhardt von der Jägerstraße in die Gießbergstraße einbog, stieß sie fast mit einem dieser älteren Männer zusammen, die hier jeden Abend Ausschau nach jungen Mädchen hielten. Der Mann entschuldigte sich unerwartet höflich und musterte sie neugierig.

„Sie sind neu hier", stellte er fest. „Und eine Schönheit. Nennen Sie mir Ihren Preis. Ich zahle jede Summe."

Erschreckt wandte Julia sich ab und eilte weiter. „Warten Sie doch", rief der Mann hinter ihr her. „Ich zahle wirklich jeden Preis." Julia beschleunigte ihren Schritt, ihr Herz klopfte. Sie wechselte die Straßenseite und sah sich unauffällig um. Der Typ sah ihr noch immer nach. Doch dann zuckte er mit den Schultern und ging weiter.

Erleichtert, aber mit noch immer klopfendem Herzen, beobachtete sie, wie der Mann um die Ecke verschwand.

„Du bist hier falsch, Kleine. Verpiss dich." Die raue Stimme neben ihr gehörte einer jungen Frau, die in Julias Alter sein musste. Aber strähniges Haar über einem hohlwangigen Gesicht mit trüben Augen, schwarze Ränder unter abgebrochenen Fingernägeln und eine gebeugte Haltung ließen sie älter aussehen.

„Ich brauche Stoff", flüsterte Julia.

Das Mädchen verzog das Gesicht zu einem spöttischen Grinsen. „Du? Ich glaub' das nicht. Und wenn doch – gebe ich dir einen guten Rat: Lass die Finger davon."

„Es ist nicht für mich. Aber es ist dringend."

„Stoff ist immer dringend", höhnte die junge Frau. „Wenn du dir unbedingt dein Leben versauen willst, musst du dich an den da wenden." Sie zeigte auf einen Typen, der in einem schmuddeligen Jeans-Anzug auf der gegenüberliegenden Straßenseite an der Hauswand lehnte und an einer Zigarette zog. „Haste überhaupt genug Kohle?"

Julia nickte. Sie hatte sich informiert und reichlich Bares eingesteckt.

„Na, dann versuch mal dein Glück. So wie du aussiehst, kannst du es auch billiger kriegen. Aber mach's nicht ohne Gummi. Die meisten hier sind positiv."

„Danke", rief Julia und eilte über die Straße.

Aus der Nähe sah der Typ noch schmuddeliger aus. Ihr ekelte bei dem Gedanken, ihn zu berühren. Eine Sekunde lang erwog sie, ihr Vorhaben aufzugeben. Doch dann hörte sie sich reden. „Entschuldigung. Die Frau da drüben meinte, du könntest mir helfen. Ich brauche Stoff. Heroin."

Der Jeanstyp entblößte ein lückenhaftes Gebiss zu einem hässlichen Grinsen. „So, meint sie das." Er musterte Julia eingehend, zog an seiner Zigarette und blies ihr den Rauch ins Gesicht. Dann stieß er sich von der Wand ab und wandte sich zum Gehen. „Na, dann komm mal mit", murmelte er über die Schulter.

8

Im Büro duftete es bereits an der Tür nach Kaffee. Hanna Wolf schlüpfte aus ihrer Jacke und schnupperte. Dann fiel ihr Blick auf ein seltsames Arrangement. Jemand hatte auf einem der Schreibtische Papiere und Büroutensilien zur Seite geschoben und einen Teller mit Gebäck hingestellt. *Ach ja, Isabellas Geburtstag.*

Ein Kuchenteller aus Anlass eines Geburtstages war nichts Ungewöhnliches. Jeder brachte an seinem Ehrentag etwas Besonderes mit. Doch was heute auf dem Schreibtisch dekoriert war, hatte Hanna noch nie gesehen. Als sie näher trat, um das seltsame Backwerk genauer zu betrachten, erschien ihre Mitarbeiterin in der Tür zum Nebenraum.

„Herzlichen Glückwunsch, Isabella. Mögen alle deine Wünsche in Erfüllung gehen." Die beiden Frauen umarmten sich.

„Danke Hanna. Mein größter Wunsch ist, dass ich hier bleiben kann. Es gibt schon wieder Gerüchte, dass Personal abgebaut werden soll."

Die Hauptkommissarin schüttelte den Kopf. „Das betrifft dich nicht, Isabella. Selbst wenn an den Gerüchten etwas dran sein sollte, wird niemand entlassen. Es werden höchstens frei werdende Stellen nicht wieder besetzt."

„Dein Wort in Gottes Ohr. Oder in das des Polizeipräsidenten."

„In diesem Fall ist wohl eher die Landesregierung verantwortlich. Aber lass uns von etwas Erfreulicherem reden. Was sind das für interessante Gebäckstücke?"

„Alles Gute zum Geburtstag!" Florian Stöber winkte von der Tür mit einer einzelnen Osterglocke.

Hanna hatte diese Blumen unweit des Präsidiums auf dem Vorplatz des Kulturbahnhofs in einem Pflanzkübel blühen sehen. Er drückte Isabella die Blume zusammen mit dem Geburtstagsgeschenk in die Hand. „Für dich. Vom ganzen K 11 – oh, du hast ja Herkulesgebäck."

Jetzt erkannte Hanna die mehr oder weniger gelungenen Nachbildungen des Denkmals. Rund um einen riesigen Nougat-Herkules lagen Blätterteig- und Hefestückchen in der Form des Monuments, dazwischen Pralinen mit Abbildungen des Kasseler Wahrzeichens. „Ein Teil des Kaufpreises“, erklärte Florian, „fließt in die Sanierung. Hast du auch Herkules-Tee?“

Noch bevor Isabella antworten konnte, betrat Kriminaloberrat Gernot Wenzel in Begleitung einer weiteren Person den Raum. „Guten Morgen, liebe Kollegen. Ich, äh, ... also ich möchte Ihnen jemanden vorstellen.“ Er trat einen Schritt zur Seite. „Das ist Herr Roth von der HNA. Wie Sie wissen, hat der PP, ich meine, der Herr Polizeipräsident ... mit der Pressestelle ... ein neues Konzept zur Öffentlichkeitsarbeit ... Also, Herr Roth wird einige Tage im Hause bleiben und die Arbeit in den verschiedenen Fachkommissariaten ... und dann darüber berichten. Wenn Sie bitte so freundlich wären, Herrn Roth über die aktuellen Ermittlungen ...“ Er wandte sich an den Journalisten. „Ich überlasse Sie also der Obhut von Hauptkommissarin Wolf. Sie leitet das Fachkommissariat 11 und wird Ihnen alles Weitere ...“

„Herzlich willkommen, Herr Roth.“ Hanna hatte sich erhoben und streckte dem Besucher die Hand entgegen. „Wir können Unterstützung gebrauchen.“

„Danke für den freundlichen Empfang. Ich werde nicht überall so nett aufgenommen. Aber ob ich Ihnen eine Hilfe sein kann, weiß ich nicht. Ich bin schon froh, wenn ich Sie nicht bei der Arbeit behindere.“

„Möchten Sie einen Kaffee?“, fragte Isabella.

„Ja, gern. Vielen Dank.“

„Dann kann ich ja jetzt ...“, ließ sich Wenzel vernehmen. „Auf Wiedersehen und noch einen schönen Tag allerseits.“ Damit war er verschwunden.

„Wie Sie sehen“, erklärte Hauptkommissarin Wolf, „beginnt der Tag bei uns mit reichlich Kalorien.“

„Das scheint Ihnen aber gut zu bekommen.“

Hanna forschte im Gesicht des Mannes nach einem Anzeichen für Ironie, konnte aber keine Spur davon entdecken.

„Kommt ja auch eher selten vor“, meldete sich die Jubilarin. „Ich bin übrigens Isabella. Ich bin zuständig für den Kaffee.“

„Dann sind Sie hier die wichtigste Person", lachte der Journalist. „Freut mich, Sie kennen zu lernen. Ich heiße Jonas."

„Und heute hat sie Geburtstag", legte Florian als Erklärung für die Gebäckschale nach und bot dem Besucher einen freien Stuhl an.

„Da komme ich ja genau richtig, um Ihnen zu gratulieren." Der Mann von der Zeitung schüttelte Isabellas Hand. Dann tippte er gegen den Wimpel der Kassel Huskies auf Stöbers Schreibtisch. „Sie sind Fan? Was halten Sie vom neuen Trainer?"

„McParland wird einiges tun müssen, um die Huskies wieder nach vorn zu bringen. Kölner Haie, Hannover Skorpions, Hamburg Freezers – alle Spiele vergeigt."

„Die Huskies unterstützen die Herkules-Sanierung auch", warf Isabella ein. „Neulich haben sie in der Eissporthalle diese Becher verkauft." Sie hielt einen Kaffeebecher hoch, den ein Hologramm des blau-weiß-roten Viertelkreises zierte.

Während Stöber und Roth sich über Chancen und Schwächen der Eishockey-Mannschaft austauschten, ertappte sich Hanna Wolf dabei, wie sie den Besucher prüfend musterte. Er war in ihrem Alter, vielleicht etwas jünger, groß und schlank und wirkte sportlich. Unter einem mittelblonden, offenbar recht widerspenstigen Haarschopf leuchteten klare blaue Augen. Das leicht gebräunte Gesicht wurde beherrscht von einer kräftigen Nase und einem breiten Mund mit vollen Lippen. Zahlreiche Lachfältchen gaben ihm eine freundliche Ausstrahlung, und Hanna fragte sich, ob dieser attraktive Mann in festen Händen war. Als ihre Gedanken um die Frage zu kreisen begannen, wie sie selbst wohl auf ihn wirkte, wurde ihr bewusst, dass sie sich als Frau mit dem Gast befasste. Sie rief sich zur Ordnung. *Du bist hier als leitende Kriminalistin gefragt. Also lass den Quatsch. Es geht um unser professionelles Handeln. Auf ein positives Bild in der Öffentlichkeit sind wir angewiesen. Sieh zu, dass du das rüberbringst.*

„Und wofür genau", fragte sie, „interessieren Sie sich, Herr Roth?"

Der Journalist sah sie an. „Für Sie."

*

„Ich verstehe dich nicht, Caroline." Martha Elshoff seufzte. „Der Herr Kessler ist doch so ein feiner Mensch. Höflich und gebildet. Und in gesicherter Position. Kriminalkommissar. Das ist doch was. Er hat seine Frau und sein Kind verloren. So ein Mann braucht eine Frau an seiner Seite. Und er verehrt dich. Es ist doch reizend, wie er dir den Hof macht. Unaufdringlich und trotzdem beharrlich. Das findet man heutzutage selten. Und wenn du ihn nicht nimmst, wird er eine andere ..."

„Mutter! Hör auf. Ich kann doch nicht einen Mann heiraten, den ich nicht liebe."

„Ach, Kind. Was heißt schon Liebe? Wenn man sich gegenseitig respektiert, entwickeln sich Vertrauen und Zuneigung. Was kann man in diesen Zeiten mehr verlangen?"

„Ich verlange nun mal mehr. Außerdem ist er bei der Gestapo und ..."

„Was und? Geheimpolizei ist nun mal notwendig. Und irgendjemand muss es ja machen." Martha Elshoff wurde durch einen Hustenanfall unterbrochen. „Was wolltest du noch sagen?"

„Nichts, Mutter, nichts."

„Dann versprich mir, dass du es dir noch einmal überlegst. Wer weiß, wie lange ich noch zu leben habe. Und ich möchte dich so gern in guten Händen wissen, wenn ich ..."

„Jetzt reicht es wirklich, Mutter. Ich möchte nichts mehr davon hören. Und du wirst wieder gesund. Ich bin ganz sicher."

Martha Elshoff schwieg. Ein leises Lächeln erschien auf ihrem Gesicht. Caroline glaubte darin die Gewissheit zu erkennen, es besser zu wissen.

Es pochte leise an der Tür. Sie wusste sofort, dass *er* es war. Die anderen Hausbewohner klopften lauter, wenn sie etwas von ihr wollten. Als sie öffnete und ihn aus Höflichkeit bat einzutreten, drückte er ihr ein Päckchen in die Hand. „Danke", sagte er. „Ich will nicht stören. Bitte grüßen Sie Ihre Frau Mutter."

Kessler verschwand, und Caroline starrte auf das kleine Paket in ihrer Hand. Bohnenkaffee. Selten und kostbar wie Gold.

Sie fragte sich – nicht zum ersten Mal –, ob sie sich selbst zur Gefangenen eigener Vorurteile und überkommener Ideale machte. Doch wie immer, wenn sie sich diese Frage stellte, erschien das Bild des tanzenden und singenden Albert vor ihrem inneren Auge.

Seit dem frühen Morgen hatten die Zwangsarbeiter aus Italien am Wilhelmshöher Bahnhof Güterwaggons beladen. Seit dem frühen Morgen hatten sie weder etwas zu essen noch zu trinken bekommen. Nun hockten die ausgemergelten Männer neben den Gleisen in der Frühjahrssonne und warteten auf ein Stück altes Brot oder einen Becher wässrige Suppe, um damit wenigstens für kurze Zeit den bohrenden Hunger zu betäuben. Einige hatten trotz des leichten Windes ihre schmutzigen und zerrissenen Kleidungsstücke ausgebreitet in der Hoffnung, dass Sonnenschein und Wind ihnen ein wenig von dem Gestank nahmen, der sich durch monatelanges Tragen darin festgesetzt hatte.

Francesco Chirico lag trotz des kühlen Untergrundes auf dem Rücken und sah in den Himmel über der Fremde. Er träumte von seiner umbrischen Heimat. Sah sich in Perugia über die Piazza Italia schlendern, spürte die sanfte Brise, die manchmal von den Bergen herabwehte, sah die Familie während der jährlichen Reise zum Lago Trasimeno am Ufer rasten, hörte die Stimmen seiner Brüder und Schwestern, schmeckte das Aroma der Pasta-Gerichte, die *Mamma* in einem großen Korb den langen Weg getragen hatte. Der Gedanke an Essbares verband sich mit dem schmerzenden Hungergefühl seiner Eingeweide und brachte ihn in die Wirklichkeit zurück.

Francesco setzte sich auf und sah sich um. Weit und breit war niemand zu sehen, der den erschöpften Männern ihren Anteil aus der Gefängnisküche brachte. Aber auch sonst war keiner der deutschen Bewacher zu sehen, die den Arbeitstrupp aus achtzig Landsleuten gewöhnlich mit ihren Maschinenpistolen in Schach hielten.

„I tedeschi sono via! Sie sind weg! Die Deutschen sind weg!" Francescos Stimme drohte überzukippen.

In Windeseile verbreitete sich die Nachricht unter den Männern, obwohl fast jeder sich erst durch Rückfragen versichern musste, ob er richtig gehört hatte. Einige standen auf, sahen sich um, liefen ein paar Schritte in jede Richtung, um sich zu vergewissern. Die deutschen Bewacher waren tatsächlich verschwunden.

Gemurmel erhob sich in der Gruppe, als hier und da Diskussionen darüber entstanden, was nun zu tun sei. Einige Jüngere wollten sich aus dem Staub machen, die Älteren hielten das für sinnlos. „Sie erschießen dich doch, wenn du allein in der Gegend herumläufst."

Plötzlich verebbten die Gespräche. Einer nach dem anderen wandte den Kopf in Richtung eines Güterwagens in hundert Metern Entfernung. Eine Hand voll Deutscher hatte die Verriegelung aufgebrochen und war in den Waggon geklettert. Jetzt sprangen sie nacheinander wieder heraus und rannten davon. Jeder schleppte, so viel er tragen konnte. Kisten, Dosen, Flaschen. Lebensmittel!

Erst langsam, dann mit zunehmender Eile, setzte sich die Menge in Bewegung. Kurz darauf stürmten die ersten Zwangsarbeiter den Güterwagen und begannen, die Ladung auf die Gleise zu werfen.

Mit Steinen und bloßen Händen zerschlugen sie Kisten, rissen die Verpackungen auf und verschlangen, was ihnen an Essbarem unter die Finger kam: Dosenbrot und Kartoffeln, Trockenobst und Margarine, Zuckerwürfel und Kekse.

*

Hanna hatte es geschafft, sich pünktlich aus dem Büro zu verabschieden, um vor ihrer abendlichen Verabredung noch durch die Geschäfte zu bummeln. Der Blick in den Kleiderschrank hatte sie daran erinnert, dass sie nichts Passendes zum Anziehen hatte. Es war Frühling, und alles, was der Schrank hergab, war zu winterlich oder zu sommerlich oder einfach nur von gestern. Oder vorgestern.

Zuerst schien die Suche zu einer einzigen Enttäuschung zu werden. Nicht, dass sie nichts gefunden hätte. Aber was Hanna in den Läden der Fußgängerzone ins Auge gesprungen war, hatte entweder nicht ihre Größe – *leider nur noch in achtunddreißig, meine Dame* –, war farblich daneben gewesen – *steht Ihnen aber ausgezeichnet* – oder war ihr schlicht zu teuer gewesen.

Schließlich hatte sie einen türkisfarbenen Leinenanzug gefunden, der ihrer Figur hinreichend schmeichelte, dazu einen roten Seidenschal erstanden, was sie mutig fand, aber auch in Zweifel stürzte, ob sie ihn wirklich anlegen würde, und ein paar hinreißend elegante Schuhe in blau-grünem Leder gefunden, die das Farbenspiel des Stoffes stilvoll ergänzten. Zwar war der Anzug auch nicht gerade billig gewesen, aber Hanna tröstete sich damit, dass sie ein passendes Top besaß, mit dem sich verschiedene Kombinationen für unterschiedliche Anlässe arrangieren lassen würden.

Hochzufrieden schlenderte sie mit drei repräsentativen Einkaufstüten durch die Königsstraße. Vor ein paar Tagen war die Kurfürstengalerie wieder eröffnet worden, und sie wollte sich die neue Ladenpassage ansehen. Vielleicht fand sie dort noch einen Frühlingsduft, oder ein preiswertes Schmuckstück zur Vervollständigung ihrer neuen Garderobe.

Als Hanna im Vorübergehen ihren Blick in das Schaufenster eines Modehauses warf, entstanden dort plötzlich Unruhe und Lärm. Rufe ertönten, dann rannten junge Frauen und Männer aus dem Laden, die Arme voller Kleidungsstücke, und begannen, diese an Passanten zu verteilen. Ein junger Mann mit Megaphon forderte die verdutzten Menschen auf, die Geschenke der „Kassel-umsonst-Gruppe" anzunehmen, sie seien Symbole ungerechter Verteilung der Besitztümer. „Mit unserer Aktion des zivilen Ungehorsams weisen wir auf die zunehmende Armut, auf die Ausbeutung der Dritten Welt bei der Herstellung der Kleidung und auf die miesen Arbeitsbedingungen der Verkäuferinnen hin. Wir wollen ein schönes Leben für alle."

Hoffentlich ist Nina nicht dabei. Hanna Wolf musterte die jungen Frauen, die ihre Beute unter den Passanten verteilten.

In der Zentral-Bar war Hanna schon lange nicht mehr gewesen. Hauptsächlich aus Mangel an männlicher Begleitung. Das würde zumindest Nina behaupten. Und wahrscheinlich hatte sie Recht. „Du bist sexuell krass unterfordert", hatte sie mehr als einmal behauptet und damit bei ihr Empörung ausgelöst. Insgeheim musste Hanna ihr jedoch Recht geben. Seit ihrer Beziehung zu Friedrich Carl von Bredow hatten nicht mehr als zwei flüchtige Affären – vorübergehend – Spannung in ihr Dasein als Frau gebracht.

Unaufgefordert drängte sich die Vorstellung in ihre Gedanken, mit Jonas Roth verabredet zu sein. Mit seiner Antwort, dass er sich „Für Sie" interessierte, hatte er sie ein wenig irritiert. Das war ihm nicht entgangen, und er hatte sich beeilt, zu erklären, dass es ihm bei seiner Reportage weniger um die Kriminalfälle als um die Menschen ging, die im Präsidium arbeiteten. Dennoch war das Gefühl geblieben, die Doppeldeutigkeit könnte beabsichtigt gewesen sein.

Sie sah ihn vor sich. Die freundlichen Augen des Journalisten lachten sie an, sein Mund formte Komplimente und seine schmalen Hände geleiteten sie zu einem reservierten Tisch, auf dem ein Strauß Osterglocken leuchtete. *Mein Gott, jetzt fange ich an zu spinnen.* Hanna verscheuchte die Vision, parkte ihr Cabrio auf dem Parkplatz vor der Zentral-Bar und überquerte den Fußweg.

Während sie auf die Fensterfront zuging, hielt sie Ausschau nach bekannten Gesichtern und nach einem freien Tisch in der Nähe des Fensters. Sie liebte diesen Platz, von dem aus sie die vorübergehenden Menschen beobachten konnte. Nachdem sie durch den Vorhang im Eingangsbereich getaucht war, musterte sie die Gäste an der halbrunden Theke. Sie entdeckte das eine oder andere Gesicht, von dem sie glaubte, es schon einmal gesehen zu haben, aber niemanden, dem sie hätte erklären müssen, warum sie sich hier mit ihrem Ex-Mann traf. Sie war darüber erleichtert und fand einen freien Tisch, der ihr für ein Gespräch unter vier Augen als geeignet erschien und ihr gleichzeitig die Sicht in den Raum und aus dem Fenster erlaubte.

Sie griff nach der Karte, doch ihr Blick wanderte über deren Rand hinweg und erfasste die Gäste an den benachbarten Tischen. Zufrieden registrierte Hanna, wie wenig sich die Gäste der Bar seit ihrem letzten Besuch verändert hatten. Die vorherrschende Altersgruppe entsprach noch immer ihrem Jahrgang. Wenn Florian Stöber sie gelegentlich zu einem Drink nach Dienstschluss überredet hatte, waren sie entweder zwischen gestylten Yuppies und ihren Modepuppen oder unter milchbärtigen Jungakademikern und naturbelassenen Studentinnen gelandet, und sie hatte sich nicht nur deplatziert, sondern auch unpassend alt gefühlt. Außerdem hatte sie sich eingestehen müssen, dass ihr die hektische Musik und der hohe Lärmpegel auf die Nerven gingen.

Hier dagegen war die Geräuschkulisse angenehm gedämpft, die Luft nur mäßig verqualmt und der Duft aus der Küche nicht penetrant, sondern verführerisch. Gerade als sie sich mit den Antipasti befassen wollte, tauchte Niklas in ihrem Gesichtsfeld auf.

„Hallo Hanna. Ich freue mich, dich zu sehen. Du siehst gut aus. Sexy wie eh und je. Wie machst du das?"

„Lass gut sein, Niklas. Ich habe mich nicht mit dir verabredet, um mich ..."

„... anbaggern zu lassen? Wie schade. Du bist eine attraktive Frau. Und jeder Mann, der Augen im Kopf hat, müsste ein Idiot sein, wenn er nicht ..."

„Niklas! Bitte! Das hatten wir alles schon mal. Und ich möchte wirklich nicht ... Außerdem bin ich dienstlich hier. Ich brauche deinen Rat, genauer gesagt, eine fachliche Auskunft."

„Selbstverständlich." Niklas Wolf ließ sich auf dem Stuhl Hanna gegenüber nieder und lächelte. „Selbstverständlich helfe ich dir, wenn ich kann. Ist ja selten genug. Aber ich dachte, es ginge um Nina. Bist du sauer, weil ich ihr ..."

„Lass uns nachher darüber sprechen, ja? Zuerst würde ich dir gern ein paar Fragen stellen."

Niklas Wolf hob die Hände und grinste. „Ein Verhör? Wie spannend. Ich stehe zu Ihrer Verfügung, Frau Hauptkommissarin. Aber erst mal sollten wir bestellen. Ich habe Hunger. Du doch sicher auch. Lass uns mal sehen, was die saisonale Küche bietet. Vielleicht gibt es schon Spargel. Dazu einen trockenen Frascati.

Wie wär's? Ich lade dich ein." Er zog eine schmale Brille aus der Tasche.

Hanna unterdrückte einen Seufzer und versuchte die Karte zu entziffern. Wenn das Angebot nicht so verlockend wäre, würde sie nicht nur die Einladung ablehnen, sondern auch auf das Essen verzichten. Aber ihr Appetit wuchs von Minute zu Minute, und als sie die Liste der Antipasti und Pasta-Gerichte überflogen hatte, waren alle guten Vorsätze zur Einhaltung der Schwertfisch-Diät vergessen.

„Du brauchst wohl auch eine Lesebrille", meldete sich ihr Gegenüber und grinste spöttisch über den Rand seiner eigenen Augengläser.

„Ich? Eine Lesebrille? Wie kommst du darauf?"

„Na, so wie du die Karte hältst und die Augen zusammenkneifst ... Bei mir hat es genauso angefangen."

Hanna schüttelte den Kopf. „Bis jetzt komme ich noch ganz gut zurecht", murmelte sie, während ihr gleichzeitig der Gedanke durch den Kopf schoss, dass er Recht haben konnte. Hatte sie nicht in den letzten Wochen schon mehrmals Mühe gehabt, Kleingedrucktes zu entziffern? Und war es ihr nicht zunehmend schwer gefallen, abends mehr als zwei oder drei Seiten zu lesen?

„Ich nehme Antipasto misto", sagte sie. „Und die Linguini con asparagi."

„Eine gute Wahl. Ich schließe mich an." Niklas Wolf winkte der Bedienung und gab die Bestellung auf.

„Nun bin ich aber gespannt", wandte er sich wieder an Hanna. „Hast du mit einem Kunstraub zu tun?"

„Nein. Nach wie vor bin ich für ungeklärte Todesfälle zuständig. Aber in einem Fall könnte es eine Verbindung zwischen einem Mord und einem Gemälde geben. Oder mehreren Gemälden. Jedenfalls könnten sie sehr wertvoll sein. Es sind schon Menschen wegen wesentlich weniger bedeutender Werte umgebracht worden."

„Wertvolle Gemälde? Also doch Kunstraub?"

Hanna schüttelte den Kopf. „Es ist ein wenig mysteriös. Darum meine Frage, Niklas. Ist es vorstellbar, dass urplötzlich wertvolle Bilder auftauchen, von denen man bisher nichts wusste?"

In Wolfs Augen blitzte Interesse und Neugier auf. „Selbstverständlich. Denk nur mal an die Beutekunst der Nazizeit. Oder an die in dieser Zeit aus Deutschland verschwundenen Kunstwerke, die von den Machthabern seinerzeit als entartet eingestuft und heimlich verschachert worden sind. Außerdem gibt es Gemälde oder ganze Sammlungen, um deren rechtmäßigen Besitz vor Gerichten in aller Welt gestritten wird. Dabei geht es immer um viele Millionen. Soll ich dir ein Beispiel nennen?"

Hanna nickte.

Niklas Wolf beugte sich vor. „Da gibt es beispielsweise den Fall Malewitsch. Fünfunddreißig Erben des russischen Malers haben vor einem amerikanischen Gericht die Stadt Amsterdam auf Herausgabe von vierzehn Gemälden verklagt. Der Gesamtwert wird auf über einhundertfünfzig Millionen Dollar geschätzt."

„Hundertfünfzig Millionen? Aber wie kann ein Gericht der USA darüber befinden?"

„Die Kläger waren schlau genug, so lange zu warten, bis die Bilder in den USA ausgestellt wurden. Damit war formal die Voraussetzung für die Klage erfüllt. Ich will mit dem Beispiel auch nur belegen, wie unklar oft die Besitzverhältnisse sind und um welche Summen es geht. Das gilt gerade für lange Zeit verschollene Bilder. Es gibt Kunstfahnder, die nichts anderes tun, als solche Bilder aufzustöbern, um für die Vermittlung an die ursprünglichen Besitzer oder rechtmäßigen Erben horrende Provisionen zu kassieren. Clemens Toussaint zum Beispiel jettet in der ganzen Welt umher, um Gemälde zu finden, die in Museen oder Privatsammlungen hängen, ohne dass die Eigentumsverhältnisse geklärt sind."

„Wenn ich dich richtig verstehe, geht es dabei um Bilder, deren Existenz bekannt ist. Könnte es auch Fälle geben, bei denen zuvor niemand etwas von den Bildern wusste?"

„Selbstverständlich, Hanna. Sogar in Kassel. Wir haben hier ein ganz berühmtes Beispiel. Willst du es hören?"

Hanna nickte erneut. „Bitte. Ich kann ja nicht ausschließen, dass mein Fall genau damit zu tun hat."

Niklas Wolf lächelte nachsichtig. „Das wiederum halte ich für sehr unwahrscheinlich. Vielleicht hast du schon mal den Namen

Anselm Grünberg gehört. Der Kasseler Maler war in den dreißiger Jahren eine Berühmtheit. Sein Name wurde in einem Atemzug mit Otto Dix, Paul Klee und Wassily Kandinsky genannt. Obwohl Grünberg sehr produktiv war, sind die meisten seiner Werke verschollen. Darunter ein kleines Gemälde, das überall bewundert wurde, nur in Kassel nicht. Es hieß *Die Tränen des Herkules* und gefiel - außer ein paar Kunstexperten - den Leuten hier nicht besonders. Am allerwenigsten den Nazis."

„Und die haben Grünbergs Werke vernichtet?"

Jetzt schüttelte Niklas Wolf den Kopf. „Nein. Das waren die Engländer."

„Die Engländer?"

„Ja. Mit einem Bombenangriff. In jener Nacht im Oktober dreiundvierzig wurde fast die gesamte Kasseler Innenstadt zerstört. Nach allem, was wir wissen, hat einige Zeit zuvor ein Gönner des Künstlers alle verfügbaren Bilder in Kassel zusammengetragen. Und hier sind sie dann wohl verbrannt."

„Ist das denn sicher? Ich meine, gibt es oder gab es Beweise?"

Das Gespräch wurde unterbrochen, als die Bedienung den Wein und die Antipasti brachte.

Niklas Wolf hob sein Glas. „Auf dich. Und guten Appetit!"

Hanna stieß mit ihm an. „Vielen Dank. Dir auch. Diese Geschichte finde ich ungeheuer spannend. Aber könnte es nicht sein, dass die Bilder den Brand überlebt haben?"

„Sehr unwahrscheinlich. Du musst dir mal Fotos aus dieser Zeit anschauen. Oder geh mal zu einem der Diavorträge von Hans Germandi in die Martinskirche. Da kannst du sehen, was die Bomben angerichtet haben. Damals ist in der Altstadt kein Stein auf dem anderen geblieben. Außerdem ist das jetzt sechzig Jahre her. Wenn die Gemälde den Feuersturm überlebt hätten, wäre man doch längst darauf gestoßen."

„Aber echte Beweise für die Vernichtung gibt es nicht, oder?"

Niklas Wolf schüttelte den Kopf. „Nein. Von Beweisen kann man nicht sprechen. Aber nach menschlichem Ermessen dürften die Bilder aus der Kasseler Sammlung damals vernichtet worden sein. Würden sie heute wieder auftauchen, wäre das eine Sensation."

9

„Heil Hitler, Obersturmbannführer." Kessler grüßte und schlug die Hacken zusammen, als ihm sein Vorgesetzter auf dem Flur der Dienststelle begegnete. Doch der winkte ab und starrte ihn aus trüben, blutunterlaufenen Augen an. „Sie kommen wie gerufen, Kessler. Müssen ein Sonderkommando übernehmen. Sofort. Schnappen Sie sich ein paar Leute und rücken Sie aus. Bahnhof Wilhelmshöhe. Plünderer. Habe gerade Nachricht bekommen. Riesensauerei. Spaghettis plündern einen Zug der Wehrmacht. Muss sofort unterbunden werden."

„Wird ausgeführt, Obersturmbannführer." Kessler salutierte erneut. „Und was soll mit den Plünderern geschehen?"

„Na, was wohl?" Der Vorgesetzte grinste und kam näher, sodass Kessler seinen Alkoholatem riechen konnte. „Erschießen. Allesamt erschießen. An Ort und Stelle. Erwarte Vollzugsmeldung in zwei Stunden."

„Jawohl, Obersturmbannführer."

Hartwig Kessler führte nicht zum ersten Mal ein Erschießungskommando. Doch als er die Männer sah, kamen ihm Zweifel. Nicht, weil ihm die verhungerten Gestalten Leid taten, auch nicht, weil sein Vorgesetzter angetrunken gewesen war, als er den Befehl erteilte. Die Zwangsarbeiter zu töten, erschien ihm nicht nützlich. Es gab bereits zu wenig Arbeitskräfte, und die Verladungen am Bahnhof Wilhelmshöhe waren kriegswichtig.

Um Zeit zu gewinnen, ließ er die Männer zusammentreiben und in die Eisenbahnwagen ihres Bauzuges sperren. Jeder musste seinen Platz aufsuchen. Dann wurden die Waggons durchsucht. Italiener, bei denen Plünderungsgut gefunden wurde, ließ er in leere Eisenbahnwagen sperren. Kessler spürte den Widerwillen seiner Untergebenen. Halblaute Bemerkungen über den Unsinn, die jungen Männer wegen ein paar Dosen Wehrmachtsverpflegung zu töten, drangen an sein Ohr. Aber er wusste auch, was ihn erwartete, wenn er sich dem Befehl seines Vorgesetzten widersetzte. Dann würde man ihn erschießen. Andererseits konnten schon in wenigen Tagen die Amerikaner in Kassel einmarschiert sein. Dann würden andere Gesetze gelten.

Schließlich entschied er, eine Bestätigung für den Befehl einzuholen, und schickte einen der Polizeibeamten mit dem Auftrag zur Dienststelle zurück, sich den Erschießungsbefehl schriftlich geben zu lassen.

Nachdem der Mann mit dem Dokument zurückgekehrt war und es seinem Kommandoführer ausgehändigt hatte, zuckte Kessler die Schultern und gab den Befehl, die Italiener aus dem Waggon zu holen und in die benachbarte Kleingartenkolonie zu führen. Dort gab es Bombentrichter, die ausreichend Platz für die Leichen bieten würden.

Als die ersten Schüsse fielen, erhielt Francesco Chirico einen Schlag gegen die Schulter. In der nächsten Sekunde stürzte sein Nachbar röchelnd vornüber und sackte ihm vor die Füße. Gleichzeitig riss ein anderer Landsmann die Arme hoch und fiel ihm in die Seite. Francesco verlor das Gleichgewicht und kippte nach hinten. Unter dem Körper des Sterbenden rutschte er den Hang des Bombentrichters hinab. Ein höllischer Schmerz breitete sich in Arm und Brustkorb aus, das Gewicht des Mannes über ihm nahm ihm den Atem. Ein weiterer Körper rollte über ihn hinweg, aus dessen Wunden warmes Blut in Francescos Nacken floss. Schließlich kamen die rutschenden Körper zum Stillstand.

Das ist das Ende, dachte Francesco Chirico aus Perugia. Er wollte ein Ave Maria beten. Doch der Hall der Schüsse und das dumpfe Aufschlagen der Körper drängten sich in seinen Kopf und ließen keinen anderen Gedanken zu. In seiner Nähe hörte er einen Kameraden stöhnen und wimmern. Ob Franco noch lebte? Und was war mit Mario?

Er versuchte, sich von der Last der Körper über ihm zu befreien. Doch die Bewegung verstärkte die Qual in seinem Oberkörper. Schließlich gelang es ihm, sich so viel Bewegungsfreiheit zu schaffen, dass er ungehindert atmen und seinen schmerzenden Arm mit der unverletzten Hand an sich drücken konnte. Wie gern hätte er sich die Ohren zugehalten, denn Schreie und Schüsse nahmen kein

Ende. Irgendwann kehrte Ruhe ein, und nach und nach erstarben auch die menschlichen Laute um ihn herum.

In seinem Körper kämpften stechender Schmerz und lähmende Müdigkeit gegeneinander. Verzweifelt versuchte Francesco, seinen Verstand wach zu halten und den Schmerz daran zu hindern, sein Bewusstsein zu überfluten. Doch schließlich drang dunkler Nebel in sein Gehirn, breitete sich aus und erstickte sein Denken.

Francesco erwachte, als Regentropfen auf seinen Kopf trommelten. Sekundenlang sah er sich in einem Herbstgewitter durch die Straßen seiner Heimatstadt eilen. Das Brennen in seiner Schulter brachte ihn in die Wirklichkeit zurück. Was auf ihn herabrieselte, war kein Regen, sondern Erde. In ungleichmäßigen Abständen flogen Sand und Erdklumpen in die Grube. Panik machte sich in ihm breit. Die Deutschen waren dabei, ihn bei lebendigem Leibe zu begraben. Mit der beweglichen Hand befreite er sein Gesicht vom Erdreich, doch im nächsten Augenblick rutschte nach, was die Totengräber vom Rand des Bombentrichters schaufelten. Er stemmte seine Füße gegen Erdreich und unter ihm liegende Leichen. Stück für Stück rutschte er nach oben. Wie ein Maulwurf grub er sich immer so weit aufwärts, dass sich sein Kopf unmittelbar unterhalb der obersten Erdschicht befand. So gelang es ihm, den Kontakt zur Atemluft zu halten.

Irgendwann ertönten Rufe, dann verebbte der Erdregen und hörte schließlich auf. Francesco wagte nicht, sich zu rühren, obwohl die Kälte des Erdreichs von allen Seiten in seinen Körper kroch. Erst nachdem es längere Zeit ruhig geblieben war und sich die Dunkelheit auszubreiten begann, robbte er aus dem Massengrab und schob sich an den Rand der Grube.

Weit und breit war niemand zu sehen. Francesco Chirico erhob sich und hastete in den Schutz von Hecken und Buschwerk des Kleingartengeländes. Schließlich fand er einen unverschlossenen Geräteschuppen, den die Besitzer zugleich als Unterschlupf für Pausen bei der Gartenarbeit hergerichtet hatten, und ließ sich auf eine an der Rückwand aufgestellte Pritsche fallen.

Als Hartwig Kessler nach Dienstschluss zur Villa zurückkehrte, heulten die Alarmsirenen auf eine Art, die er noch nie gehört hatte. Kein Fliegeralarm, kein Giftgasalarm. Auch keine Entwarnung. Panzeralarm! Zum ersten Mal in seinem Leben hörte er Panzeralarm. Das konnte nur eins bedeuten: Amerikanische Verbände näherten sich der Stadt.

Kessler beschleunigte seinen Schritt. Es wurde höchste Zeit, seine persönlichen Angelegenheiten zu regeln. Seine Mitarbeit in der Gestapo-Dienststelle hatte er bereits weitgehend verschleiert, hatte seinen Namen aus Akten, Dienstplänen und Personalunterlagen getilgt oder ganze Ordner verschwinden lassen. Die Vergangenheit war vernichtet. Nun ging es um seine Zukunft. Mit den Grünberg-Bildern würde er sich eine Existenz erkaufen können. Wahrscheinlich sogar eine bessere als bisher. Wenn er es geschickt anstellte, hätte er bis ins hohe Alter ausgesorgt. Schade nur, dass keine Zeit blieb, sich mit der Elshoff zu einigen. So blieb ihm nur die zweite Alternative. Er würde es nach einem Einbruch aussehen lassen und seine Kollegen auf eine falsche Spur führen. Trotz der späten Stunde herrschte eine spürbare Unruhe im Haus. Die Bewohner standen in den Fluren und unterhielten sich mit gedämpften Stimmen über das möglicherweise bevorstehende Kriegsende. Wenn er an den Gruppen vorüberging, verstummten die Gespräche.

Kessler zog sich in sein Zimmer zurück und wartete auf die Dunkelheit. Gegen Mitternacht steckte er seine Dienstpistole ein und stieg leise die Treppe hinunter. Vor der Wohnung der Damen Elshoff verharrte er kurz und lauschte. Dann klopfte er an die Tür.

*

„Wenn wir zusammen wohnen, können wir eine Miete sparen. Und öfter poppen. Wär' doch echt cool." Dennis Kleinert grinste und machte eine anzügliche Handbewegung.

Julia verzog das Gesicht. „Mein Zimmer in Marburg brauche ich aber. Und wenn ich in Kassel bin, übernachte ich bei dir oder bei meinen Eltern. Ich weiß gar nicht, wo es da etwas zu sparen gibt."

„Wenn wir eine Wohnung irgendwo zwischen Kassel und Marburg auf dem Lande hätten, könntest du von da aus jeden Tag zur Uni fahren. Und das wäre ja auch nur während des Semesters. Für das, was du an Miete für deine Studentenbude zahlst, kriegen wir auf dem Dorf 'ne richtige Wohnung."

Die Vorstellung, mit einem periodisch bekifften Dennis auf dem Land herumzuhängen, war für Julia alles andere als verlockend. Doch statt ihm zu widersprechen, zuckte sie mit den Schultern. „Mal sehen. Vielleicht im Herbst. Zurzeit habe ich keinen Nerv für einen Umzug."

„Herbst ist okay." Mit einer großzügigen Geste signalisierte Dennis Einverständnis. „Ich hätte nicht gedacht, dass du überhaupt dafür sein könntest. Finde ich voll cool." Er betrachtete sie zufrieden. „Du bist wirklich die geilste Braut, der ich je begegnet bin. Darauf müssen wir anstoßen. Ist noch Bier im Kühlschrank?"

Julia erhob sich. „Warte, ich hole dir eins." Sie verschwand in der kleinen Küche und begann, mit Gläsern und Flaschen zu hantieren. Auf diesen Augenblick hatte sie gewartet. Sie war vorbereitet. Aus ihrer Handtasche nahm sie ein winziges Fläschchen ohne Beschriftung, schraubte die Verschlusskappe ab und tropfte den Inhalt in das halb volle Bierglas. Dann füllte sie es auf, schenkte sich selbst ein Glas Cola ein und kehrte zu Dennis zurück.

Mit Genugtuung und geradezu wissenschaftlichem Interesse beobachtete sie, wie er das Bier hinunterstürzte. Sie hatte die Flasche mitgebracht und schenkte ihm nach.

Dennis rülpste und klopfte sich auf den Bauch. „Das tut gut. Und du willst keins? Nur Cola?"

„Ich habe noch etwas zu erledigen und brauche einen klaren Kopf."

Er fragte nicht einmal nach, was sie noch vorhabe, nickte nur und streckte sich auf dem Sofa aus. „Wie gut", kicherte er, „dass wenigstens einer in der Familie sich von Drogen fern hält."

Irgendwann war er eingeschlafen. Julia rüttelte an seiner Schulter, um die Wirkung des Mittels zu prüfen. Außer ein paar Schnarchgeräuschen erhielt sie keine Reaktion. Zügig und systematisch, aber ohne Hast, begann sie mit den Vorbereitungen. Sie zog die Latex-Handschuhe über, verteilte Alufolien mit Resten verbrannten Heroins in der Wohnung und entzündete eine Kerze. Sie hielt mehrere Löffel über die Flamme und wischte sie flüchtig ab. Dann kochte sie den Rest des weißen Pulvers auf und bereitete die Spritze vor.

Die Injektion machte ihr keine Mühe, schließlich hatte sie vor und während ihres Medizinstudiums genügend Praktika absolviert und den Einstich in die Vene oft genug geübt. Die Spritze ließ sie in der Einstichstelle zurück.

Dann drückte sie Dennis den Schlüssel eines Schließfaches, in dem sie ein paar Heroinspuren hinterlassen hatte, in die Hand und schob ihn anschließend in seine Hosentasche.

Zum Schluss deponierte sie den Brief, in dem sie Dennis erklärte, dass sie sich von ihm trennen würde, neben ihm auf dem Sofa.

Nachdem sie ihre persönlichen Gegenstände und Kleidungsstücke eingesammelt hatte, warf sie noch einen prüfenden Blick auf ihr Opfer, dann verließ sie die Wohnung, um zu telefonieren. Sicherheitshalber würde sie eine Telefonzelle benutzen.

Der Mann, der sich als Jaques Delâtre eingetragen hatte, summte leise vor sich hin, als er das Foyer des Hotels Schloss Wilhelmshöhe durchquerte. Die ihn kannten, bezeichneten ihn eher als gefühllosen Menschen. Und wahrscheinlich hätte er nicht widersprochen. Aber heute spürte er immerhin so etwas wie gute Laune. Denn es zeichnete sich ab, dass er seinen Auftrag erfolgreich erfüllen konnte. Zwar hatte seine Zielperson dem Gemälde eine Nachricht beigelegt, wonach sie in der Lage war, die Objekte zu zerstören, falls das Geschäft nicht nach ihrer Vorstellung ausfallen sollte, aber dieses Szenario hielt der Hotelgast nicht für wahrscheinlich. Er hatte Rascher beobachtet, und er hatte sich gründlich in dessen Wohnung umgesehen. Der kleine Gauner würde alles daransetzen, an das große Geld zu kommen, und dafür manches Wagnis eingehen.

Um seinerseits die Risiken zu minimieren, hatte er vorgesorgt. Er hatte einen geeigneten Raum in einem leer stehenden Haus gefunden und entsprechend ausgestattet. Somit konnte die letzte Runde des Spiels beginnen. Nur eines musste er noch erledigen. Dafür würde er sich nach Tierhandlungen erkundigen müssen. Aber das hatte Zeit bis morgen.

Er konnte blitzschnell handeln, wenn die Umstände es erforderten. Aber er zog es vor, jeden seiner Schritte sorgfältig zu planen und in Ruhe auszuführen. Mit der inneren Gelassenheit eines Mannes, der sich seiner Sache sicher und vom Erfolg überzeugt war, wandte er sein Interesse der in der Lobby des Hotels ausgestellten Fotos zu, an denen er bisher achtlos vorübergeeilt war. Sie zeigten Szenen von der Begegnung des früheren Bundeskanzlers Willy Brandt mit dem Ministerpräsidenten der DDR, Willi Stoph, vor vierunddreißig Jahren in Kassel. Offenbar hatten die beiden Herren in diesem Hotel konferiert. Er erinnerte sich dunkel an Fernsehbilder aus seiner Kindheit, in der das benachbarte Deutschland ihm auch wegen seiner Teilung in zwei Staaten als so merkwürdig fremd erschienen war. Stoph schaute aus dem Fenster eines Zuges, Willy Brandt stand, umgeben von Beratern und Sicherheitsbeamten, auf dem Bahnsteig. Damals wäre er nicht auf die Idee gekommen, dass seine Generation die Wiedervereinigung erleben würde. Und geradezu abwegig wäre ihm die Vorstellung erschienen, in diesem Land als Spezialist für höchst lukrative, aber moralisch fragwürdige Unternehmungen sehr viel Geld zu verdienen.

Er sah auf die Uhr. Für das Spielcasino war es noch zu früh. Er würde sich an der Bar einen Aperitif gönnen und dann die Speisekarte des Restaurants studieren.

Das Gefühl, sich auf schwankendem Boden zu befinden, kam weniger vom Frascati als von der Faszination, die von Niklas Wolf ausging. Hanna fragte sich, ob es richtig gewesen war, sich mit ihm zu verabreden. Je länger sie miteinander aßen und tranken, erzählten und lachten, um so vertrauter erschien ihr die Zweisamkeit. Hin und wieder hatte er seine Hand auf ihre gelegt, und sie hatte das durchaus nicht als unangenehm empfunden. Würde sie ihn nach Hause begleiten, wenn er sie dazu einlud?

Und dann? Der Gedanke, sich auf etwas einzulassen, das sie hinterher bereuen würde, erschreckte sie. Sie zwang sich, wieder an den Grund ihres Zusammentreffens zu denken. Es ging nicht um sie und Niklas, es ging um zwei mysteriöse Morde und einen möglichen Zusammenhang mit teuren Kunstwerken. Ob es doch am Wein lag, dass sie sich so gehen ließ? Immerhin neigte sich die zweite Flasche dem Ende zu.

Hanna nahm den Faden wieder auf. „Es könnte also sein, dass irgendwo im Verborgenen eine Sammlung wertvoller Gemälde existiert, von der die offizielle Kunstwelt nichts weiß. Was würde passieren, wenn diese Bilder plötzlich auftauchten? Gäbe es nicht helle Aufregung unter euch Kunstexperten?"

„Ich bewundere deinen Scharfsinn", grinste Wolf. „In der Tat gäbe es erhebliche Unruhe. Allerdings nur, wenn die Sammlung auch wirklich ans Tageslicht käme. Dann würden nicht nur die Kasseler Museen Ansprüche anmelden. Dann kämen aus der ganzen Welt Museumsdirektoren geeilt, um wenigstens das eine oder andere Bild zu ergattern. Selbst ernannte oder tatsächliche Erben würden auftauchen und den Besitz für sich reklamieren. Und natürlich Betrüger. Wenn die Kunstwerke dagegen auf direktem Wege aus dem Untergrund in die Schatzkammern eines reichen Sammlers in Amerika oder Russland oder Japan wandern würden, könnte sich auch niemand aufregen. Was ich nicht weiß, macht mich nicht heiß."

„Was wäre denn wahrscheinlicher?"

Niklas Wolf neigte den Kopf zur Seite und drehte die Handflächen nach oben. „Schwer zu sagen. Ich denke, beide Möglichkeiten sind gleichermaßen wahrscheinlich. Oder unwahrscheinlich. Ich kann mir jedenfalls nicht vorstellen ..."

„Halten wir uns an die Fakten", unterbrach Hanna ihren Ex-Ehemann. „Würdest du davon erfahren, wenn die Bilder von diesem Grünberg auftauchen würden?"

„Ich denke schon", nickte Wolf. „Früher oder später jedenfalls."

„Dann hätte ich eine Bitte, Niklas." Diesmal legte Hanna ihre Hand auf seinen Unterarm. „Könntest du dich ein wenig umhören? Ich würde es gern sofort erfahren, wenn sich in dieser Sache etwas tut. Ich meine, vor den Museumsleuten aus aller Welt, du weißt schon ..."

„Selbstverständlich, Hanna. Für dich sowieso, zweitens interessiert es mich, und drittens ..."

Niklas Wolf verriet nicht, welcher Grund ihn außerdem noch bewegte, und Hanna nutzte die Pause, um das Thema zu wechseln. „Wir müssen noch über Nina sprechen. Stichwort Amerika."

Ihr Ex verzog das Gesicht. „Der Abend hat so schön begonnen."

„Was ist los mit dir, Bruderherz? Du wirkst so ... Ich weiß auch nicht ... Irgendwie kommst du mir seltsam vor. So unruhig. Und nervös. Außerdem trinkst du zu viel." Susannes kritischer Blick wanderte zwischen Jörg Raschers Augen und der Bierflasche hin und her.

Rascher saß am Küchentisch und blätterte in einer Zeitschrift, ohne deren Inhalte wirklich wahrzunehmen. Er legte das Blatt aus der Hand, leerte sein Glas und goss nach. „Mach dir keine Sorgen um mich. Ich bin nur etwas gestresst. Wegen eines schwierigen Geschäfts. In ein paar Tagen ist alles überstanden. Und dann verschwinde ich erst mal für eine Weile in den Süden."

Susanne Liebert räumte die Gläser aus dem Geschirrspüler und stellte sie in den Küchenschrank. „Über deine Geschäfte will ich lieber gar nichts wissen. Aber wenn du Sorgen hast, darfst du sie mir ruhig anvertrauen."

„Es ist nichts, Susanne. Wirklich. Nur ein bisschen Stress. Außerdem mache ich mir Gedanken über meine Wohnung und frage mich, wie lange ich dich noch in Anspruch nehmen darf."

„Von mir aus kannst du bleiben, bis Ralf aus Shanghai zurückkommt. Ich fühle mich sicherer, wenn ein Mann im Haus ist. Und die Mädchen lieben dich. Für sie bist du der beste Ersatzvater, den man sich vorstellen kann. Was ist denn mit deiner Wohnung? Die Handwerker müssten doch bald fertig sein. Soll ich dir helfen? Einräumen oder aufräumen oder sauber machen?"

Rascher schüttelte energisch den Kopf. „Auf keinen Fall. Das mache ich lieber selbst. Und nun gehe ich noch mal an die frische Luft. Falls wir uns nachher nicht mehr sehen – gute Nacht."

Susanne Liebert sah ihrem Bruder nach, als er das Haus verließ und durch den Vorgarten zur Straße ging. Seufzend wandte sie sich wieder ihrer Küchenarbeit zu. Ihr Bruder war schon früher das Sorgenkind der Familie gewesen. Und obwohl er wesentlich älter war, fühlte sie sich noch immer für ihn verantwortlich, besonders seit ihre Eltern gestorben waren. Andererseits vertraute sie ihm fast grenzenlos.

Jörg Rascher war regelrecht aus dem Haus geflüchtet. Er hatte Angst, seine Schwester könnte ihn dazu bewegen, etwas von den Bildern und Ängsten preiszugeben, die ihn umtrieben. Sein Leben war zu einem Albtraum geworden, den er mit niemandem teilen konnte. Und wenn er nachts Schlaf finden wollte, musste er sich mit Alkohol betäuben. Da er sich nicht vor den Augen seiner Schwester voll laufen lassen mochte, steuerte er die nächste Kneipe an.

Nach einigen Bieren und Schnäpsen begann die Welt freundlicher auszusehen. Es kam jetzt alles darauf an, dass er das Geschäft mit den Bildern zu einem erfolgreichen Abschluss brachte. Mit der Kohle würde er sich unter einem anderen Namen in Spanien oder Portugal niederlassen und ein neues Leben beginnen. Er war sicher, dass unter der südlichen Sonne auch die Albträume verschwinden würden. Bis dahin musste er wachsam sein. Und auf die Kinder aufpassen. Die Vorstellung, dass Susannes Mädchen etwas zustoßen könnte, wofür er die Verantwortung tragen müsste, quälte ihn Tag und Nacht.

Eigentlich sollte ich jetzt aufhören zu trinken und mich schlafen legen, damit ich morgen früh die Kinder zur Schule fahren kann. Jörg Rascher bestellte ein weiteres Bier und einen weiteren Korn.

*

Gegen Morgen war Francesco in einen unruhigen Schlaf gefallen. Ein Geräusch ließ ihn auffahren. Er blinzelte gegen die Helligkeit der offenen Schuppentür und wusste sekundenlang nicht, wo er sich befand. Dann sprach die Gestalt, deren Umrisse er undeutlich in der Tür wahrnahm. Sie trug einen länglichen Gegenstand, den sie auf ihn richtete.

„Na, so was! Wän honne dann do?“ Francesco kreuzte die Unterarme vor dem Gesicht. Er zitterte am ganzen Körper und erwartete den tödlichen Schuss.

„Junge, du brauchst doch keine Angst zu haben. Ich tu dir nix. Sag mir lieber, wer du bist. Bist du abgehauen?“

Francesco nickte und nahm vorsichtig die Arme herunter. Die Gestalt trat näher an ihn heran. Jetzt erkannte er, dass es eine Frau war. Sie erinnerte ihn an *Mamma*. Älter zwar, aber mit der gleichen altmodischen Frisur.

„Italien“, sagte er. „Perugia.“

Die alte Frau nahm ihren Gehstock herunter und nickte. „Also bist du einer von diesen Fremdarbeitern. Du hast Glück, Junge. Bist im richtigen Moment abgehauen. Der Krieg ist nämlich zu Ende. Hast du das verstanden? Krieg vorbei, finito. Die Amerikaner sind in der Stadt. Und die braune Brut ist stiften gegangen. Du kannst nach Hause gehen.“

Francesco hatte die Worte der alten Frau verstanden. Dennoch begriff er ihre Bedeutung nicht gleich. Weil er die Frau mit offenem Mund und aufgerissenen Augen anstarrte, wiederholte sie ihre Sätze. Langsam und eindringlich.

Schließlich war die Botschaft angekommen, und Francesco brach in Tränen aus. Der Weinkrampf schüttelte ihn so heftig, dass der Schmerz in seiner Schulter wieder aufflammte.

„Ich glaube“, murmelte die Alte, „du musst erst mal was essen. Warte hier. Ich bin in einer halben Stunde zurück.“

10

Zu den Akten, mit denen Hauptkommissarin Hanna Wolf den Tag begann, passten der blaue Himmel und der strahlende Sonnenschein nicht. Nach dem kalten und regnerischen Frühjahrsbeginn hatten sich mit einem sonnigen Hoch geradezu sommerliche Temperaturen eingestellt und beinahe über Nacht die Vegetation explodieren lassen.

Hanna schaute hinaus auf die Stadt und genoss den Anblick der frischen Grüntöne, zwischen denen hier und da schon helle Magnolienblüten leuchteten.

Um die Mittagszeit würden die Menschen die Straßencafés der Innenstadt bevölkern und sich bei Cappuccino oder Espresso, Eiskaffee oder Stracciatella wärmende Sonnenstrahlen in die Gesichter scheinen lassen. Der Gedanke, vor dem Alex zu sitzen und es ihnen gleichzutun, war so verlockend, dass sie sich vornahm, nach Feierabend noch einen Umweg durch die Königsstraße zu machen.

Eine der Akten auf ihrem Schreibtisch enthielt Frankensteins Obduktionsbericht von der Friedhofsleiche. Der Mann war an einer seltenen Form des Genickbruchs gestorben. Wegen einer früheren, schlecht verheilten Verletzung eines Halswirbels, hatte es nur eines einfachen Schlages - oder der Strangulation bei der Erhängung - bedurft, um den Bruch herbeizuführen. Leider hatte sich die tatsächliche Ursache noch nicht mit letzter Sicherheit feststellen lassen. Tod durch Erhängen war vorerst ebenso wenig auszuschließen wie Fremdeinwirkung durch einen Schlag und nachträgliches Aufhängen der Leiche im Baum.

Die zweite Akte enthielt schon wieder den Fall eines Drogentoten. Ein junger Mann war tot in seiner Wohnung in der Kasseler Innenstadt aufgefunden worden. Nach den Feststellungen der Kollegen und des Arztes gab es keinen Hinweis auf Fremdverschulden. Das Opfer war an einer Überdosis Heroin gestorben. Man hatte neben ihm eine Spritze und in der Wohnung Utensilien zur Herstellung der Injektionslösung sowie einige Bleche gefunden. Diese Alufolien mit verbrannten Heroinresten ließen auf Konsum durch Inhalation schließen. Obwohl sich nur eine einzige Einstichstelle fand, deutete alles auf regelmäßigen Gebrauch des Rauschgiftes hin. Außerdem hatten die Drogenfahnder in einer Tasche des Toten den Schlüssel zu einem Schließfach gefunden. Das Fach war zwar leer gewesen, aber es waren dort Heroin-Anhaftungen entdeckt worden. Offenbar das Depot des Junkies.

Sein erster Schuss war zugleich sein letzter. Wahrscheinlich eine Überdosis. Also Fixerpech. Allenfalls Selbstmord. Wenn die Obduktion nichts anderes ergibt, kein Fall für uns.

Hanna legte die Akte zur Seite.

Ein undeutliches Signal aus ihrem Unterbewusstsein veranlasste sie, den Hefter doch noch einmal zur Hand zu nehmen. Sie hatte plötzlich das Gefühl, etwas übersehen zu haben. Erneut überflog sie den Bericht. Was immer den Hinweis ausgelöst haben mochte – es erschloss sich ihr nicht.

Bevor sie den dritten Aktenordner öffnen konnte, wurde sie abgelenkt. Es klopfte an ihrer Bürotür. Auf eine Art, die sie nicht einordnen konnte, obwohl sie ihr bekannt vorkam. Weder Isabella noch Stöber klopften so verhalten, erst recht nicht Kriminaloberrat Wenzel. Gespannt wandte Hanna den Kopf. „Herein!"

Vorsichtig schob sich ein schlanker, grau melierter Mittfünfziger im Maßanzug durch die Tür. Hanna erhob sich. „Carl! Was für eine Überraschung!"

Friedrich Carl von Bredow schloss die Tür hinter sich und breitete die Arme aus. Hanna war weit davon entfernt, sich von ihrem Ex-Liebhaber umarmen zu lassen und streckte ihre Hand aus, die von Bredow mit beiden Händen ergriff.

„Ich komme gerade von einer Sitzung mit dem PP und den Direktionsleitern. Und da dachte ich, ich könnte dich mal besuchen. Du siehst gut aus, Hanna. Wie geht es dir?"

„Danke, ich kann nicht klagen." Sie wies auf einen der Besucherstühle. „Setz dich doch."

Dann zog sie sich hinter ihren Schreibtisch zurück. „Ich habe zurzeit nur zwei unaufgeklärte Todesfälle, keinen Serienmörder und keinen, der Frauenleichen zerstückelt. Allerdings schon den achten Drogentoten in diesem Jahr. Alles in allem keine erfreuliche, aber – gemessen am Durchschnitt – auch keine katastrophale Bilanz."

Der Oberstaatsanwalt schnippte ein unsichtbares Staubkorn von seinem Anzug und lächelte. „Ich meinte es eigentlich eher persönlich-privat."

Hanna zuckte die Schultern. „Mein Privatleben reduziert sich auf die Sorge um einen halbwegs gefüllten Kühlschrank auf der einen und den Kampf gegen überzählige Pfunde auf der anderen Seite. Zwischendurch gönne ich mir den einen oder anderen Herz-Schmerz-Film oder den neuesten Krimi von Donna Leon. Die restliche Zeit wird durch Diskussionen mit meiner Tochter in Anspruch genommen."

„Wie geht es Nina?"

„Ehrlich gesagt – so genau weiß ich es nicht. Ich denke, es geht ihr gut. Manchmal allerdings reagiert sie auf mir völlig harmlos erscheinende Dinge derart heftig, dass ich mich frage, ob ich sie überhaupt noch richtig verstehe. Im Augenblick hat sie sich etwas in den Kopf gesetzt, mit dem ich ... Aber du bist doch nicht gekommen, um dir meine Alltagssorgen anzuhören, Carl. Was führt dich wirklich her?"

Friedrich Carl von Bredow lächelte entschuldigend. „Du hast natürlich Recht, Hanna, ich wollte mich nach dem Stand der Ermittlungen in den beiden aktuellen Fällen erkundigen." Er machte eine Pause und fügte dann leise hinzu: „Aber für dich interessiere ich mich auch. Nach wie vor. Und das wird wohl auch so bleiben."

Hanna beschloss, auf den zweiten Teil seiner Erklärung nicht einzugehen und sich auf den professionellen Aspekt zu beschränken. Während sie routiniert den Sachstandsbericht vortrug, wanderte ein Teil ihrer Gedanken dennoch in eine völlig andere Richtung. Carl hatte die gleichen Worte benutzt wie Niklas. Und ebenso wie ihr Ex-Mann hatte er versucht, an vergangene Zeiten anzuknüpfen. Jahrelang hatte sich kein Mann um sie bemüht. Jedenfalls kein ernst zu nehmender. Und genau in dem Augenblick, in dem sie einen Mann kennen gelernt hatte, den sie gleichermaßen attraktiv, sympathisch und liebenswürdig fand, traten ihre ehemaligen Beziehungen auf die Bühne. Was hatte das Schicksal mit ihr vor?

„Du siehst", schloss Hanna, „wir hängen einigermaßen in der Luft. Da der Obduktionsbericht keine Hinweise liefert, werden wir kaum weiterkommen. Zumal es zu dem Toten vom Hauptfriedhof keine passende Vermisstenmeldung gibt. Das heißt, wir haben überhaupt keinen Anhaltspunkt, in welche Richtung wir ermitteln sollen."

Von Bredow hob die Schultern. „Es wäre nicht der erste Tote, der nur noch Eingang in die Kriminalstatistik findet. Aber der Fall des Kunsthändlers erscheint mir außerordentlich spannend. Was du über diesen Anselm Grünberg erzählt hast, ist doch hochinteressant. Und deine Theorie finde ich einleuchtend. Werdet ihr der Hypothese nachgehen?"

„Wir sind schon dabei. Mein Kollege Stöber ist gerade im Stadtarchiv. Ich möchte noch etwas mehr über das Umfeld und die Familie des Malers wissen. Vielleicht gibt es Nachkommen, die uns Hinweise geben können. Und wenn sich zeigen sollte, dass an unserer Theorie etwas dran sein könnte, hätte ich auch schon eine Idee, wie wir vielleicht Licht in das Dunkel bringen können. Dazu brauche ich dann auch deine Hilfe."

Ein Lächeln erschien auf dem Gesicht des Oberstaatsanwalts. „Ich sehe, du hast dich schon festgebissen. Melde dich einfach, wenn du mich brauchst. Ich nehme an, du willst jetzt noch nicht über deine Pläne sprechen."

Die Hauptkommissarin schüttelte den Kopf. „Nein. Noch nicht. Erst wenn ich mir von der Aktion auch Ergebnisse verspreche."

„Ich wünsche dir viel Erfolg." Friedrich Carl von Bredow erhob sich. „Und ich wünsche ihn dir bald. Nicht zuletzt, damit ich in absehbarer Zeit wieder von dir höre."

Nachdem Carl sich verabschiedet hatte, stand Hanna Wolf lange am Fenster ihres Büros und sah hinaus auf die Stadt. Ihre Gedanken kreisten erneut um die Frage, was sie von dem plötzlichen Interesse ihrer Ex-Männer halten sollte. Von Bredows Anspielungen berührten sie weniger. Er war ein charmanter Begleiter und interessanter Gesprächspartner gewesen. Doch irgendwie aus einer anderen Welt. Ein wenig von gestern. Sehr höflich und zuvorkommend. Aber allzu ordentlich, geradezu pedantisch. Auch in der Liebe. Sie hatte sich bei ihm geborgen gefühlt, aber schon bald hatte sie jene Leidenschaft vermisst, die das Liebesleben in Fahrt hielt. Das Kapitel Carl von Bredow war nicht nur abgeschlossen, sie hatte es auch innerlich zu den Akten gelegt.

Der Abend mit Niklas Wolf dagegen hatte sie doch ein wenig durcheinander gebracht. Seine Gegenwart, sein Reden, sein Lachen waren ihr unerwartet angenehm gewesen. Ja, sie hatte den Abend genossen. Entspannt und ohne Reue. Selbst die Auseinandersetzung um Ninas Amerika-Aufenthalt hatten sie ganz locker und vernünftig geführt. Er hatte ihre Sorgen verstanden und ihre Bedenken geteilt. Sie hatten sich geeinigt, gemeinsam mit ihrer Tochter zu reden, wenn die Sache spruchreif würde. Und schon war aus dem Problem eine Aufgabe geworden. Eine Aufgabe für sie beide.

Hanna wurde aus ihren Gedanken gerissen, als die Tür aufsprang und Florian Stöber mit einem Stapel Papiere in der Hand hereinplatzte. „Du glaubst ja gar nicht", rief er, „was ich alles herausgefunden habe. Genau genommen waren es natürlich die Leute vom Stadtarchiv. Die waren total hilfsbereit. Wir wissen jetzt alles über den Maler und seine Hinterlassenschaft."

Hanna kehrte zu ihrem Schreibtisch zurück. „Na, dann schieß mal los. Ich bin gespannt."

„Schau mal", flüsterte Marie und hielt ihre Schwester am Ärmel fest. „Da drüben." Sie zeigte zur gegenüberliegenden Straßenseite. „Ein Osterhase."

„Es gibt in echt keinen Osterhasen", erklärte Alexandra, blieb aber stehen und sah angestrengt in die angegebene Richtung.

Auf dem Gehsteig der anderen Seite hoppelte ein grau-weißes junges Häschen am Zaun eines Gartengrundstücks entlang, verharrte kurz und schnupperte unschlüssig nach allen Seiten. Dann hüpfte es ein paar Schritte, machte kehrt, hoppelte erneut ein kurzes Stück und blieb schließlich auf den Hinterläufen sitzen.

„Ist der süß! So einen will ich haben." Marie zerrte ihre Schwester zur Straße. Gemeinsam überquerten sie die Fahrbahn und hockten sich neben das kleine Langohr, um es zu streicheln. Durch das langhaarige, weiche Fell spürten die Kinderhände zarte Knochen eines zitternden Körpers.

„Ich glaube, er hat Angst", flüsterte Alexandra. „Bestimmt ist er seiner Mutter weggelaufen."

„Wir nehmen ihn mit nach Hause", schlug Marie vor. „Dann geben wir ihm was zu essen. Und er kann in meinem Puppenbett schlafen."

„Ich weiß nicht", wandte Alexandra ein, „ob wir das dürfen. Wir müssen erst Mama fragen."

„Aber wenn er auf die Straße läuft, wird er vielleicht totgefahren." Marie hatte Tränen in den Augen, und ihre Stimme zitterte vor Mitgefühl.

„Da ist er ja." Ein Schatten fiel über die kleine Versammlung, eine große Männerhand ergriff den Hasen und ließ ihn entschweben.

Marie und Alexandra richteten sich auf und starrten böse auf den Mann, der das bezaubernde Lebewesen entführt hatte.

„Paulchen ist mir entwischt, als ich nicht aufgepasst habe. Das macht er gern. Paulchen ist ein Zwergkaninchen. Habt ihr auch Tiere?"

Stumm schüttelten die Kinder die Köpfe und schauten sehnsuchtsvoll auf das kleine Fellbündel. Der Fremde sprach die Worte ein wenig seltsam aus, aber seine Augen blickten freundlich.

„Möchtet ihr Paulchen noch einmal streicheln?"

„Ja, gern." Die Mädchen nickten heftig, und der Mann streckte ihnen das kleine Kaninchen auf einer Handfläche hin.

„Paulchen hat noch einen Bruder. Der heißt Felix. Leider muss ich die beiden ins Tierheim geben, weil ich für längere Zeit verreisen werde. Viel lieber würde ich sie netten Menschen anvertrauen, die sie richtig lieb haben und sich um sie kümmern."

Marie fasste sich ein Herz. „Würden Sie Paulchen und Felix auch Kindern geben?"

„Na klar", lachte der Mann. „Am liebsten Kindern. Kinder haben ein Herz für Tiere. Würdet ihr sie vielleicht nehmen? Ich möchte sie nämlich nur zusammen weggeben, damit sich keiner von beiden einsam fühlt."

Marie und Alexandra sahen sich an. Dann kam die Antwort wie aus einem Mund: „Ja, wir nehmen sie gern."

„Und ihr würdet gut auf Paulchen und Felix aufpassen?"

Wieder nickten die Kinder.

„Gut. Dann holen wir jetzt Felix ab. Mein Auto steht dort drüben."

„Wir dürfen aber nicht mit fremden Autos mitfahren", erklärte Alexandra.

„Das ist sehr vernünftig", sagte der Fremde. „Wir können auch zu Fuß gehen. Es ist nicht sehr weit. Aber es dauert länger. Habt ihr denn so viel Zeit? Oder macht sich eure Mama Sorgen, wenn ihr zu spät nach Hause kommt? Mit dem Auto dauert es nur drei Minuten." Er legte das Kaninchen in Maries Hände.

Unschlüssig sahen sich die Mädchen an. „Wenn wir zu spät kommen", vermutete Alexandra, „ist Mama bestimmt sauer. Und dann dürfen wir die Häschen vielleicht nicht behalten."

„Bitte, lass uns mitfahren", bettelte Marie und drückte ihr Gesicht in das Fell des Tieres.

„Na gut. Wir fahren", entschied Alexandra.

„Dann kommt mal mit. Wir sind ja gleich wieder zurück. Und ich bringe euch nachher bis vor eure Haustür. Dann seid ihr genau so pünktlich zu Hause wie sonst auch."

Mit klopfenden Herzen kletterten Marie und Alexandra auf den Rücksitz des eleganten fremden Wagens, der viel besser roch als Papas alter Golf. Sie saßen eng aneinander gepresst und streichelten das Kaninchen, das sich auf Maries Schoß duckte und aufgeregt schnupperte.

Kurz darauf bog der silbergraue SLK mit den dunklen Scheiben in die Wolfhager Straße ein und verließ die Stadt in Richtung Habichtswald.

*

So recht konnte Francesco Chirico sich der neu gewonnenen Freiheit nicht erfreuen. Obwohl sich die Mamma tedesca und ihre Familie nach Kräften um ihn bemüht hatten, war seine Seele von den Ereignissen des letzten Kriegstages in Kassel verdunkelt geblieben. Sein Bruder Franco und sein bester Freund Mario hatten die Erschießungsaktion offenbar nicht überlebt. Zuerst hatte er sich an den Bahnhöfen der Stadt nach Landsleuten umgesehen und jeden nach den Vermissten befragt. Obwohl er durch seine Verletzung geschwächt war, trieb ihn die Ungewissheit anschließend Tag für Tag durch die Straßen der zerstörten Stadt, wo er verzweifelt nach einem Lebenszeichen suchte, zerrissen zwischen Hoffnung und Niedergeschlagenheit.

Länger als einen Monat quälte ihn die Ungewissheit. Dann zwangen die Amerikaner deutsche Kriegsgefangene, die Leichen aus den zugeschaufelten Bombentrichtern auszugraben. Nach und nach kamen die Körper seiner Landsleute zum Vorschein. Francesco konnte einige von ihnen identifizieren. Darunter auch Franco und Mario.

Trauer, Wut und Ohnmacht verbanden sich zu einer unstillbaren Sehnsucht nach Rache. Er sah die harten Züge des Kommandoführers vor sich und malte sich die unterschiedlichsten Todesarten für ihn aus. Keine erschien ihm ausreichend grausam für das, was dieser Teufel ihm und den vielen Familien in der Heimat angetan hatte. Doch weil es undenkbar war, diesen Mann aufzuspüren, blieben seine Rachegefühle ziellos und lagen im Widerstreit mit der Dankbarkeit, die er gegenüber der hilfsbereiten Familie empfand, die ihn wie einen Sohn aufgenommen hatte.

Einen Tag nach dem Ende der grausigen Exhumierungen verabschiedete sich Francesco von seiner Gastfamilie. Obwohl sie selbst kaum das Nötigste zum Überleben besaß, war sein Rucksack mit Lebensmitteln für die Reise gefüllt. Für den harten Käse und das Stück Speckseite schenkte ihm die Mamma tedesca ein Messer, das ihrem im Krieg gefallenen Sohn gehört hatte. Es besaß einen schön geschwungenen Hirschhorngriff, der gut in der

Hand lag. Die Klinge war vom Gebrauch schmal geworden, aber frisch geschärft.

Die Mamma tedesca weinte, als er sich verabschiedete, um sich auf den langen Weg in die ferne Heimat zu machen, und selbst Francesco musste gegen die Tränen ankämpfen.

Er hatte gehört, dass ein Eisenbahntransport für ehemalige italienische Zwangsarbeiter in Richtung Süden auf den Weg gebracht werden sollte. Niemand wusste, wann und ob überhaupt der Zug fahren würde. Doch immer wieder hieß es, er würde so bald wie möglich eingesetzt.

Francesco wartete.

Mit einigen Landsleuten verbrachte er den Tag im Bahnhof, indem er mit ihnen Geschichten aus der Heimat austauschte. Und gemeinsam malten sie sich aus, welche kulinarischen Herrlichkeiten sie dort erwarten würden. Und welche Ragazza sich vor Sehnsucht verzehrte. Francesco dachte an die *Mamma* und stellte sich vor, wie er ihr würde sagen müssen, dass sie ihren geliebten Franco nicht wiedersehen würde.

In der Nacht schliefen sie dicht beieinander in einer Ecke der Bahnhofshalle. Francesco träumte von Perugia und der umbrischen Landschaft. Und von Franco und Mario. Dann schreckte er aus dem Schlaf und sah ihre Gesichter vor sich, sah ihre Gestalten zu jenem Bombentrichter stolpern, schließlich ihre erdverkrusteten Leichen in der langen Reihe der wieder ausgegrabenen Toten. Und immer wieder schob sich das unbewegte Gesicht des Kommandoführers vor sein inneres Auge.

Drei Tage und drei Nächte vergingen zwischen Hoffen und Bangen. Am Morgen des vierten Tages wurde Francesco durch Jubelschreie aus einem friedlosen Dämmerschlaf geweckt. „Heute fährt der Zug! Nach Milano!“ Wieder und wieder riefen die Männer die frohe Botschaft, fielen sich in die Arme und schlugen sich auf die Schultern.

Francesco fühlte, wie ihn das Glücksgefühl übermannte, er spürte Tränen und rieb seine Augen. Schnell sprang er auf und fiel in den Begeisterungstaumel ein. Die jüngeren Männer, denen dafür noch Kräfte geblieben waren, tanzten im Kreis, bis sich einer nach dem anderen erschöpft auf dem Boden niederließ. Francesco lehnte schwer atmend an der Wand, sein Blick schweifte durch die Bahnhofshalle. Heute war der Tag des Abschieds. Nie wieder würde er auf diesen Bahnhof, in diese Stadt zurückkehren.

Und dann durchquerte ein Mann mit breitkrempigem Hut und langem Mantel die Halle. In dem Augenblick, in dem Francesco das Gesicht erkannte, begann sein Herz zu rasen. Dieser Mann war der Teufel.

Francesco tastete nach seinem Hirschhornmesser, ohne ihn aus den Augen zu lassen. Wie in Trance löste er sich aus der Gruppe seiner Landsleute und folgte der Gestalt. Ohne die Rufe seiner Freunde zu beachten und ohne an den Zug in die Heimat zu denken, verließ Francesco Chirico aus Perugia den Kasseler Bahnhof als Schatten des Mannes, der seinen Bruder Franco, seinen Freund Mario und viele seiner Landsleute auf dem Gewissen hatte. *Dieser Mann wird sterben, bevor die Sonne untergeht. Das schwöre ich. Beim Leben meiner Mamma.*

*

„Erinnerst du dich an die Grabsteininschriften vom Hauptfriedhof?“ Kommissar Stöbers Augen leuchteten vor Begeisterung. „Sie waren dir aufgefallen. Zwei Frauen. Mutter und Tochter. Als wir die Leiche am Baum ...“

„Ja, ich erinnere mich. Aber worauf willst du jetzt hinaus, Florian? Die können unmöglich mit unserem Fall ...“

„Können sie doch. Hör zu.“ Stöber tippte auf seine Unterlagen. „Was du von deinem Ex, äh ... von Professor Wolf über diesen Anselm Grünberg gehört hast, haben die Leute vom Stadtarchiv bestätigt. Sie haben aber noch mehr herausgefunden. Ich lasse mal das Kunstgeschichtliche weg. Kannst du alles nachlesen. Interessant ist die Familiengeschichte des Malers. Grünberg ist wahrscheinlich in einem Konzentrationslager umgebracht worden. Seine Witwe ist während des Krieges eines natürlichen Todes gestorben. Direkte Nachkommen gibt es nicht. Die gesamte Familie seiner Frau ist bei den Bombenangriffen auf Kassel ums Leben gekommen, aber er hatte eine Schwester - Martha, verheiratet mit Karl-Herrmann Elshoff. Aus dieser Ehe ist eine Tochter hervorgegangen. Caroline Elshoff. Martha und Caroline Elshoff - das sind die Namen, die wir auf den Grabsteinen gelesen haben. Und das Todesdatum. Die Nichte des Malers und ihre Mutter sind in den letzten Tagen des Krieges zu Tode gekommen. Ich dachte immer, das Kriegsende war im Mai 1945. Aber in Kassel war der Krieg bereits am 5. April zu Ende. Und die Amerikaner ..."

„Das ist ja alles sehr interessant, Florian", unterbrach Hanna Wolf den Vortrag ihres Kollegen. „Aber ich kann nicht erkennen, was das mit unserem Fall zu tun haben könnte."

„Gleich, Hanna. Gleich wird dir ein Licht aufgehen. Ich war nämlich auch noch in der Landesbibliothek und habe ein wenig in den Mikrofilmen alter Zeitungen gestöbert. Zum Beispiel in der letzten Ausgabe des Nazi-Blattes Kurhessische Landeszeitung. Und da habe ich das hier gefunden." Er schob Hanna die Ablichtung eines Artikels über den Schreibtisch.

Die Hauptkommissarin kniff die Augen zusammen und las mit ausgestreckten Armen.

Frauenmord in Wilhelmshöhe.
Zwei deutsche Frauen von Unbekannten erschossen. Gestern in den Morgenstunden entdeckten Bewohner eines Hauses im Stadtteil Wilhelmshöhe die Leichen der Hauswartin und deren Mutter. Nach ersten Ermittlungen der Kriminalpolizei sind Unbekannte gewaltsam durch den Hintereingang in die Wohnung eingedrungen und haben beide Frauen erschossen. Über den Hintergrund der Bluttat liegen noch keine Erkenntnisse vor. Da die jüngere der beiden Frauen, Caroline E., in einem Kasseler Rüstungsbetrieb gearbeitet hat, kann eine Täterschaft ausländischer Agenten oder jüdischer Provokateure nicht ausgeschlossen werden.

Hanna legte die Kopie zurück. „Und was schließen wir daraus?"

Stöbers Begeisterung war ungebrochen. „Wir schließen daraus, also – ich schließe daraus, dass die Nichte des Malers die einzige Person gewesen sein könnte, die über die Bildersammlung Bescheid wusste. Vielleicht hat sie die Kunstwerke ihres Onkels in Sicherheit gebracht und musste deshalb sterben. Das mit den ausländischen Agenten und jüdischen Provokateuren ist doch Propaganda-Quatsch."

„Nach deiner Theorie, Florian, müsste der Mörder die Gemälde an sich gebracht haben. Dann hätte er sie aber nach dem Krieg auf den Markt gebracht, und sie wären irgendwann aufgetaucht. Das sind sie aber nicht."

„Vielleicht ist er daran gehindert worden, Hanna. Vielleicht ist er selbst in den Nachkriegswirren ums Leben gekommen. Vielleicht ... Es gibt viele Möglichkeiten. Jedenfalls könnte es so gewesen sein. Die Bilder waren irgendwo versteckt, und jetzt ist jemand durch Zufall darauf gestoßen und hat sie ..."

„... dem Kunsthändler Colberg angeboten." Hanna nickte nachdenklich. „Oder auch nur eins davon. Dann hätte der plötzlich einen Millionenwert in der Hand gehabt. Und das ruft natürlich immer mehr oder weniger kriminelle Elemente auf den Plan. So gesehen, macht deine Theorie einen Sinn. Bisher war ich allerdings der Meinung, dass sich nur die bessere Gesellschaft für hochwertige Kunst interessiert."

„Wenn's um richtig viel Kohle geht", warf Stöber ein, „sind die oberen Zehntausend doch genauso skrupellos wie Taschendiebe, die in der Königsstraße alte Omas beklauen. Denk doch nur mal an die millionenschweren Abfindungen für Manager. Oder an diesen Herrn Bundesbankpräsidenten, der sich die Silvesterfeier von einer Privatbank bezahlen lässt."

„Da hast du leider Recht", seufzte die Hauptkommissarin. „Die Frage ist nur, wie wir den möglicherweise existierenden Zusammenhängen auf die Spur kommen." Sie sah ihren Kollegen aufmerksam an. „Ich hätte da vielleicht eine Idee. Ich weiß allerdings nicht, ob wir sie bei Ober-Wenzel durchkriegen. Aber wenn du einverstanden bist, würde ich mir zuerst grünes Licht bei unserem Oberstaatsanwalt holen. Dann dürfte Wenzel keine ..."

„Wieso ich, Hanna?", unterbrach Stöber sie. „Seit wann brauchst du mein Einverständnis für eine Ermittlungsstrategie?"

Hanna Wolf lächelte. „Weil es dich betrifft. Und zwar in ganz besonderer Weise. Du stammst doch aus einem Geschäftshaushalt. Und kennst dich mit Einnahmen und Ausgaben, Gewinn und Verlust, Abschreibung und Mehrwertsteuer und all diesen Dingen aus."

„Du meinst, mit Buchführung?"

Die Hauptkommissarin nickte. „Genau dafür brauche ich dich."

11

Mark Wellershoff war nicht so leicht aus der Ruhe zu bringen. Doch die Unsicherheit im Fall Grünberg machte ihn nervös. Es ging schließlich um sehr viel Geld. Wenn Vanderbildt ohne seine Hilfe an die Bilder kam, würde ihm eine Provision in sechsstelliger Höhe durch die Lappen gehen. Seit Tagen hatte er von Pawlowskis Mitarbeiter nichts gehört und nichts gesehen. Dabei wurde es höchste Zeit, dass Bewegung in die Sache kam. Wellershoff griff zum Telefonhörer. *Wenn der Knabe nicht spurt, muss sein Chef ihm Beine machen.* Er erreichte Julian Pawlowski im Auto. Der Sekretärin des Detektivs hatte er erst ordentlich Druck machen müssen, um an die Mobilfunk-Nummer zu kommen. Aber nicht nur deshalb war Wellershoff geladen. Obwohl die Verbindung gut war, sprach der Anwalt besonders laut.

„Pawlowski, hör zu. Dein Mann ist mir keine große Hilfe. Seit er sich hier vorgestellt und den Auftrag entgegengenommen hat, habe ich nichts mehr von ihm gehört. Das ist eine Verhaltensweise, die ich nicht akzeptieren kann. Ich erwarte, dass du dem Herrn Beine machst, und zwar sofort, sonst ..."

„Lieber Mark", unterbrach ihn der Privatdetektiv, „ich verstehe dich vollkommen. Es ist mir ein Rätsel, warum Delitz sich nicht meldet. Wenn du dich noch ein paar Tage gedulden könntest, finde ich heraus, was da los ist."

„Ein paar Tage? Du machst Witze, Pawlowski. Ich gebe dir eine Stunde. Dann will ich eine konstruktive Antwort. Sonst sind wir geschiedene Leute. Detekteien gibt es auch in Kassel."

„In Ordnung, Mark, reg dich nicht auf. Ich rufe in einer Stunde zurück. Bis dann."

Der Anwalt warf den Hörer auf den Apparat. Er hasste Situationen, in denen er nicht weiterkam, weil er auf andere angewiesen war. Aber für diese Art Nachforschungen fehlten ihm Kenntnisse und Ausstattung. Und mit einer ortsansässigen Detektei würde er nicht wirklich gern zusammenarbeiten. Er sah auf die Uhr. *Wenn Pawlowski sich nicht pünktlich meldet, reiße ich ihm den Arsch auf.*

Genau achtundfünfzig Minuten später klingelte das Telefon. Wellershoff erkannte den Anrufer am Display. „Was ist los?", fragte er ohne Umschweife.

„Delitz ist verschwunden."

„Was heißt verschwunden?"

„Was weiß ich? Abgetaucht. Oder ihm ist etwas zugestoßen. Jedenfalls unerreichbar."

„Na toll. Und jetzt?"

„Ich komme nach Kassel und kümmere mich selbst um den Auftrag. Noch heute. Unser Freund Bollmann fliegt am Nachmittag mit seinem Firmenjet von hier aus nach Calden. Da kann ich mitfliegen. Ich melde mich morgen früh bei dir. Ist das okay?"

Jemand zerrte an seinem Arm und schrie in sein Ohr. Mühsam kämpfte sich Jörg Rascher aus der Dämmerung eines Mittagsschlafes in die grelle Wirklichkeit. Als er Susannes Gesicht erkannte, war er plötzlich hell wach. Das Entsetzen in ihren Augen löste sogleich ein panisches Gefühl in ihm aus. Bevor er ihre Worte richtig aufgenommen hatte, wusste er, was passiert war.

„Ist was mit den Kindern?", fragte er und sprang vom Sofa auf. Seine Schwester schluchzte. „Sie sind nicht nach Hause gekommen. Ich habe schon in der Schule angerufen. Und alle ihre Freundinnen. Sie hätten längst da sein müssen."

Rascher schaffte es nicht, Susanne in die Augen zu sehen. „Beruhige dich", murmelte er, „es wird sich alles aufklären." Seine Gedanken rasten.

Ich muss in meine Wohnung. Bestimmt melden sich die Entführer per E-Mail. Ich werde mit ihnen verhandeln. Den Mädchen darf nichts geschehen.

Er zwang sich zu einem Tonfall, der überlegt und gelassen wirken sollte. „Kinder haben manchmal abenteuerliche Ideen. Bestimmt tauchen sie bald wieder auf. Mach dir keine Sorgen. Ich werde sie suchen."

„Aber du kannst mich doch jetzt nicht allein ... Ja, natürlich, bitte, geh ..." Susannes Stimme versagte, und sie brach in Tränen aus.

Rascher nahm seine Schwester in die Arme und strich ihr über den Kopf. „Einer muss hier bleiben. Falls die Mädchen nach Hause kommen. Glaub mir, es ist das Beste so."

„Müssen wir nicht die Polizei verständigen?", stammelte Susanne.

„Erst mal noch nicht. Lass mich nur machen. Bestimmt stromern sie hier irgendwo in der Gegend herum. Und dann finde ich sie auch. Am besten breche ich sofort auf, damit wir keine Zeit verlieren." Er hob ihren Kopf und sah sie an. „Meinst du, du schaffst das?"

Susanne Liebert nickte kaum merklich. „Ich versuche es."

„Gut." Rascher löste sich von seiner Schwester. Er griff nach seiner Jacke und tastete nach seinem Handy. „Sobald ich sie habe, rufe ich dich an."

Eilig verließ er das Haus.

Die E-Mail befand sich bereits in seinem elektronischen Briefkasten. Mit feuchten Händen bediente er Tastatur und Maus seines Computers, um die Nachricht herunterzuladen und zu öffnen. Keine Anrede, keine Unterschrift. Und die Absender-Zeile war vermutlich gefälscht.

Ihren Nichten geschieht nichts, wenn Sie sich an unsere Anweisungen halten. Sie teilen uns die Adresse per SMS mit. Halten Sie anschließend Ihr Handy empfangsbereit, falls Rückfragen erforderlich sind. Wir prüfen Ihre Angaben und holen die Ware ab. Informationen über Ort und Zeitpunkt der Rückkehr der Kinder erhalten Sie telefonisch. Ihr Honorar beträgt 50.000 Euro. Die Hälfte erhalten Sie bei Übergabe, den Rest nach Echtheitsprüfung. Sobald sich die Objekte in unserer Hand befinden, werden Ihre Nichten freigelassen.

Rascher starrte auf den Bildschirm. Seine Augen brannten. Fünfzigtausend Euro. Für eine Gemäldesammlung, die viele Millionen wert war. Eine Frechheit. Wut und Ohnmacht schnürten ihm die Kehle zu. *Wenn ich die Typen erwische, lege ich sie um.* Die Gesichter der Mädchen erschienen vor seinem inneren Auge. Er hatte keine Chance. Das Spiel war verloren. Nicht er bestimmte die Regeln, sondern die Gegenseite. Und nun musste er auch noch dafür sorgen, dass Susanne nicht die Polizei einschaltete. Sonst würde er das Geschäft vergessen können. Noch bestand die Hoffnung, wenigstens die Fünfzigtausend kassieren zu können. Besser als gar nichts. Er löschte die E-Mail, fuhr den Rechner herunter und sprang auf. *Ich muss zu Susanne. Muss ihr sagen, ich habe eine Spur. Und dann zusehen, dass ich die Mädchen bis heute Abend frei bekomme. Ob sie bis dahin die Angst um ihre Kinder erträgt, ohne durchzudrehen?*

Kurz vor Dienstschluss traf der Obduktionsbericht über das letzte Drogenopfer ein. Der Befund bestätigte die bereits vorliegenden Ermittlungsergebnisse und Schlussfolgerungen. Todesursache war eine Überdosis besonders reinen Heroins gewesen. Außerdem hatte der Arzt im Körper des jungen Mannes Spuren des Benzodiazepin-Präparates Rohypnol gefunden. Hauptkommissarin Wolf kannte dieses Mittel. Es wurde seit Jahren im Rotlicht-Milieu als K.O.-Tropfen eingesetzt, um Bordell-Kunden zu betäuben und auszurauben. Außerdem diente es Vergewaltigern dazu, ihre Opfer willenlos zu machen. Der Wirkstoff Flunitrazepam war ursprünglich zur Behandlung von Schlafstörungen entwickelt worden, hatte aber auch in der Drogenszene Anhänger gefunden. Leider gab es Ärzte, die eine sehr lockere Hand beim Ausstellen von Rohypnol-Rezepten hatten. Wer Benzos brauchte, musste nur die richtigen Adressen kennen und dort etwas von Schlaflosigkeit, Nervosität und Erregungszuständen erzählen. Schon bekam er, was er brauchte.

Wahrscheinlich hat der Junge nach den üblichen Einstiegsdrogen Rohypnol eingeworfen und nun seinen ersten Versuch mit der Nadel gemacht. Während Hanna den Bericht in die Akte schob, sandte ihr Unterbewusstsein wieder dieses Signal, dass sie etwas übersehen haben könnte. Doch bevor sie sich weiter mit dem Gedanken befassen konnte, klopfte es an der Tür.

Mit Jonas Roth hatte sie nicht gerechnet. Sie bemühte sich, die freudige Überraschung, die sie verspürte, nicht zu erkennen zu geben.

Der Journalist hingegen strahlte. „Guten Abend, Frau Wolf. Wie schön, dass ich Sie noch antreffe."

„Was kann ich für Sie tun?" Hanna strich unbewusst eine Haarsträhne zur Seite.

„Sie könnten", antwortete Roth, „einmal ja sagen."

„Ja? Wie meinen Sie das?"

„Ich möchte Sie zum Essen einladen. Heute Abend. Und wenn Sie noch nichts Besseres vorhaben, sagen Sie einfach ja."

Als Hanna nicht sofort antwortete, fügte er hinzu: „Bitte."

Die Chefin des Fachkommissariats für Tötungsdelikte, Hauptkommissarin Wolf, wusste nicht, was sie sagen sollte. „Sie überraschen mich, Herr Roth", stieß sie schließlich hervor.

„Öffne dich für alles Neue, hafte nicht am Alten, werde neugierig und staune, denn morgen kann alles anders sein", zitierte der Zeitungsmann.

„Von wem ist das?"

Roth hob die Schultern. „Keine Ahnung. Habe ich mal irgendwo gelesen. Aber ich fand es so gut, dass ich es mir gemerkt habe."

Hanna zögerte. Sie würde gerne mit diesem sympathischen Mann den Abend bei einem guten Essen verbringen. Aber sie konnte sich doch nicht einfach so einladen lassen. Sie kannte ihn ja kaum. Und er war von der Zeitung, vielleicht wollte er so nur an Informationen kommen? Außerdem würde sie ihre Schwertfisch-Diät wieder nicht einhalten. „Ist das Ihr Lebensmotto?", fragte sie, um Zeit zu gewinnen. Roth nickte. „Könnte man so sagen." Sein Blick forschte in Hannas Augen. „Und Sie? Sind Sie neugierig?"

Hanna entspannte sich ein wenig und lächelte. „Schon von Berufs wegen, ja."

„Jetzt haben sie ja gesagt."

„Sie sind ganz schön gewitzt, Herr Roth", lachte Hanna Wolf.

„Ja", antwortete der Journalist in ernstem Ton. „Schon von Berufs wegen." Er sah sie an. „Wenn Sie lachen, sind Sie noch schöner."

Hanna spürte das Blut in ihren Wangen. Ihre Hände ordneten die Akten auf ihrem Schreibtisch zu einem akkuraten Stapel und schoben sie hin und her. Sie war verlegen. Aber die Antwort kam Hanna leichter über die Lippen, als sie gedacht hatte.

„Mir ist langweilig", beklagte sich Marie. „Ich habe Durst. Und Hunger. Paulchen und Felix haben bestimmt auch Hunger. Warum müssen wir hier so lange warten? Außerdem riecht es hier so komisch."

Alexandra setzte ihr Zwergkaninchen auf dem Fußboden ab. „Ich sehe mal nach, wo der Mann bleibt. Wir müssen ja auch nach Hause. Mama macht sich Sorgen, wenn wir so spät kommen."

Sie schlich zur Tür und drückte die Klinke nieder. Vorsichtig streckte sie den Kopf durch den Türspalt, dann schob sie sich hindurch. Vor ihr lag ein Flur mit vielen Türen. Zwei ließen sich öffnen, sie führten zu einem Badezimmer und zu einer Toilette, die anderen waren verschlossen. Sie rüttelte an den anderen Türklinken, rief „Hallo" und lauschte. Doch außer ihren eigenen Atemzügen hörte sie nichts.Alexandra kehrte zu ihrer Schwester zurück und hob die Schultern. „Ich weiß auch nicht, das ist vielleicht komisch, alles ist zu. Offen ist nur ein Klo und ein Badezimmer."

„Sind wir eingesperrt?" Maries Stimme zitterte, und ihre Augen füllten sich mit Tränen. Alexandra bekämpfte die aufsteigende Panik und versuchte, ihre Schwester zu beruhigen. „Bestimmt kommt der Mann bald wieder und bringt uns nach Hause."

„Ich will aber jetzt nach Hause." Marie stampfte mit dem Fuß auf. „Und das Kaninchen will ich auch nicht mehr. Der Mann ist böse."

Erschreckt legte Alexandra einen Finger auf die Lippen. „Nicht so laut, Marie. Vielleicht kann er uns hören. Es ist bestimmt besser, wenn wir nett zu ihm sind."

Marie verzog das Gesicht. „Ich will aber trotzdem nach Hause."

„Vielleicht können wir ja irgendwo rausklettern." Ihre Blicke wanderten zu den Fenstern. Maries Augen folgten ihnen. „Hier jedenfalls nicht", stellte sie fest. „Die sind vergittert. Da kommen wir nicht durch."

„Dann lass uns im Klo und im Badezimmer nachgucken." Wie auf Kommando rannten die Mädchen los. Sie stürzten nacheinander in beide Räume und kehrten enttäuscht in das Zimmer zurück, in dem sie nun schon so lange warteten. Auch die anderen Fenster waren vergittert.

„Wir müssen die Fensterscheiben kaputtschlagen und um Hilfe rufen", schlug Alexandra vor. „Ja", nickte Marie, „das machen wir."

„Und womit kriegen wir die Scheiben kaputt?", fragte Marie.

Ihre Schwester überlegte einen Moment. „Mit einem Stuhl. Das habe ich im Fernsehen gesehen."

Mit vereinten Kräften stießen die Mädchen die Stuhlbeine durch die Fensterscheiben, die klirrend zersplitterten.

*

Francesco folgte dem Deutschen in sicherer Entfernung, mühsam seine Wut und seinen Hass im Zaum haltend. Wäre er seinen Gefühlen gefolgt, hätte er sich schreiend auf ihn gestürzt und ihm das Messer in den Rücken gerammt. Doch trotz des inneren Dranges, seinem Rachedurst freien Lauf zu lassen, war Francesco noch klar genug im Kopf, um das Risiko eines solchen Handelns zu erkennen. Er wusste, dass er nur eine Chance hatte, wenn er den Deutschen überraschen konnte. Und er musste ihn allein erwischen. Darum würde er ihn so lange verfolgen, bis die Gelegenheit günstig war. Zur Not bis ans Ende der Welt. Für die Stadt und ihre zerbombten Straßenzüge hatte Francesco keinen Blick. Er sah

Menschen Trümmerbrocken schleppen, ohne sie wirklich wahrzunehmen. Er musste Kipploren und Lastwagen, Pferdefuhrwerken und amerikanischen Armeefahrzeugen ausweichen, ohne sie wirklich zu sehen. Und er hustete gegen den Staub der Steine an, die zusammengetragen und verladen wurden, ohne den Schmerz in der Brust wirklich zu spüren. Seine Augen waren auf den Rücken des Mannes geheftet, und er agierte wie in einem Traum, in dem man das Gefühl hat, sich selbst zusehen zu können.

Während Francesco Chirico aus Perugia durch die zerstörte Altstadt von Kassel wanderte, tanzten Bilder in seinem Kopf. Bilder aus Italien. Franco, der von einer Ragazza schwärmte. Mario, mit dem er am Ufer des Tevere flache Steine über das Wasser hüpfen ließ. Mama, die lautstark in der Cucina wirtschaftete, aus der es verführerisch duftete. Und Bilder aus Deutschland. Franco, der blutend den Hang des Bombentrichters hinabrutschte. Mario, dessen gebrochene Augen in den grauen deutschen Himmel starrten. Und er sah den deutschen Teufel, dessen Erschießungsbefehl ihr Leben ausgelöscht hatte.

Francesco wusste nicht, wie lange er dem Mann gefolgt war, hatte auch keine Vorstellung davon, wo er sich befand, als der Deutsche plötzlich stehen blieb, sich umsah und dann durch eine Türöffnung hinter den Resten einer Fassade verschwand.

Vorsichtig näherte sich Francesco der Stelle, erreichte schließlich die Mauerlücke und spähte hindurch. Er sah einen Hausflur, an dessen Wänden Steine und Holzbohlen aufgeschichtet waren. Dazwischen führte ein schmaler Gang zum hinteren Teil des Hauses, dessen rückwärtiges Mauerwerk nur noch teilweise stand. Von der Decke zum Obergeschoss hingen verkohlte Balken herab, einige waren abgestützt.

Francesco zog das Messer heraus und legte seinen Rucksack auf einem der Steinhaufen ab. Den Hirschhorngriff fest umklammert, schlich er vorwärts. Der Deutsche war nicht zu sehen. Schließlich hörte er ihn. Offenbar war der Mann damit beschäftigt, mit einem Hammer Mörtel von Mauersteinen zu klopfen. Vorsichtig schob sich Francesco voran, dem Geräusch entgegen.

Und dann sah er ihn. Er wandte ihm den Rücken zu.

Hut und Mantel hatte er neben sich auf einem Bretterstapel abgelegt, stattdessen trug er eine alte Mütze und eine verschlissene Arbeitsjacke. Mit einem Maurerhammer bearbeitete er einen Ziegelstein. Neben ihm lag auf der einen Seite ein Haufen Trümmersteine, auf der anderen waren die vom Mörtel befreiten Steine ordentlich zu einer kleinen Mauer aufgeschichtet.

Francesco Chirico hielt den Atem an. Er hob das Messer in Brusthöhe und schätzte die Entfernung ab. Drei oder vier Schritte trennten ihn von dem Deutschen. Oder ein kräftiger Sprung.

Er würde ihm die Klinge in den Hals stoßen und die Schlagader durchtrennen. Der Rücken war zu unsicher, wegen der Rippen. Das hatte er von Landsleuten gelernt, wenn sie darüber fantasiert hatten, wie sie sich aus dem Lager befreien würden. Der deutsche Teufel würde verbluten, langsam verbluten, während er ihm erklären würde, warum.

Francesco holte vorsichtig Luft, ging in die Hocke und stieß sich ab, die Messerklinge war auf den Hemdkragen des Mannes gerichtet.

12

Kommissar Stöber wusste nicht recht, was er von der Idee seiner Chefin halten sollte. Einerseits war er selbst es gewesen, der vorgeschlagen hatte, in der Kunsthandlung nach einer Spur zu suchen. Andererseits fühlte er sich in seiner Rolle als Mitarbeiter von Peter König nicht unbedingt wohl. Letztlich erschien ihm die Aktion jedoch als vielversprechend, und eine interessante Abwechslung war sie allemal.

Erstaunlich rasch hatte Hanna das Einverständnis des Kriminaloberrates und der Staatsanwaltschaft für die Aktion gewonnen. Nur der Kunsthändler selbst hatte zunächst gezögert, obwohl die Hauptkommissarin alle Register gezogen hatte, um ihn zu bewegen, einen Kriminalisten in sein Geschäft zu lassen.

„Der hat anscheinend geglaubt, dass ich den Job machen wollte“, hatte Hanna lachend berichtet. „Das muss ihm nicht gefallen haben. Erst als er kapiert hat, dass du seinen neuen Mitarbeiter spielen würdest, hat er nachgegeben. Du musst einen guten Eindruck hinterlassen haben, Florian. Sieh zu, dass du daraus was machst.“ Und mit einem Augenzwinkern hatte sie hinzugefügt: „Wenn deine häuslichen Renovierungsaufgaben es erlauben.“

Nun folgte Stöber bereits seit über einer Stunde seinem neuen Arbeitgeber von Kunstgegenstand zu Kunstgegenstand und von Antiquität zu Antiquität und hörte sich Königs Erläuterungen an, ohne sie wirklich zu verstehen. Obwohl der Kunsthändler ihn sehr freundlich empfangen und seitdem überaus höflich und zuvorkommend, ja geradezu herzlich behandelt hatte, gefiel ihm der Mann immer weniger. Florian Stöber hätte nicht erklären können, was seine Abneigung begründete. Vielleicht war es Königs altmodisch-hochgestochene Ausdrucksweise, vielleicht der etwas zu intensive Duft seines Herrenparfüms, vielleicht auch nur das Gefühl, dass Colbergs Partner nicht ganz offen war.

Als sie schließlich das Büro erreichten und Stöber sein Interesse an dem hochmodernen Computer bekundete, hielt der Kunsthändler in seinem Redefluss inne und sah ihn mit großen Augen an. „Kennen Sie sich damit aus?“, fragte er, und Florian glaubte so etwas wie Bewunderung in Königs Augen zu erkennen.

„Computer“, antwortete Stöber, „sind ein Hobby von mir.“

„Das ist ja wunderbar.“ König strahlte. „Vielleicht können Sie mir ein wenig helfen. Ich meine, wenn Ihre sonstigen Aufgaben es erlauben. Darum hat sich immer Freddy, ich meine Herr Colberg, gekümmert. Ich weiß überhaupt nicht, wie man damit umgeht. Und ich muss doch den ganzen Warenbestand ... und die Buchführung ... Also, wenn Sie mir da ein wenig unter die Arme ... Ich möchte ja ungern fremde Hilfe in Anspruch nehmen.“

„Bin ich keine fremde Hilfe?“, fragte Stöber.

„Aber ich bitte Sie. Sie doch nicht. Sie sind vertrauenswürdig. Absolut. Als Kriminalbeamter ... und selbstverständlich auch als

Mensch." König streifte ihn mit einem Blick, den Florian Stöber nicht deuten konnte.

Wenn du dich da mal nicht täuschst, dachte er. Laut sagte er: „Ihr Vertrauen ehrt mich, Herr König. Ich will mich gerne um Ihren Computer kümmern. Gibt es ein Passwort?"

„Oh ja, daran hätte ich jetzt gar nicht gedacht. Selbstverständlich benötigen Sie das Passwort. Freddy hat den Vornamen seiner Mutter benutzt. Wie hieß sie doch gleich? Es ist schon eine Weile her, dass er es mir gesagt hat." König legte die Stirn in Falten und berührte mit zwei Fingern seine Schläfe. „Luise, glaube ich. Probieren Sie mal Luise. Oder Luisa. Ich bin nicht sicher."

Stöber setzte sich an Colbergs Schreibtisch und schaltete den Rechner ein. Mit der zweiten Variante des Namens fuhr der Computer schließlich hoch. Auf dem Bildschirm erschienen neben den üblichen Windows-Icons nur wenige Programmsymbole.

König tippte mit dem Finger auf den Monitor. „Das ist, glaube ich, für die Buchhaltung", erklärte er. „Und dieses gehört wohl zur Verwaltung der Geschäftskonten. Was die anderen Zeichen bedeuten, weiß ich nicht. Irgendwo muss auch die Korrespondenz gespeichert sein. Außerdem hat Freddy eine Bildersammlung angelegt. Mit Fotos von unseren wertvolleren Stücken." Der Kunsthändler legte einen Arm auf Stöbers Schulter. „Aber das werden Sie selbstverständlich alles herausfinden, Herr Kommissar."

Florian Stöber nickte. „Soll ich gleich anfangen?"

„Ich wäre Ihnen unendlich dankbar. Dürfte ich Sie dann gleich mal für ein Weilchen allein lassen? Ich hätte nämlich noch eine Verabredung. Außerhalb. Die Kasse zeige ich Ihnen noch, ich meine, wie sie funktioniert. Die meisten Artikel sind ausgezeichnet. Sie brauchen nur den Betrag einzugeben. Bei den größeren Objekten muss eventuell über den Kaufpreis verhandelt werden. Falls sich ein Kunde für eines der nicht ausgezeichneten Objekte interessiert, bitte ich Sie, mich anzurufen. Ich lasse Ihnen meine Handy-Nummer hier."

„Alles klar", bestätigte Stöber, nachdem er in die Geheimnisse der Registrierkasse eingeweiht worden war. „Machen Sie sich keine Gedanken. Ich kriege das schon hin."

Wenn der Kunsthändler wirklich so ahnungslos war, wie er sich gab, und sein Partner allein für die Datenverarbeitung zuständig gewesen war, konnte der Computer auch Hinweise auf eventuelle Alleingänge Colbergs enthalten. Florian Stöber ließ die Gelenke seiner Finger knacken. Die nächsten Stunden versprachen spannend zu werden.

Obwohl er schon das dritte Bier heruntergestürzt hatte, schwitzte Jörg Rascher. Das lag weniger an der Umgebungstemperatur als vielmehr an der Vorstellung, dass in den nächsten Stunden jemand das Versteck mit den Millionenwerten ausräumen würde. Dieser Jemand wartete nur noch auf die Ortsangabe. Und er, Jörg Rascher, war dazu verurteilt, die Information zu liefern. Die Adresse hatte er bereits eingegeben, die Nachricht aber noch nicht versandt. Noch hoffte er auf eine Eingebung, wie er das Schicksal wenden konnte, und schwankte zwischen Illusion und Verzweiflung.

Als ein anderer Gast zahlte und dem Wirt die Summe für die Zeche vorzählte, schoss ihm ein Gedanke durch den Kopf. *Erst die Ware, dann das Geld.* Der Grundsatz war so alt wie der Handel. Das war die Lösung. Statt der Adresse würde er einen Gegenvorschlag schicken. Ware gegen Geld. Er würde die Bilder aus dem Versteck holen und sie im Austausch gegen die Mädchen und das Geld übergeben. Auf diese Weise konnte er einige der Gemälde beiseite schaffen. Hastig tippte er die Nachricht ein und drückte die Sendetaste. Anschließend bestellte er das nächste Bier.

Um diese Uhrzeit waren nur wenige Gäste in der Kneipe und der Geräuschpegel entsprechend niedrig. Dennoch zog Rascher alle paar Minuten sein Handy aus der Tasche, um den Empfang zu kontrollieren. Als es endlich klingelte, fiel es ihm fast aus den Händen. Die Schrift der Nachricht verschwamm vor seinen Augen. Mit einiger Mühe entzifferte er den kurzen Text.

Austausch ist akzeptiert. Aber dort, wo die Objekte lagern. Senden Sie Adresse und Zeitpunkt und kommen Sie hin.

Rascher lachte auf, sodass der Wirt zu ihm herüber sah. „Alles klar“, rief er, „alles bestens. Noch ein Bier und einen Korn. Und dann möchte ich zahlen.“

Das war die Wende. Er war wieder am Drücker. Er würde die verdammten Entführer austricksen. Wenn sie die Mädchen dabei hatten, konnte er sie aufs Kreuz legen. Er brauchte nur einen geeigneten Ort. Und den würde er finden. Schließlich kannte er sich in Kassel aus wie sonst kaum jemand.

Leicht schwankend erreichte Rascher den Wagen und ließ sich in den Sitz fallen. Er kontrollierte seine Waffen. Seit der Begegnung hinter der Villa besaß er eine zweite Pistole. Dass der Typ den Löffel hatte abgeben müssen, war Pech gewesen. Glück im Unglück, dass er sich der Leiche so elegant hatte entledigen können. Laut Zeitung tappte die Polizei im Dunkeln. Es gab keine Spuren, keine Hinweise auf die Identität, und niemand wurde vermisst. Rascher kicherte leise vor sich hin, als er daran dachte, wie er den Hänfling erledigt und auf dem Friedhof entsorgt hatte. *Und so einer wollte mir ans Leder. Jetzt muss ich nur noch die richtige Stelle aussuchen. Unübersichtliches Gelände, aber keine Wohngegend. Am besten Häuser ohne Menschen. Am besten* ... Er schlug sich mit der flachen Hand an die Stirn. „Das ist es", murmelte er vor sich hin.

In Bettenhausen gab es ein verlassenes Fabrikgelände, dorthin würde er die Entführer locken. Dort hätte er alles unter Kontrolle. *Wenn sie die Kinder dabei haben, setze ich die Typen nacheinander außer Gefecht. Mehr als zwei werden es kaum sein. Sobald ich die Schweine ausgeschaltet habe, bringe ich Marie und Alexandra nach Hause. Fertig. Und die Bilder gehören mir.*

Weil er die genaue Lage der Gebäude nicht sicher im Kopf hatte, würde er vor dem Treffen hinfahren. Es war besser, sich den Ort noch einmal gründlich anzuschauen. Je sicherer er sich auf dem Gelände auskannte, desto mehr war er im Vorteil. Allerdings war die Zeit dafür heute zu knapp. *Also morgen. Muss Susanne eben noch warten. Sie wird's überleben.*

Er startete den Motor und ließ den Wagen anrollen. Etwas tun und seine Schachzüge im Voraus planen zu können, gab ihm das überlegene Gefühl, die Sache im Griff zu haben.

Im Casa Colombiana war Hanna zuletzt mit Nina gewesen. Das musste schon einige Zeit her sein. Ihre Tochter hatte mit einem für

Hannas Geschmack etwas zu freizügigem Auftritt als Model viel Geld verdient und sie von ihrem Verdienst erst zum Powershopping und anschließend zum Essen eingeladen. Dabei hatte sie sich ziemlich unverblümt über Hannas Sexualleben ausgelassen. Die Erinnerung hatte sie einen Augenblick zögern lassen, als Jonas Roth ein Abendessen im Hölkeschen Haus vorgeschlagen hatte. Doch das Essen war gut gewesen, außerdem gab es dort Calvados. So hatte sie schließlich zugestimmt, und nun saß sie mit dem attraktiven Journalisten an einem der hinteren Tische und versuchte mit ausgestreckten Armen die Karte zu entziffern. Was hatte sie damals nur gegessen? Es war irgendetwas Exotisches gewesen. Als ihr Blick auf die Preise fiel, erinnerte sie sich daran, dass Nina mit D-Mark bezahlt hatte. Also war es doch schon ziemlich lange her.

Wenn man so selten essen geht, muss man sich wegen der Kalorien keine Gedanken machen. Hanna gab den Vorsatz auf, sich mit einem Salat zu begnügen.

„Haben Sie schon etwas gefunden?", fragte Jonas Roth.

„Mehr als für meine Figur gut ist. Ich glaube, ich nehme das Zanderfilet. Pescado con Papas Caprichosa. Und Sie?"

Roth nickte. „Bestimmt eine gute Wahl. Ich schließe mich an. Und dazu einen trockenen Chardonnay. Einverstanden?"

Hanna Wolf legte die Speisekarte zur Seite. „Was hat Sie eigentlich auf die Idee gebracht, über unsere Arbeit zu schreiben? Gewöhnlich interessieren sich Presse und Öffentlichkeit nur für die Ergebnisse unserer Ermittlungen."

„Genau deshalb. Polizeiarbeit lebt doch mehr als andere vom Einsatz der Menschen. Wenn wir darüber berichten, dass ein Straftäter dingfest gemacht worden ist oder ein mysteriöser Todesfall aufgeklärt wurde, stecken dahinter Menschen wie Sie, die Tage oder Wochen ermittelt und dabei vielleicht sogar ihr Leben aufs Spiel gesetzt haben. Davon erscheint nichts in den Meldungen."

„Aber", wandte Hanna ein, „das gilt doch für andere Berufe auch, zum Beispiel für Ihren. Sie müssen doch auch recherchieren."

Roth lächelte. „Zum einen ist unsere Tätigkeit weniger gefährlich, zum anderen dürfen wir immerhin unter das, was wir zustande gebracht haben, unseren Namen oder unser Kürzel setzen. Im Übrigen werden wir demnächst in loser Folge auch über andere Berufe berichten."

„Eine gute Idee. War das Ihre?"

Jonas Roth kam um die Antwort herum, weil die Bedienung erschien, um die Bestellung aufzunehmen.

„Wie wäre es mit einem Aperitif?", fragte er.

Hanna schüttelte den Kopf. „Danke, lieber nicht. Darauf zu verzichten, fällt mir leichter als ..."

„... auf das Dessert? Oder den Digestif?"

Hanna spürte, wie ihr das Blut in die Wangen stieg. „Jetzt haben Sie mich ertappt. Vergessen Sie's bitte."

„Kein Problem. Darüber machen wir uns später Gedanken." Jonas Roth gab die Bestellung auf, dann wandte er sich wieder Hanna zu. „Aber jetzt, Frau Wolf, erzählen Sie mir doch ein bisschen von sich."

„Sie meinen, von meiner Arbeit?"

Ein warmer und zugleich aufmerksamer Blick ruhte auf ihr. „Auch von Ihrer Arbeit, sie gehört ja zu Ihnen. Aber mich interessiert der ganze Mensch. Was machen Sie, wenn Sie nicht ermitteln? Was beschäftigt Sie? Worüber freuen Sie sich? Was ärgert Sie?"

„Was soll das werden, Herr Roth? Das Psychogramm einer Kriminalistin?"

Der Journalist hob beschwörend die Hände. „Ich will Ihnen nicht zu nahe treten, Frau Wolf. Sie sollen mir nichts erzählen, was Sie lieber für sich behalten möchten. Es ist nur so, dass ich ... Ich weiß nicht, wie ich es ausdrücken soll. Ich möchte ... Also, um ehrlich zu sein, ich interessiere mich nicht nur für die Kriminalistin, ich interessiere mich auch für ... für Hanna Wolf, die Frau, die mir gegenübersitzt."

Hanna schwieg. Sie wusste nicht, ob sie erfreut oder ablehnend oder amüsiert reagieren sollte. Jonas Roth interessierte sich für sie! Und sprach das auch noch aus. Ganz leicht war es ihm nicht gefallen. Sie beobachtete, wie eine leichte Röte sein Gesicht überzog. Sie spürte die Ernsthaftigkeit seines Interesses, und das machte sie irgendwie froh. Aber was sollte sie dazu sagen?

Die junge Kellnerin brachte den Wein und verschaffte Hanna eine kleine Galgenfrist. Roth probierte einen Schluck. „Danke", sagte er und nahm der Bedienung die Flasche ab. „Ich schenke gern selber ein. – Möchten Sie gleich oder lieber später ..."

„Lieber dann zum Essen", antwortete Hanna und lächelte dankbar. Roth stellte die Flasche in den Kühler zurück. „Finde ich auch."

Hanna Wolf lächelte noch immer. Und dann hörte sie sich etwas sagen, das sie sich nicht überlegt hatte und eine Sekunde lang bereute. „Sie gefallen mir, Herr Roth. Sie gefallen mir sehr."

Als sie in seine Augen sah, war sie froh, es ausgesprochen zu haben.

Plötzlich öffnete sich die Tür, und der fremde Mann stand im Zimmer. Hastig kletterten die Mädchen von der Kommode und hockten sich auf die Bettkante. Die Kaninchen verschwanden hoppelnd in den Zimmerecken. Alexandra nahm die Hand ihrer Schwester.

„Na so was, das gehört sich aber nicht", sagte der Mann, aber er lächelte dabei. Er schien nicht böse zu sein, denn seine Stimme war leise und freundlich, nicht laut und ärgerlich wie manchmal bei Papa, wenn sie etwas angestellt hatten.

„Ich will nach Hause", schluchzte Marie, obwohl ihre Schwester sie anstieß und ihre Hand zusammenpresste. „Zu meiner Mama."

Der Fremde nickte. „Das kann ich gut verstehen. Es wird auch Zeit, dass ihr nach Hause kommt. Aber ein Weilchen müssen wir uns noch gedulden. Ich habe gerade mit eurer Mutter gesprochen. Sie bittet euch, noch ein bisschen hier zu bleiben. Sie muss etwas erledigen und kann deshalb nicht zu Hause auf euch warten. Wenn sie wieder zurück ist, ruft sie mich an. Dann bringe ich euch heim. Ihr habt doch bestimmt Hunger. Und Durst. Was möchtet ihr trinken? Milch oder Cola?"

„Cola", flüsterte Marie und sah ihre Schwester an. „Cola ist in Ordnung", bestätigte Alexandra.

„Das habe ich mir gedacht", lachte der Mann. „Ich bin gleich wieder da."

Wenn Mama den Mann kannte, überlegte Alexandra, waren sie nicht in Gefahr. Aber warum war sie nicht zu Hause? Wo konnte sie sein? Und wo war Onkel Jörg? Einer von beiden würde doch sicher zu Hause bleiben und auf sie warten. Überhaupt – Onkel Jörg konnte sie doch mit seinem Auto abholen, dann brauchte der Mann sie nicht zu bringen. Ein unschöner Gedanke drängte sich in ihren Kopf und ließ ihre Ohren glühen. Vielleicht sagte der Mann nicht die Wahrheit. Vielleicht waren sie doch in Gefahr. Unwillkürlich wanderte ihr Blick zu den zerbrochenen Fensterscheiben.

Rasch senkte sie die Augen, denn der Mann kehrte mit einem Tablett zurück.

„So. Da hätten wir zweimal Cola, zwei Hamburger, eine große Tüte Pommes und zweimal Schokoladeneis. Guten Appetit."

Hungrig griffen die Kinder nach Burger und Pommes. Die Cola war ein bisschen schaumig, aber Marie und ihre Schwester stürzten sie hinunter. Wenn das Mama wüsste, dachte Alexandra. Pommes und Cola. Und Hamburger. Und Schokoladeneis. So viel Verbotenes auf einmal.

„Ich muss noch mal weg", sagte der Mann und sah auf seine Uhr. „Lasst euch Zeit mit dem Essen. Cola ist auch noch da, falls ihr noch welche wollt. Ich lasse euch die Flasche hier. Wenn ihr müde seid, könnt ihr euch ins Bett legen. Ich hole euch dann ab. So, und jetzt muss ich los."

Alexandra fasste sich ein Herz. „Warum ist alles abgeschlossen?", fragte sie. „Wir könnten doch ein bisschen nach draußen gehen. Hier drin ist es auf Dauer langweilig, und für die Kaninchen ..."

„Das geht leider nicht." Betrübt schüttelte der Mann den Kopf. „Dieses Haus liegt etwas abseits. Zu einsam. Es wäre gefährlich, die Türen offen zu lassen. Dann könnte doch jeder hier reinkommen und euch etwas antun."

Damit verschwand er durch die Tür. Alexandra hörte, wie eine Tür abgeschlossen und verriegelt wurde. Sie fragte sich, ob sie dem Mann glauben konnte. Ob er wirklich mit ihrer Mutter gesprochen hatte? Ob er sie wirklich bald abholen und nach Hause bringen würde?

Alexandra wollte ihm so gern glauben.

Sie sah ihre Schwester an. Marie schien ihre Tränen vergessen zu haben. Sie kaute mit vollem Mund und gutem Appetit, und ihre Wangen begannen sich zu röten.

Alexandra wusste plötzlich, dass sie die Verantwortung trug. Für sie beide. Für sich selbst und für ihre Schwester. Schließlich war sie die ältere. Und Mama und Papa würden auch erwarten, dass sie sich verantwortlich fühlte. Wenn Mama wusste, dass sie hier waren, würde sie auch nicht schimpfen, wenn sie später nach Hause kamen. Papa wäre sicher nicht einverstanden gewesen, dass sie mit einem fremden Mann mitgefahren waren. Aber er war in China, musste diesen magnetischen Zug reparieren. China war sehr weit weg, fast am anderen Ende der Welt. Er hatte es ihnen auf einem Globus gezeigt.

Maries Bewegungen wurden langsamer. Ihre Hand griff in die Tüte mit den Pommes, näherte sich in Zeitlupe ihrem Mund und schob die Kartoffelstückchen hinein. Während sie noch kaute, wanderten ihre fettglänzenden Finger wieder zur Tüte, doch diesmal erreichten die Pommes ihr Ziel nicht mehr. Auf halbem Wege fielen sie ihr aus der Hand. Maries Augen klappten zu und ihr Kopf sank nach vorn.

„Bist du müde, mein Schatz?“, übernahm Alexandra die Rolle der Mutter. „Komm, leg dich hin.“ Marie riss die Augen auf und schüttelte den Kopf. „Nicht müde“, murmelte sie und leerte den Becher Cola. Sekunden später fiel er ihr aus der Hand, und Alexandra musste ihre Schwester auffangen, bevor sie vom Stuhl fallen konnte.

Während sie den willenlosen Körper zum Bett schleppte und versuchte, es der Schlafenden dort einigermaßen bequem zu machen, spürte sie, wie sich die Müdigkeit auch in ihr ausbreitete. *Für einen kleinen Augenblick kann ich mich ja mit hinlegen. Aber ich werde nicht schlafen. Nicht schlafen. Nicht ...*

13

Etwas stimmte nicht. Zwar wiesen Programme und Verzeichnisstruktur des Computers alle Merkmale eines Einzelhandelsgeschäftes auf, und – so weit Stöber es beurteilen konnte – ließen sich Einkauf, Verkauf und Warenbestand sowie sämtliche finanziellen Transaktionen problemlos nachvollziehen. Der Gewinn war minimal, und Stöber fragte sich, wie das Geschäft davon existieren und zwei Personen ernähren sollte. War er auf ein Steuerdelikt gestoßen? Aber das würden die Kollegen aus dem Wirtschaftskommissariat herausfinden. Ihn interessierte das im Augenblick weniger, sein aufkeimendes Jagdfieber galt einem technischen Phänomen. Auf der Festplatte hatte er Bereiche entdeckt, in denen Dateien abgelegt waren, ohne dass sich diese im Windows-Explorer sichtbar machen ließen.

Offenbar hatte Alfred Colberg einen Teil seiner Verzeichnisse und Dateien versteckt. Florian Stöber hatte mit dieser Möglichkeit gerechnet und eine Sammlung von Programmen mitgebracht, unter denen sich geeignete Tools zur Wiederherstellung gelöschter Daten, zur Entschlüsselung codierter Dateien und andere nützliche elektronische Werkzeuge befanden. Dazu gehörte auch ein kleines Programm, mit dem sich Verzeichnisse unsichtbar und verborgene Verzeichnisse sichtbar machen ließen. Diese Hürde war leicht zu überwinden. Nur wenn Colberg seine Daten zusätzlich verschlüsselt hatte, würde es schwierig werden. Zwar kannte Stöber die gängigen Verschlüsselungssysteme, und eines davon hatte sicher auch der Kunsthändler benutzt, aber in diesem Fall würde er das Passwort knacken müssen. Und das konnte dauern.

Der Kommissar legte seine CD-ROM in das Laufwerk und startete den Explorer.

Zwanzig Minuten später war er an der elektronischen Tür zu Colbergs Geheimfächern angekommen. Im Zentrum des Bildschirmes hatte sich ein Fenster geöffnet, dessen Beschriftung ihn aufforderte, das Passwort einzugeben.

Ohne große Hoffnung probierte er Colberg und Alfred und alle Kombinationen daraus, die ihm einfielen. Den Namen seines Partners hatte der Kunsthändler offensichtlich ebenfalls nicht verwendet. Auch in Verbindung mit Colbergs Geburtsdaten kam Stöber nicht weiter. Es würde ihm nichts anderes übrig bleiben, als ein Entschlüsselungsprogramm zu installieren und die Liste aller gängigen Wörter durchlaufen zu lassen. Das würde viele Stunden dauern und ihn möglicherweise noch einen oder zwei Nachmittage beschäftigen. Und der Erfolg war ungewiss. Nervös trommelten Stöbers Finger auf die Tischplatte. Das Jagdfieber hatte ihn gepackt, und er verspürte nicht die geringste Lust, sich so lange zu gedulden.

Er schaute sich im Büro um, zog Schubladen auf und schloss sie wieder, suchte nach Ideen für das richtige Passwort. Aus einem Lehrgang beim Landeskriminalamt wusste er, dass mehr als neunzig Prozent aller Computernutzer Passwörter aus dem persönlichen Umfeld benutzten. Besonders beliebt waren die Vornamen von Ehefrauen und Kindern. Wer sich für raffiniert hielt, gab den Namen auch schon mal rückwärts ein. Alles in allem boten jedenfalls die meisten Passwörter kaum Schutz vor Computerkriminalität.

Warum sollte Colberg sich anders als die Mehrheit der User verhalten haben? Er hatte den Vornamen seiner Mutter für den Zugang zum Rechner verwendet. Nicht unwahrscheinlich, dass auch seine Geheimnisse hinter einem Namen versteckt waren. Stöber griff zum Telefon. Vielleicht konnte Colbergs Partner ihm einen Tipp geben, welche Personen noch in Frage kamen.

„Ein Passwort für den Computer? Ich verstehe nicht." In Königs Stimme schwang so etwas wie Enttäuschung mit. „Mein lieber junger Freund, das habe ich Ihnen doch gesagt. Luise oder Luisa. Sie haben es doch selbst ..."

„Das meine ich nicht, Herr König." Stöber versuchte trotz der Begriffsstutzigkeit seines Gesprächspartners verbindlich zu bleiben und erklärte dem Antiquitätenhändler, ohne allzu sehr ins Detail zu gehen, warum er ein weiteres Passwort benötigte. Schließlich schien König ihn verstanden zu haben.

„Ich denke darüber nach", sagte er. Und klang ein wenig unwirsch. „Wenn mir etwas einfällt, rufe ich Sie zurück, Herr Kommissar."

Schon eine halbe Stunde später klingelte das Telefon. „Mein lieber Herr Kommissar", meldete sich König. „Ich glaube, ich kann Ihnen einen Tipp geben. Freddy, ich meine, Herr Colberg, besaß früher eine Katze. Sie hat den Umzug vom Land in die Großstadt nicht überlebt. Wenige Tage, nachdem Alfred nach München umgezogen war, ist sie von einem Auto überfahren worden. Er hat sehr an dem Tier gehangen. Als er mir die Geschichte erzählt hat, hatte er Tränen in den Augen. Und in seiner Wohnung hängt ein Foto von ihr. Diese Katze, Herr Kommissar ..."

„Sie meinen", unterbrach Stöber Königs Redefluss, „er könnte den Namen der Katze verwendet haben?"

„Ja. Genau das meine ich. Ich könnte es mir jedenfalls gut vorstellen."

Florian Stöber unterdrückte einen Seufzer. „Wie wäre es, Herr König, wenn Sie mir den Namen einfach nennen würden?"

„Das würde ich ja sehr gern tun, lieber Herr Kommissar. Aber ich komme nicht drauf. Es war irgendetwas Griechisches. Oder war es ägyptisch?"

*

Hartwig Kessler hatte die Bewegung aus den Augenwinkeln wahrgenommen und sich instinktiv zur Seite fallen lassen. Die Klinge schnitt in seine Wange und zerfetzte sein Ohr, ohne dass er den Schmerz bemerkte. Er richtete sich auf und schwang den Hammer in Richtung des Angreifers. Der Aufprall auf den Körper erzeugte einen dumpfen Ton. Ein kleiner schmächtiger Mann stand Kessler schwer atmend gegenüber und hielt sich mit einer Hand die Schulter. In seiner freien Hand blitzte eine Messerklinge. Ein Paar dunkle Augen starrte ihn hasserfüllt an.

„Was soll das, Mann?", knurrte Kessler. „Sind Sie verrückt geworden?" Obwohl ihm sein Gefühl sagte, dass der Fremde keineswegs den Verstand verloren, sondern es allen Ernstes auf ihn abgesehen hatte.

„Ich nichte verruckt", zischte der Angreifer. „Du bezahle für meine Bruder und meine Freund mit deine Leben."

Das Gefühl wurde zur Gewissheit. Dieser irre Ausländer würde ihn umbringen, wenn er ihn nicht daran hinderte. Kessler schätzte die Entfernung zu seinem Mantel ab. Wenn er an die Pistole käme, würde er den Verrückten stoppen können. Andernfalls ... Vorsichtig bewegte er sich seitwärts, den Eindringling fest im Blick.

In der Sekunde, in der er das Aufblitzen in den Augen des Mannes erkannte, sprang dieser auch schon auf ihn zu. Kessler wehrte den Stoß mit dem Hammer ab, doch das Messer fuhr in seinen Unterarm, sodass er den Hammer fallen ließ. Wütend stieß er seinen Stiefel gegen den Angreifer und traf dessen Kniescheibe. Es knirschte, der Mann schrie auf und taumelte zurück. Blitzschnell ergriff Kessler einen der herumliegenden Mauersteine und schleuderte ihn gegen das hassverzerrte Gesicht. Der Stein traf seinen Widersacher an der Schulter, was ihn für eine Sekunde aus dem Gleichgewicht brachte. Doch im nächsten Augenblick stürzte er wieder auf ihn zu, das Messer zielte auf Kesslers Brust.

Kessler wich zur Seite, die Klinge stieß in seinen Oberarm, wurde zurückgezogen und schwebte plötzlich vor seinen Augen. Voller Panik riss er das Knie nach oben und traf den Angreifer im Schritt. Gleichzeitig packte er mit der Hand des unverletzten Arms sein Handgelenk mit eisernem Griff, tauchte unter seinem eigenen Arm hindurch und verdrehte den Arm des Gegners, bis dieser das Messer losließ. Mit dem Stiefel trat er dagegen, sodass es im nächsten Schutthaufen landete. Dann riss er den verdrehten Arm nach oben und trat gleichzeitig dem Mann in den Unterleib. Schließlich stieß er ihn von sich und sprang zu dem Bretterstapel, auf dem er seinen Mantel abgelegt hatte.

Unerträgliche Schmerzen hinderten ihn daran, seinen rechten Arm zu benutzen. Mit der linken Hand tastete er nach der Pistole, zog sie schließlich hervor, entsicherte sie mit einiger Mühe und richtete sie auf den Ausländer. In dieser Sekunde hatte der Mann bereits den Schutthaufen erreicht und sein Messer an sich gerissen. Jetzt humpelte er hastig davon.

Kessler drückte ab.

*

Hanna Wolf hatte ausgezeichnet geschlafen. Sie erinnerte sich nicht an ihre Träume, wohl aber daran, dass sie angenehm gewesen waren. Das Gefühl von Wohlbehagen und Zufriedenheit klang noch nach, und ganz entgegen ihrer Gewohnheit blieb sie noch eine Weile im warmen Bett liegen und schickte ihre Gedanken zurück zum Vorabend.

Jonas Roth. Je länger sie sich mit ihm unterhalten hatte, desto neugieriger war sie geworden. Auf seine Arbeit, sein Leben, seine Geschichte. Je länger sie in seinen Augen gelesen hatte, desto öfter hatte sie sich gefragt, wie sie als Frau auf ihn wirkte. Er hatte ihr eine Haarsträhne aus dem Gesicht gestrichen. In dieser Geste hatte so viel Zärtlichkeit gelegen, dass ihr ein Schauer den Rücken hinuntergelaufen war. Und je länger sie seine Hände beobachtet hatte, desto stärker war der Wunsch geworden, sich von ihnen berühren zu lassen, und sie hatte sich gefragt, ob sie mit ihm schlafen würde, wenn er es wollte.

Irgendwann hatten die Signale ihres Kopfes mit denen aus dem Bauch zusammengepasst. Irgendwann hatten sich ihre Hände berührt, zuerst wie zufällig, dann wie von einer unsichtbaren Kraft zusammengeführt. Schließlich aus eigenem Wollen. Am Ende hatte sie jene gespannte Erwartung gespürt, deren Existenz sie schon vor langer Zeit vergessen hatte. Auf etwas, von dem sie nicht wusste, ob und wie es kommen würde, nur dass es kommen sollte.

Als Jonas ihr in die Jacke geholfen und sie seine Nähe mit jeder Faser ihres Körpers gefühlt hatte, hatte sie erst eine Gänsehaut bekommen, dann war ihr heiß und beinah schwindlig geworden. Geradezu eilig war sie zur Tür gestrebt.

Vor dem Lokal hatten sie sich geküsst. Vorsichtig und tastend zuerst, dann leidenschaftlich, schließlich mit einer Zärtlichkeit, die Hanna so lange nicht erlebt hatte, dass sie ihr geradezu unwirklich erschienen war.

Und nun waren sie verabredet. An einem der nächsten Wochenenden würde sie mit Jonas Roth zum Edersee fahren. Er besaß ein Segelboot mit Liegeplatz an der Halbinsel Scheid. Sie würden den Tag auf dem Wasser verbringen und am Abend im Hotel Schloss Waldeck bei Kerzenschein ein Gourmet-Menü genießen. In den alten Mauern des Schlosses würden sie auch übernachten.

Übernachtung im Schlosshotel. Welch ein Luxus, welch ein Traum! Nein, kein Traum, bald schon Wirklichkeit! Mit dieser Erkenntnis durchlief Hanna ein wohliger Schauer. Gleichzeitig versuchte ein weniger angenehmer Gedanke in ihr Bewusstsein vorzudringen. Sie schob ihn beiseite und fragte sich, warum sie plötzlich an Nina denken musste.

Später, als sie im Bad ihrem Spiegelbild gegenüberstand, kroch die verdrängte Frage wieder hoch. Wie es wohl sein würde, wenn Jonas mit ihr ...? Wenn er sie sehen würde. Sie war schließlich keine dreißig mehr. Und sie hatte fünf Kilo zu viel. Mindestens. Warum war sie nur so inkonsequent? Wenn sie die Schwertfisch-Diät eingehalten hätte, wäre sie bestimmt das eine oder andere Kilo losgeworden.

Das Telefon riss sie aus ihren Gedanken. Isabella. Einsatzbesprechung im Fachkommissariat 11. Mit Kriminaloberrat Wenzel. Kindesentführung. Zwei Mädchen, sechs und acht Jahre alt. Die Mutter saß weinend im Präsidium, der Vater war im Ausland.

Hanna musste sich beeilen, wenn sie pünktlich dort sein wollte. Am besten verzichtete sie aufs Frühstück.

Auf der Straße empfing sie ein kalter Wind. Eigentlich sollte es um diese Jahreszeit schon wärmer sein. Hanna fröstelte. Sie hätte einen wärmeren Pullover anziehen sollen. Sie beschleunigte ihre Schritte, um die Tram zu erreichen.

Von einem Gewerbebetrieb wehte Lärm und Dieselruß zu ihr herüber. Missbilligend beobachtete sie, wie Autoreifen und Fässer bei laufenden Motoren von einem Lkw auf den anderen umgeladen wurden. Krach, Staub und Abgase belästigten die Bewohner des Viertels schon länger, inzwischen war auch der Anblick des Betriebsgeländes zum Ärgernis geworden.

Man müsste eigentlich die Zeitung einschalten. Ob ich Jonas ...? Nein, besser nicht. Persönliche Interessen vertragen sich selten mit persönlichen Gefühlen.

Als „großes Tor zur Stadt" hatte die HNA den Stadtteil Wesertor bezeichnet. Zentral. Laut. Lebendig. Hanna liebte dieses Viertel trotz seiner pulsierenden Unruhe. Und sie genoss den Vorteil, ebenso rasch im Zentrum oder im Präsidium zu sein, wie im grünen Tal der Fulda.

Als sie in die Weserstraße einbog, hielt vor ihr die Straßenbahn in Richtung Zentrum. Trotz der zahlreichen Schulkinder fand Hanna einen Platz.

Während die Bahn kreischend in die Kurt-Schumacher-Straße einbog, wanderten ihre Gedanken voraus.

Kindesentführung. Dieses Verbrechen hatte sie immer besonders gefürchtet. Wenn ein Kind verschwand, gab es nur wenige Möglichkeiten. Fand sich keine harmlose Erklärung – wie der Versuch von Scheidungskindern, den jeweils anderen Elternteil aufzusuchen oder von Halbwüchsigen, die Zoff mit Vater oder Mutter hatten und einfach ausgerissen waren -, war Schlimmes anzunehmen. Häufig entführten Väter ihre eigenen Kinder, für die ein Gericht nach der Trennung das Sorgerecht der Mutter zugesprochen hatte. War auch dieser Fall auszuschließen, musste man das Schlimmste befürchten. Das Schlimmste hieß Sexualverbrechen. Diese Täter ließen ihre Opfer selten am Leben. Hanna hatte den Eindruck, dass die Zahl der verschwundenen Kinder in letzter Zeit zugenommen hatte. Und auch der Anteil derer, die unauffindbar blieben oder als Leiche wieder auftauchten. Im Landkreis Cuxhaven suchten die Kollegen zurzeit nach der kleinen Levke. Bisher ohne Erfolg.

Während die Straßenbahn hielt und Schulkinder mit ihren bunten Ranzen und Rucksäcken hinausdrängten und der nahen Schule zustrebten, erschienen Bilder jenes Prozesses in Belgien vor ihrem inneren Auge. Seit Monaten versuchte das Gericht, Licht in das Dunkel des grausigen Geschehens zu bringen. Unvorstellbar, welche Qualen die Kinder erlitten haben mussten, unvorstellbar auch, welches Leid den Eltern der entführten und ermordeten Mädchen zugefügt wurde. Nicht zuletzt war für Hanna unvorstellbar, welche haarsträubenden Pannen bei den polizeilichen Ermittlungen die Rettung zweier Kinder verhindert hatten.

Die beiden jungen Frauen, die das Martyrium überlebt hatten und im Gerichtssaal ihrem Peiniger gegenübertreten wollten, waren zu bewundern. Nach ihren Aussagen musste das Gericht die höchste Strafe verhängen, fand Hanna. Aber ob der Kinderschänder auf Dauer hinter Gittern verschwinden würde, war fraglich. Spuren waren verwischt worden und Beweismittel verschwunden. Für die Geschworenen würde es schwer werden, sich ein Urteil zu bilden. Würde man diesem Mann eines Tages wieder auf der Straße begegnen? Hanna fröstelte bei diesem Gedanken.

Nun hatte es eine Familie aus Kassel getroffen. Zwei kleine Mädchen waren verschwunden. Die Tatsache, dass es sich um Geschwister handelte, ließ in Hanna die Hoffnung keimen, sie könnten sich vielleicht doch selbstständig gemacht haben. Sexualtäter griffen sich normalerweise ein Kind.

Sie würde versuchen müssen, der wahrscheinlich völlig verstörten Mutter die notwendigen Auskünfte zu entlocken. Es kam darauf an, möglichst schnell zu handeln. Dazu brauchten sie alle Informationen über die verschwundenen Kinder und deren Umfeld. Ausgerechnet diejenigen, die diese Hinweise geben konnten, die betroffenen Eltern, waren meistens so konfus, dass mit ihnen nicht viel anzufangen war.

Kriminaloberrat Wenzel eröffnete die Besprechung, nachdem Hanna Wolf den Raum betreten hatte. Ein Kollege vom Kriminaldauerdienst referierte die bekannten Fakten. Danach hatte sich die Mutter der verschwundenen Kinder am frühen Morgen zunächst telefonisch gemeldet. Sie hatte auf die aufnehmende Beamtin einen derart verstörten Eindruck gemacht, dass sie einen Streifenwagen zur Wohnung der Anruferin geschickt hatte. Den grün-weißen Kollegen war es angeraten erschienen, die Frau ins

Präsidium zu bringen. Nachdem der Notarzt ihr ein Beruhigungsmittel gegeben hatte, war es den Kollegen gelungen, die wichtigsten Daten in Erfahrung zu bringen: Namen, Alter, Größe und Bekleidung der Mädchen, Ort und Zeitpunkt ihres Verschwindens, Hinweise auf Verwandte und Freunde, alles notwendige Voraussetzungen für die Ermittlungsarbeit, aber noch wussten sie nicht, in welche Richtung sie überhaupt ermitteln sollten.

Ober-Wenzel rückte die Brille zurecht und beugte sich über seine Notizen. „Ich kann", schloss er die Informationsphase, „zu diesem Zeitpunkt noch keine Sonderkommission einsetzen. Wir sind in der schwierigen Situation, dass die berühmten vierundzwanzig Stunden seit dem Verschwinden der Mädchen noch nicht verstrichen sind, andererseits die Mutter glaubt, ihre Kinder seien entführt worden. Für diesen Fall wollen wir keine Zeit verlieren. Die Öffentlichkeit ist durch mehrere Fälle von Kindesentführungen in der letzten Zeit sensibilisiert. Daher können wir uns keine Pannen und keine Verzögerung leisten. Ich möchte deshalb die Ermittlungen Hauptkommissarin Wolf und ihrem bewährten Team übertragen. Dieser Fall hat Priorität. Andere Ermittlungen müssen gegebenenfalls zurückstehen." Er sah in die Runde. „Wenn jetzt keine Fragen mehr ..., würde ich ..."

„Gibt es Anhaltspunkte für die Entführungsthese?", fragte Kommissar Stöber, während er einen Farbspritzer von seinem Unterarm pulte. Hanna nickte unmerklich. Eine wichtige Frage. Als Wenzel nicht gleich antwortete, schob Florian eine zweite Frage hinterher. „Was ist mit der Öffentlichkeit? Wir haben doch gerade diesen Pressefuzzi im Haus." Jetzt hätte Hanna ihn am liebsten unter dem Tisch getreten.

Wenzel runzelte die Stirn. „Ich muss Sie doch um ... äh ... korrekte Ausdrucksweise bitten, Kommissar Stöber. Wenn Sie Herrn ... äh ... also ... den Redakteur der Hessisch ... der HNA meinen, so bitte ich in diesem Fall vorerst um Diskretion. Vielleicht können wir später ... Wie war noch die andere Frage? Ach ja, die Entführungsthese. Also, dazu gibt es keine konkreten Hinweise. Die Frau muss noch diesbezüglich vernommen ... ich meine befragt werden. Ich denke, dass Frau Hauptkommissarin Wolf hier sicher weiter ... nicht wahr, Frau Kollegin?" Hanna nickte. „Ich würde gern so bald wie möglich mit ihr sprechen."

„Selbstverständlich." Wenzel wirkte erleichtert. „Alle weiteren Einzelheiten besprechen Sie bitte mit Frau Wolf. Ich danke Ihnen."

Stöber kam zu Hanna an den Tisch. „Brauchst du mich noch? Oder kann ich wieder zu König fahren? Es gibt da möglicherweise eine Spur. In Colbergs Computer habe ich versteckte und verschlüsselte Dateien gefunden. Die würde ich gern ..."

„Geh' du ruhig zu deinem Kunsthändler", unterbrach ihn die Hauptkommissarin. „Mit der Mutter der entführten Kinder möchte ich ohnehin erst einmal allein sprechen. Aber stell dich darauf ein, dass wir dich kurzfristig von dort abrufen. Im Zweifel haben natürlich die Kinder Priorität, da hat Ober-Wenzel schon Recht."

Blass und hohläugig hockte Susanne Liebert auf dem Besucherstuhl in Hannas Büro und knetete ein Taschentuch in ihren Händen. Hanna stellte sich vor und zog den anderen Stuhl heran, sodass sie der Frau direkt und fast auf Tuchfühlung gegenübersaß. „Frau Liebert, wir werden alles tun, um Ihre Kinder zu finden. Aber Sie müssen uns helfen."

Ein fragender Blick aus rot geweinten Augen traf Hanna. Die Kommissarin lächelte. „Sie fragen sich jetzt, wie Sie uns helfen können."

Susanne Liebert nickte stumm.

„Das ist gar nicht so schwer, Frau Liebert. Wir wissen, worauf es ankommt. Aber Sie sind diejenige, die alles über Ihre Kinder weiß. Und ich muss möglichst viel über Marie und Alexandra erfahren. Damit ich mir eine Vorstellung von den Umständen des Falles machen kann. Können Sie das verstehen?"

Erneut ein stummes Nicken. Dann ein scheuer Blick.

„Gut", fuhr die Hauptkommissarin fort. „Aber bevor wir uns mit den Einzelheiten beschäftigen, wüsste ich gern, warum Sie an eine Entführung glauben. Ich muss Ihnen ehrlicherweise sagen, Frau Liebert, dass Entführungen selten sind. Und in Ihrem Fall gibt es ja auch keinen Millionenreichtum, der Straftäter anlocken könnte. Was bringt Sie also zu der Annahme, dass Ihre Kinder entführt worden sind?"

Susanne Liebert sah Hanna Wolf einen Moment lang in die Augen, dann senkte sie den Blick. Schließlich flüsterte sie etwas Unverständliches.

„Ich habe Sie leider nicht verstanden", sagte Hanna.

Die Frau schien noch weiter in sich zusammenzusinken. Ihre Finger krampften sich um das Taschentuch, sodass die Knöchel weiß hervortraten. Hatte sie ihre Äußerung bereut? Oder würde sie ihre Worte wiederholen? Hanna wartete. Die Sekunden verstrichen. Irgendwann flüsterte Susanne Liebert erneut. Zwei Worte. Diesmal hatte Hanna sie verstanden.

Stöber brannte darauf, die Daten aus Colbergs Rechner zu entschlüsseln. Wenn Königs Hinweis richtig war, besaß er jetzt das richtige Passwort. Der Name der verstorbenen Katze war König schließlich doch noch eingefallen: Nofretete.

Ungeduldig wartete er auf das Hochfahren des Computers, um das Passwort eingeben zu können. Der erste Versuch schlug fehl. In der Eile hatte er sich vertippt. Beim zweiten Mal verweigerte sich das Programm erneut. Auch beim dritten und vierten Versuch. Stöber probierte alle Varianten. Ohne Erfolg.

Das Passwort war falsch.

König musste sich geirrt haben. Dabei war Stöber die Geschichte glaubhaft erschienen. *So was denkt man sich doch nicht aus. Oder will er mich absichtlich in die Irre führen? Hat er Angst, dass sein Partner belastende Informationen über ihn gespeichert hat?*

Kommissar Stöber lehnte sich zurück und verschränkte die Arme. *An diese Möglichkeit haben wir noch gar nicht gedacht. Was, wenn König ein falsches Spiel mit uns spielt? Stellt sich ahnungslos und hat in Wahrheit ... Aber was? Die Sache mit der Katze ist bestimmt nicht erfunden. Schließlich können wir das leicht nachprüfen. Aber vielleicht hieß sie ganz anders. Verdammt, das kriegen wir nie raus.*

Plötzlich tauchten vor Stöbers geistigem Auge Bilder aus einer Fernsehreportage auf. Tierliebhaber, die so vernarrt in ihre Lieblinge waren, dass sie Grabstellen für sie kauften und nach ihrem Ableben auf Friedhöfen beisetzten. Gräber mit Grabsteinen. Nach allem, was er über Colberg gehört hatte, konnte es sein ... Er griff zum Telefonhörer. In München hatte er einen Freund, Kripobeamter wie er. Oliver saß zwar in der Staatsschutzabteilung, aber diesen Gefallen konnte er ihm trotzdem tun.

Florian hatte Glück, erreichte seinen Freund und schilderte sein ungewöhnliches Anliegen. Eine gute Stunde später kam die gewünschte Auskunft als SMS auf Stöbers Handy an.

Alfred Colberg hat in 2001 einen Kater auf Tierfriedhof bei München begraben. Grabinschrift lautet OSIRIS. Gruß nach Kassel, Oliver.

Als er den Namen eingab, verschwand das Fenster, und kurze Zeit später lagen Verzeichnisstruktur und Daten offen vor ihm. Florian Stöber stieß einen kleinen Freudenschrei aus und beugte sich vor, um den Inhalt des elektronischen Geheimfaches zu durchforsten.

14

„Herr Wellershoff kommt gleich. Nehmen Sie doch bitte schon mal in seinem Büro Platz. Sie kennen sich ja aus", hatte die attraktive Sekretärin gesagt und nach seinen Wünschen gefragt. „Möchten Sie Kaffee? Tee? Kognak?"

Julian Pawlowski hatte dankend abgewinkt. Er wusste, wo die Getränke standen und würde sich im Bedarfsfall selbst bedienen.

Einstweilen bewunderte er die Aussicht, die Mark Wellershoff von seinem Büro aus genoss; sie beeindruckte ihn jedes Mal neu. Hier hatten sie schon manchen Deal ausbaldowert. Der Rechtsanwalt, ihr gemeinsamer Freund Heinz Bollmann und er. Meistens war es um die Beschaffung von Aufträgen gegangen. Der Bollmann-Konzern gehörte zu den wenigen Firmen im Baugewerbe, die trotz Wirtschaftskrise erfolgreich waren. Nachdem

Heinz die Firma von seinem Vater übernommen hatte, war aus dem Hoch- und Tiefbau-Unternehmen ein Konzern mit vielen unterschiedlichen Geschäftsfeldern geworden. Gemeinsam hatten sie manchen Auftrag an Land gezogen. Pawlowski hatte die notwendigen Informationen beschafft, Bollmann die richtigen Leute geschmiert, und Anwalt Wellershoff sich um die juristischen Aspekte gekümmert. Und als Notar gut an den Beurkundungen verdient.

Sie waren ein gutes Team. Umso mehr bedauerte er es, dass bei der aktuellen Nachforschung etwas schief gegangen war. Wäre Wellershoff ein weniger wichtiger Kunde gewesen, hätte er sich nicht auf den Weg nach Kassel gemacht.

Pawlowski wurde aus seinen Gedanken gerissen, als der Anwalt eintrat. Wie immer kam er sofort zur Sache. „Was hast du herausgefunden? Was ist mit deinem Mitarbeiter?"

Pawlowski hob die Schultern. „Es ist ein wenig rätselhaft. Von ihm gibt es keine Spur. Ich habe aber das Hotel ausfindig gemacht, in dem er abgestiegen ist, und sein Notebook geprüft. Danach war er einem gewissen Jörg Rascher auf der Spur. Sagt dir der Name was?"

Wellershoff schüttelte den Kopf. „Absolut nichts. Und? Hat der etwas mit dem Angebot im Internet zu tun?"

„Es scheint so. Zumindest führt eine Spur von dem Verkaufsangebot zu diesem Rascher. Ich habe seine Adresse. Konnte ihn aber bisher nicht erwischen."

„Hältst du es für Erfolg versprechend, dieser Spur zu folgen?"

Pawlowski nickte. „Durchaus. Außerdem ist es die einzige, die wir haben. Ich werde mich also auf die Suche nach ihm machen und mich an ihn dranhängen."

„Könnte es sein, dass dein Mann mit diesem Rascher aneinander geraten ist und der ihn aus dem Weg geräumt hat? Dann wäre er möglicherweise gefährlich."

„Schwer vorstellbar." Pawlowski schüttelte zweifelnd den Kopf. „Delitz ist ein vorsichtiger Mann. Andererseits – ausschließen kann man es auch nicht. Aber mach dir darüber keine Gedanken. Ich werde schon mit ihm fertig."

„Na dann – gutes Gelingen! Ich hoffe nur nicht ..."

„Was?"

„Dass wir schon zu viel Zeit verloren haben. Mein amerikanischer Interessent verhält sich auffallend ruhig. Könnte sein, dass er sich nicht allein auf uns verlässt, könnte sein, dass uns irgendein Kunstfahnder in die Quere kommt."

Pawlowski schwieg einen Moment. *In diesem Fall hätten wir das Spiel wahrscheinlich verloren. Und du die Provision. Aber das muss ich dir ja nicht auf die Nase binden.* „Wir werden ja sehen", sagte er schließlich. „Du kannst dich jedenfalls auf mich verlassen."

*

Die Kugel schlug neben ihm ins Gebälk der Ruine. Holzsplitter und Mörtelbrocken regneten auf seine Schultern. Francesco warf sich auf den Boden und robbte hinter ein Stück Mauer, das beim Einsturz des Hauses stehen geblieben war. Der nächste Schuss krachte über ihm in die aufgerissenen Überreste einer Zimmerdecke und ließ eine Wolke aus Staub hervorquellen.

Dann war Ruhe.

Vorsichtig hob Francesco den Kopf. Der Deutsche hatte die Pistole aus der Hand gelegt und versuchte, seinen verletzten rechten Arm mit einem Stück Stoff zu umwickeln. Mit Genugtuung erkannte Francesco, dass er stark aus einer der Wunden blutete, die das Messer hinterlassen hatte. Gerade noch hatte er sich auf der Schwelle des Todes gesehen, nun fasste er wieder Mut. Offenbar konnte der Mann mit der unverletzten linken Hand nicht so gut schießen. Und er würde Probleme haben, seine Waffe zu laden, wenn das Magazin leer war.

Also muss ich ihn dazu bringen, seine Patronen zu verschießen. Dann habe ich eine Chance, ihn zu erwischen.

Francesco sah sich um. In seiner näheren Umgebung sah er nichts, womit er den Deutschen zu weiteren Schüssen hätte herausfordern können. Doch dann entdeckte er ein Stück von einer Dachlatte, an dem noch etwas Teerpappe hing. Vorsichtig kroch er darauf zu, bis er ein Ende zu fassen bekam. Als er das Stück Holz zu sich heranzog, kippte hinter ihm ein Balken um. Erschreckt hielt er den Atem an und lauschte. Auf der Straße vor dem Haus rollte ein Fahrzeug vorbei, dann war wieder Ruhe.

Er zählte die Sekunden, dann hob er die Holzlatte an und ließ sie kurz über die Mauer schweben.

Der erwartete Schuss blieb aus.

Francesco schob vorsichtig seinen Kopf über den Mauerrand. Er sah gerade noch, wie der Deutsche über Schutthalden zum Nachbargrundstück kletterte. Wollte er flüchten? Nein. Der Mann besaß eine geladene Pistole, so schnell würde er nicht aufgeben. Aber was hatte er vor?

Die Erkenntnis durchfuhr ihn als eisiger Schreck. Er würde durch die Ruine des anderen Grundstücks auf die Straße gelangen und von vorn wieder in das zerstörte Haus zurückkehren.

Francesco sah sich um. Es gab nur zwei Möglichkeiten. Entweder flüchtete er selbst in das unbekannte Gelände hinter den Häusern oder er empfing seinen Gegner mit einem Überraschungsangriff. Sein Blick fiel auf die verkohlten Enden der Trägerbalken im ersten Stock. Wenn es ihm gelänge, sich von oben auf ihn zu stürzen, konnte er ihn überwältigen.

Hastig erhob er sich und begann auf den Mauervorsprüngen, die früher einmal eine Treppe gehalten hatten, nach oben zu klettern. Obwohl seine Knie höllisch schmerzten, erreichte er schließlich eine winzige morsche Plattform, von der aus er sich auf den Teil der Mauer ziehen konnte, der einmal die Zwischendecke getragen hatte. Sein Herz raste, und er musste sich zwingen, ruhig und gleichmäßig zu atmen. Angestrengt starrten seine Augen in die Richtung, aus der sein Widersacher kommen musste.

Schritt für Schritt, die Pistole im Anschlag, kam der Mann näher. Direkt unter ihm blieb er stehen.

Francesco ließ sich fallen.

*

Hanna Wolf hatte einen Notizblock bereitgelegt und ihren Stuhl näher an die Frau herangeschoben. Sie versuchte, ihren Blick aufzufangen. „Frau Liebert, wenn Sie glauben, dass Ihr Bruder etwas mit dem Verschwinden Ihrer Töchter zu tun haben könnte, müssten Sie doch Anhaltspunkte dafür haben."

Susanne Liebert schüttelte den Kopf. „Es ist nur so ein Gefühl."

„Auch für Gefühle gibt es Ursachen", sagte Hanna und musste plötzlich an Jonas Roth denken. Hätte sie ihre Gefühle für den Journalisten erklären können?

Ein verzweifelter Blick aus tränenverschleierten Augen traf die Hauptkommissarin. „Nein, wirklich, ich kann nicht sagen warum. Er war nur so ... eigenartig in den letzten Tagen. Ich weiß auch nicht, wie ich ..."

„Aber das ist doch schon etwas, Frau Liebert. Lassen Sie uns darüber nachdenken, worin diese Eigenartigkeit bestand. Was genau war an seinem Verhalten anders als sonst?"

„Er hat ... getrunken. Mehr als sonst. Und als die Kinder verschwunden waren, hat er gesagt, dass ich mir keine Gedanken machen muss. Sie würden schon wiederkommen. Dabei war er selbst immer so sehr um die Mädchen besorgt. Besonders in den letzten Tagen."

Hanna notierte ein paar Stichworte „Wie hat sich diese Besorgnis bemerkbar gemacht?"

„Er hat ... also, mein Bruder wohnt zurzeit bei mir, weil ... Das ist ja eigentlich egal. Jedenfalls hat er morgens die Kinder zur Schule gebracht. Und manchmal auch mittags wieder abgeholt."

„Und das war ungewöhnlich?"

„Ja. Nein. Also, die Mädchen sind ... fahren gern mit ihm im Auto mit. Aber ich möchte das nicht, weil ich es besser finde, wenn sich die Kinder bewegen und zu Fuß gehen. Wenn mein Bruder bei uns ist, nimmt er sie manchmal mit, aber nicht immer."

„Ist Ihr Bruder öfter bei Ihnen?"

„Nein. Jetzt nicht mehr. Früher ja. Als die Mädchen noch kleiner waren, hat er manchmal auf sie aufgepasst."

„Welchen Beruf übt Ihr Bruder aus, Frau Liebert?“

Die Frau hob die Schultern. „Eigentlich keinen. Jedenfalls nichts, was man als Beruf bezeichnen könnte. Er macht Geschäfte.“

„Und was für Geschäfte sind das?“

Susanne Liebert schüttelte den Kopf. „Ich weiß es nicht.“

„Gut“, sagte die Hauptkommissarin und machte sich eine Notiz. „Wir werden das überprüfen. Ich brauche seinen Namen und seine Adresse.“ Sie notierte die Angaben auf ihrem Block. Dann wandte sie sich wieder an Susanne Liebert. „Sie sagen, Ihr Bruder habe Sie wegen der Kinder beruhigen wollen. Ist das nicht ganz normal?“

„Eigentlich schon“, bestätigte die Frau. „Aber nachträglich hatte ich das Gefühl, als wüsste er, dass Marie und Alexandra bald wieder zu Hause sind.“

„Können wir Ihren Bruder irgendwie erreichen?“

„Ich weiß nicht, wo er steckt. Seit gestern Nachmittag habe ich ihn nicht mehr gesehen. Zu Hause war er nicht. Und auf seinem Handy ist er auch nicht zu erreichen.“

„Können Sie mir die Nummer sagen?“

Susanne Liebert kramte in ihrer Handtasche und zog eine Visitenkarte hervor. „Hier.“ Sie schob die Karte über den Tisch. *Jörg Rascher, An- und Verkauf, Vermittlung von Antiquitäten.* Keine Adresse, nur eine Mobilfunk-Nummer.

Hanna tippte die Ziffernfolge in ihr Handy. „Der Teilnehmer ist vorübergehend nicht erreichbar“, klang es ihr entgegen.

Sie legte die Karte auf ihren Block. „Wissen Sie“, fragte sie dann, „mit welcher Art Geschäft sich Ihr Bruder gerade beschäftigt?“

Wieder bestand die Antwort zunächst aus Kopfschütteln. „Ich weiß nicht, aber er hat mal eine Andeutung gemacht. Über eine größere Sache. Wenn er die erledigt hätte, wollte er in den Süden, um sich von dem Stress zu erholen. Für länger. Aber ich habe das nicht so ernst genommen.“

Die Kommissarin nickte. „Verständlich. Aber ich muss alle Möglichkeiten in Betracht ziehen. Vielleicht ist es Zufall, vielleicht hat das Verschwinden Ihrer Töchter mit diesem Geschäft zu tun. Wer werden Ihren Bruder zur Fahndung ausschreiben müssen.

Nicht, weil wir ihn verdächtigen, sondern weil er uns möglicherweise helfen kann, Ihre Kinder zu finden."

„Das verstehe ich", flüsterte die Frau.

„Jetzt wüsste ich noch gern, Frau Liebert, warum Ihr Bruder bei Ihnen wohnt und nicht bei sich zu Hause. Ist es, weil Ihr Mann in China ist?"

„Nein. Das passte zufällig gerade gut. Bei Jörg war etwas mit der Wohnung nicht in Ordnung. Er hatte die Handwerker, glaube ich."

Hannas Handy signalisierte einen Anruf von Florian Stöber. Sie ignorierte ihn und formulierte die nächste Frage. „Frau Liebert, können Sie sich vorstellen, in welcher Weise Ihr Bruder etwas mit der Entführung der Mädchen zu tun haben könnte?"

Ratlos hob die Frau die Schultern. „Beim besten Willen nicht. Vielleicht stimmt es ja auch gar nicht. Es war nur so ein Gefühl. Ich will ihm doch kein Unrecht tun. Frau Kommissarin, bitte, Sie dürfen niemals ... Ich meine, er darf niemals erfahren, dass ich ..." Sie brach ab, als sich die Tür öffnete. Die beiden Frauen drehten die Köpfe, Hanna verärgert, Susanne Liebert ängstlich.

Isabella Rodriguez schlich auf Zehenspitzen heran und flüsterte Hanna etwas ins Ohr. Die Hauptkommissarin erhob sich. „Wir müssen unser Gespräch kurz unterbrechen, Frau Liebert. Vielleicht möchten Sie in der Zwischenzeit etwas trinken. Frau Rodriguez macht Ihnen bestimmt gern einen Kaffee oder einen Tee. Nicht wahr, Isabella?"

Hanna Wolf verließ den Raum, um das Telefonat anzunehmen. Kommissar Stöber musste etwas Bedeutsames herausgefunden haben, wenn er darauf bestand, sie bei einer Vernehmung zu stören.

„Stell dir vor, was ich gefunden habe, Hanna." Stöbers Stimme klang euphorisch. „Colberg hat alle Informationen über das Gemälde in seinem Computer gespeichert. Gutachter, Schätzwert, mögliche Kaufinteressenten ... Alles. Sogar, wer ihm das Bild angeboten hat. Es war ein Gewisser ..."

„Stöber", unterbrach ihn die Hauptkommissarin ärgerlich. „Du weißt doch, dass die verschwundenen Kinder im Augenblick Vorrang haben. Und du holst mich aus der Vernehmung der Mutter."

„Aber Hanna, der Fall bekommt möglicherweise eine völlig neue Wendung. Nach den Daten, die hier im Computer gespeichert sind, ist der Laden nicht besonders erfolgreich. Sieht so aus, als hätte Colberg vorgehabt, sich mit dem Grünberg-Gemälde ..."

„Florian Stöber!" Die Hauptkommissarin stoppte den Redefluss ihres Kollegen erneut. „Das kannst du mir alles nachher im Präsidium erzählen. Ich möchte jetzt die Vernehmung fortsetzen. Die Frau war gerade dabei aufzutauen. Komm her, wenn du dort fertig bist. Dann gehen wir deine Erkenntnisse zusammen durch. Ich mache jetzt Schluss."

Sie legte auf, obwohl Stöbers Stimme noch aus dem Hörer quäkte. *Manchmal schießt er übers Ziel hinaus. Er ist eben doch noch ziemlich jung. Andererseits – diese Begeisterung gefällt mir. Schließlich war ich früher auch ungeduldig.*

Bevor Hanna zu Susanne Liebert zurückkehrte, ließ sie sich mit der Fahndung verbinden und gab der Kollegin die ihr bisher bekannten Daten durch.

Jörg Rascher ließ den Passat auf der Straße vor seiner Wohnung stehen, weil er das Gefühl hatte, er würde die schmale Einfahrt zum Hinterhof nicht treffen. Bevor er den Wagen verließ, verstaute er die Pistolen in seiner Jacke.

Normalerweise hätte er sich gründlich umgesehen, hätte die parkenden Fahrzeuge überprüft und sich gefragt, ob ein ziviles Polizeifahrzeug oder ein auffallend unauffälliger Wagen mit männlichen Insassen darunter war. Doch die funktionierenden Regionen seines schon wieder durch Alkohol benebelten Hirns waren zu sehr damit beschäftigt, sich auszumalen, wie er die Kidnapper aufs Kreuz legen würde, als dass sie auch noch in der Lage gewesen wären, die Gefahr zu registrieren, die von einem dunkelblauen BMW ausging, der vor dem Nachbarhaus parkte. So geriet die Begegnung mit dessen Fahrer zur ernüchternden Überraschung.

Nachdem Rascher endlich den Schlüssel ins Schloss praktiziert hatte und die Haustür aufsprang, spürte er plötzlich den harten Druck eines metallenen Gegenstandes in seinem Rücken.

„Mach keine Zicken", sagte der Mann hinter ihm. „Nimm langsam die Hände hoch und geh rein."

„Wer sind Sie?" Rascher sprach etwas undeutlich. „Was wollen Sie?"

„Das erkläre ich dir gleich. Geh weiter." Der Unbekannte stieß ihn in den Flur, ließ die Haustür zufallen und schaltete das Licht ein. Dann tastete er ihn ab.

„Sieh an. Was haben wir denn da? Kommt mir irgendwie bekannt vor", sagte der Mann, als er eine der Pistolen aus Raschers Jacke zog. Er steckte sie ein und griff erneut zu. Er verstaute auch die zweite Waffe und stieß Rascher vor sich her: „Jetzt darfst du vorgehen, du bist ja hier zu Hause." Der Fremde lachte trocken.

Jörg Rascher hatte Mühe, seine Gedanken zu ordnen, als er auf seinem Sofa dem Fremden gegenübersaß und in die Mündung einer Pistole starrte. Dieser Idiot hatte ihm seine Waffen abgenommen, die er doch so dringend brauchte. Und er wusste nicht einmal, was er eigentlich von ihm wollte. Offenbar suchte er jemanden, er hatte danach gefragt, wo ein gewisser Delitz sei.

„Delitz? Kenne ich nicht." Rascher hob die Schultern. „Wer soll das sein?"

„Ein Mitarbeiter von mir. Er war beauftragt, Nachforschungen in einer gewissen Angelegenheit anzustellen. Dabei ist er auf Sie gestoßen, Rascher. Sie müssen ihm begegnet sein. Ein kleiner, drahtiger Mann um die vierzig, besonderes Kennzeichen: Er trug diese Waffe." Pawlowski zog die Pistole seines Mitarbeiters aus der Tasche und hielt sie hoch.

Rascher kicherte. „Ach, der ... Der hatte einen kleinen Unfall. Selbst verschuldet sozusagen."

Julian Pawlowski war versucht, seinem Gegenüber den Pistolenknauf über die Schädeldecke zu ziehen. Doch er besann sich auf seinen Auftrag.

„Herr Rascher", sagte er betont höflich. „Es gibt jetzt zwei Möglichkeiten: Entweder ich erschieße Sie auf der Stelle, oder Sie erzählen mir alles über die Sache mit den Bildern."

Plötzlich breitete sich in Jörg Raschers Eingeweiden ein krampfartiger Schmerz aus, der bis in Beine und Rücken strahlte. Eine

Welle der Übelkeit stieg in ihm auf, sodass er befürchtete, sich erbrechen zu müssen. Er versuchte, gleichmäßig zu atmen und den Anfall unter Kontrolle zu bringen.

„Das ist eine lange Geschichte", begann er zögernd und überlegte krampfhaft, welche Geschichte er dem Unbekannten auftischen sollte, um zu retten, was noch zu retten war. Der Schock hatte ihn so weit ernüchtert, dass sich vor seinem geistigen Auge die einzige Variante abzeichnete, die ihn aus seiner verzweifelten Lage befreien konnte. Er würde den unbekannten Besucher dazu bringen, seine Rolle bei der Übergabe zu übernehmen. Wenn er Glück hatte, würde einer den anderen beseitigen. Und er könnte verdeckt die Situation beobachten und im günstigsten Augenblick eingreifen, um die Bilder zu retten – und die Mädchen.

„Ich höre", sagte der Mann. „Wir haben Zeit."

„Also", begann Rascher zögernd. „In einem bestimmten Kasseler Stadtteil gibt es ein verlassenes Fabrikgebäude, in dem etliche offenbar sehr wertvolle Bilder lagern. Ich bin durch Zufall auf das Lager gestoßen. Dort habe ich eine Verabredung mit einem potenziellen Interessenten. Wenn es Ihnen um diese Bilder geht, müssten Sie in meine Rolle schlüpfen und an meiner Stelle hingehen, um das Geschäft in Ihrem Sinne abzuwickeln. Natürlich verlange ich eine Provision."

Pawlowski grinste. „Das haben Sie sich fein ausgedacht, Rascher. Aber vielen Dank für die Information. Ich weiß jetzt, was ich wissen muss. Und darum werden Sie Ihre Verabredung selbst wahrnehmen. Ich schlüpfe in keine Rolle, schon gar nicht in Ihre. Allerdings werde ich Regie führen. Wann ist es so weit?"

*

Hartwig Kessler schwankte, verlor aber nicht das Gleichgewicht, als der Fremde auf ihn stürzte. Obwohl sein verletzter Arm höllisch schmerzte, versuchte er, den Mann abzuschütteln und die linke Hand mit der Pistole freizubekommen. Doch der schmächtige Mann war zäh, er umklammerte Kesslers Körper mit Armen und Beinen. Als eine der Hände sich löste, erfasste ihn Panik. Offenbar wollte der Ausländer sein Messer benutzen. Kurzerhand ließ Kessler sich fallen. Kopf und Körper seines Gegners krachten auf den Boden. Durch den Sturz löste sich die Umklammerung. Zugleich entglitt Kessler die Pistole.

Für einen Moment fühlte er sich wehrlos. Aber auch sein Widersacher schien außer Gefecht gesetzt. Er wirkte benommen und versuchte, auf die Beine zu kommen. Das Messer blitzte in seiner Hand. Kessler trat zu, doch sein Stiefel verfehlte den bewaffneten Arm, der Schwung ins Leere ließ ihn taumeln. Langsam hob sich die Hand mit der Klinge. Kessler warf sich zur Seite, um dem Schlag auszuweichen und gleichzeitig nach seiner Waffe zu greifen. Die Klinge streifte seine Schulter und verhakte sich in seiner Jacke.

Als der Fremde sein Messer befreit hatte und erneut ausholte, lag Kesslers Pistole wieder in seiner Hand. Ohne recht zielen zu können, drückte er den Abzug. Der Mann mit dem Messer zuckte zusammen, als die Kugel seinen Oberschenkel durchschlug, er hielt in seiner Bewegung inne, der Arm sank langsam herab.

Kessler richtete sich auf und zielte auf das Herz seines Gegners. In diesem Augenblick erwachte dieser aus seiner Erstarrung und stürzte auf Kessler zu. Die Klinge seines Messers fuhr in Kesslers Kehlkopf. Gurgelnd wich er zurück und schoss erneut. Diesmal traf die Kugel in die Brust.

Francesco Chirico riss die Augen auf, sein Mund öffnete sich, doch kein Laut drang hervor. Dann sackte er in sich zusammen, das Messer entglitt seinen Fingern und klirrte metallisch, als es auf den Boden aufschlug, Sekundenbruchteile vor seinem Besitzer.

Hartwig Kessler rang röchelnd nach Atem, die Konturen seines Gegners verschwammen vor seinen Augen. Mit schwindender Kraft drückte er den Abzug. Wieder und wieder. Leerte das gesamte Magazin in den Körper des Mannes, dessen letzte Zuckungen durch den Aufprall der Kugeln über den Tod hinaus verlängert wurden.

Schließlich knickten Kessler die Beine weg.

15

Florian Stöber starrte irritiert auf den Telefonhörer in seiner Hand. Was war in seine Chefin gefahren? Ihn so abzubürsten. *Was ich hier herausgefunden habe, bringt uns der Lösung des Falles ein ganzes Stück näher.* Und dann so etwas. Na ja, vielleicht hätte ich sie nicht während der Vernehmung stören sollen. Aber es eilt schließlich.

Seufzend wandte sich der Kommissar wieder Tastatur und Monitor zu. Er würde die belastenden Dokumente auf CD brennen und die wichtigsten Unterlagen gleich ausdrucken. *Hanna wird staunen, wenn ich ihr die Details präsentiere.*

Seine Hände flogen über die Tasten. Stöber arbeitete rasch und sehr konzentriert. Alle seine Sinne waren darauf ausgerichtet, die Beweise zu sichern, die er in Colbergs Computer gefunden hatte.

Als sich hinter ihm leise die Bürotür schloss, wandte er sich nur kurz um. Doch es war niemand eingetreten. Offenbar hatte er sich getäuscht.

Zügig setzte er seine Arbeit fort. Die fertige CD ließ er in die Tasche seiner Jacke gleiten, die hinter ihm über der Stuhllehne hing. Dann begann er mit den Ausdrucken.

Kurze Zeit später klappte die Tür erneut. Plötzlich stand Peter König im Raum.

„Herr Kommissar", sagte er, „ich möchte Ihnen etwas zeigen. Etwas, das zur Aufklärung Ihres Falles beitragen dürfte. Könnten Sie freundlicherweise mal kurz mitkommen?" Seine Stimme schien sich verändert zu haben. Weniger schmeichelnd, weniger schöntuend. Eher kühl und beherrscht. Außerdem schien eine Spur von Verachtung in seinen Worten mitzuschwingen.

Florian Stöber unterbrach den Druckauftrag. „Selbstverständlich." Er sah König an und versuchte, in dessen Miene eine Bestätigung für seinen Eindruck zu finden. Doch der Kunsthändler ließ nicht erkennen, was in ihm vorging.

„Wenn Sie mir bitte folgen wollen." König lotste ihn durch einen weiteren Büroraum zu einem schmalen Gang. Sie verließen das Haus durch einen Hintereingang und überquerten einen Innenhof. Von dort ging eine Treppe hinab zu einer tiefer liegenden, offen stehenden Tür. „Wenn Sie sich das bitte einmal anschauen wollen, Herr Kommissar." König wies lächelnd in den spärlich von einer nackten Glühlampe beleuchteten Kellergang.

Florian versuchte, in der angegebenen Richtung etwas zu erkennen. Doch er sah nur eine weitere Tür, die halb offen stand. Achselzuckend ging er voran und stieß sie auf.

Ein gewöhnlicher Kellerraum. Etwas Gerümpel, rostige Überreste eines Fahrrades, eine alte Matratze. Es roch süßlich nach faulen Äpfeln.

Als er den Luftzug spürte, war es zu spät. Die schwere Eisentür fiel hinter ihm ins Schloss, ein Riegel wurde vorgeschoben, dann hörte er, wie sich Königs Schritte entfernten und auch die äußere Tür geschlossen wurde. Schließlich hörte er nichts mehr, nur seinen eigenen Atem.

Florian Stöber schlug sich die flache Hand vor den Kopf.

Was bin ich nur für ein Idiot.

Er tastete nach seinem Handy. Die Vorstellung, sich von Kollegen, vielleicht sogar von Hanna, befreien lassen zu müssen, war wenig erheiternd. Er hörte schon ihre bissigen Kommentare.

Als sich Raschers Wagen in Bewegung setzte, folgte ihm Pawlowskis BMW in geringem Abstand. Als die beiden Fahrzeuge in die Harleshäuser Straße einbogen, schloss sich in einiger Entfernung ein silbergrauer Mercedes SLK an. Zügig, aber stets in der vorgeschriebenen Geschwindigkeit, schwammen die drei Personenwagen im Straßenverkehr mit. Sie durchquerten die Stadtteile West und Mitte und steuerten auf die Fuldabrücke zu.

In Jörg Raschers Kopf kreisten die Gedanken. Wie konnte er sein Ziel erreichen, obwohl ihm dieser Schnüffler auf den Fersen war? Ohne Waffe würde er gegen die Entführer nichts ausrichten. Sie würden ihn zwingen, das richtige Versteck preiszugeben. Ob sie dann noch die Mädchen freilassen würden? Und wie würde sich der Mann im BMW verhalten? Es gab nur eine Chance. Er musste die beiden Parteien aufeinander hetzen. Sie dazu bringen, sich gegenseitig auszuschalten. Also wäre es besser, mit den Kidnappern zuerst allein zu verhandeln. Immerhin hatte er sich abgesichert. Mit einem Anruf konnte er die Bilder vernichten.

Er musste den BMW loswerden. Die Innenstadt bot dazu kaum Gelegenheit. Aber auf der Leipziger Straße. Da würde er den Quälgeist abhängen. Rascher warf einen Blick in den Rückspiegel und grinste. Dann angelte er nach dem Flachmann, der sich unter seinem Sitz befand. Ein ordentlicher Schluck würde ihm gut tun.

Julian Pawlowski hatte vergessen, wie es war, wenn es überall in der Stadt Bauarbeiten gab. Auch in Berlin hatte es – nach dem Umzug der Regierung – eine Zeit gegeben, in der die Straßen aufgerissen wurden und Baufahrzeuge das Stadtbild beherrschten. Aber weil er sich mit den Kasseler Verhältnissen nicht besonders gut auskannte, erschien ihm die Vielzahl von Baustellen ungewöhnlich. Vierspurige Straßen waren in jede Richtung nur noch einspurig zu befahren, an vielen Stellen gab es zusätzliche Ampeln, und manche Straßen waren ganz gesperrt. *Offenbar wird in dieser Stadt die gesamte Kanalisation erneuert. Anders lässt sich das Verkehrschaos kaum erklären. Gut, dass der Rascher vernünftig fährt.* Pawlowski hatte keine Mühe, den Passat seiner Zielperson im Auge zu behalten.

Bis zum Altmarkt. Auf der Fuldabrücke begann der Fahrer plötzlich zu beschleunigen. Der Detektiv trat aufs Gas, um den Anschluss nicht zu verlieren. Hinter ihm schloss sich der silbergraue SLK der Verfolgung an. Mit weit überhöhter Geschwindigkeit rasten die drei Fahrzeuge in die Leipziger Straße.

Jörg Rascher kontrollierte den Abstand zu seinen Verfolgern und beschleunigte den Wagen erneut. Vor ihm tauchte ein gemächlich dahinrollender Opel auf. Trotz Gegenverkehrs wechselte er auf die Gegenfahrbahn und scherte vor dem Fahrzeug sofort wieder ein. Kichernd registrierte er, wie der blaue BMW zurückblieb.

Julian Pawlowski fluchte. Was war in Rascher gefahren? Wollte er ihn abhängen? Sollte er sich auf eine Verfolgungsfahrt einlassen? Das Risiko war nicht unbeträchtlich, denn die Fahrbahn wurde von einer Baustelle gesäumt. Ein Teil der Straße war aufgegraben, die Seitenwände des Schachtes mit Stahlplanken abgestützt. Der offene Graben zog sich über die gesamte Länge der Straße hin. Selbst wenn er die Verbotsschilder ignorierte, ließe sich der Anschluss nur durch gewagte Überholmanöver halten. Pawlowski beschloss, Rascher im Auge zu behalten, aber kein allzu großes Risiko einzugehen.

Der Passat überholte jetzt einen beladenen Lastwagen, obwohl ihm eine Straßenbahn entgegenkam. Pawlowski glaubte das schrille Klingeln der Tram zu hören. Raschers Fahrzeug schleuderte zurück in die Spur, schrammte Funken sprühend mit der rechten Seite an einem Betonelement entlang, das zum Schutz des Fußgängerweges aufgestellt worden war. Aber der Wagen fing sich wieder.

Fahren kann er ja. Pawlowski schwankte zwischen Anerkennung und Verärgerung. *Aber wenn er so weitermacht, hat er bald die Bullen am Hals. Oder will er gerade das erreichen? Glaubt er, auf diese Weise seine Geschäftspartner ausbooten zu können?*

Während sich der Privatdetektiv Gedanken um Raschers Taktik machte, drohte der Abstand für regelmäßigen Sichtkontakt zu groß zu werden. Pawlowski überholte einige Fahrzeuge und provozierte damit ein Hupkonzert. Aber er hatte den Passat wieder im Blick. Inzwischen war Rascher dazu übergegangen, die Gegenfahrbahn zu benutzen und nur dann kurz auf die rechte Spur zu wechseln, wenn ihm ein Fahrzeug entgegenkam, das keine Möglichkeit hatte, auszuweichen.

Als sich aus der Baustelle heraus ein Bagger auf die Straße bewegte, dessen Fahrer offenbar nur in eine Richtung gesehen hatte, verriss Rascher die Lenkung. Das Heck des Passats streifte die Baggerschaufel und brach zur anderen Seite aus. Der Fahrer verlor die Kontrolle. Sein Wagen schleuderte von einer Straßenseite zur anderen und flog schließlich mit dem Heck voran in den Gegenverkehr.

Durch die flache, lang gestreckte Frontpartie einer schweren Limousine wurde Raschers Wagen in die Höhe katapultiert; er schoss über das andere Fahrzeug hinweg, prallte gegen den Aufbau eines nachfolgenden Kastenwagens, riss dessen Aufbauten mit sich und landete aufrecht, mit der Motorhaube voran, in einem offenen Abschnitt des Baustellenschachtes.

Weil die Straße mit Blechteilen der am Unfall beteiligten Fahrzeuge übersät war, kam der Verkehr zum Stillstand. Pawlowski rangierte seinen Wagen auf einen Fußweg und eilte zur Unfallstelle.

Das Wrack hatte alle Fensterscheiben verloren und war an der Fahrerseite so stark eingeknickt, dass die offen stehende hintere Tür fast das Vorderrad berührte. Verstrebungen aus der Baugrube hatten sich durch das Blech des Wagens gebohrt, ein Stück Stahlblech hatte den linken Unterarm des Fahrers getroffen und durchtrennt. Raschers blutige Hand klebte tropfend auf dem Armaturenbrett. Sein Gesicht bestand aus einer breiig roten Masse, und der Kopf war so stark verdreht, dass er mit dem rechten Ohr an seiner eigenen Brust zu lauschen schien.

Pawlowski wandte sich ab.

Der Mann, der ihn zum Ziel seines Auftraggebers führen sollte, würde nichts mehr sagen können.

Auch der Fahrer des silbergrauen SLK hatte seinen Wagen verlassen. Er blieb jedoch der Unfallstelle fern und benutzte ein Fernglas, um sich ein Bild vom Ausmaß der Zerstörung zu machen.

Hauptkommissarin Wolf hatte sich die halbe Nacht um die Ohren geschlagen und nur wenige Stunden geschlafen. Ihre Laune war nicht die beste, und die Tatsache, dass Florian Stöber nicht zum Dienst erschienen und unerreichbar war, trug auch nicht gerade zur Verbesserung ihrer Stimmungslage bei. Sie nahm sich vor, ein ernstes Wort mit ihm zu reden. *Eigeninitiative bei Ermittlungen ist eine gute Sache, aber Florian muss mich wenigstens informieren.*

Die Mutter der verschwundenen Kinder war in Begleitung einer Beamtin in ihr Haus zurückgebracht worden. Mehr als die vage Vermutung, dass ihre Kinder entführt worden seien und dass ihr Bruder damit etwas zu tun haben könnte, hatte Hanna nicht aus ihr herausbekommen. Ob es kriminalistische Erfahrung oder auch nur ein Gefühl war, hätte sie nicht sagen können, aber sie war davon überzeugt, dass Susanne Lieberts Ahnungen zutreffend sein konnten. Doch um das zu überprüfen, mussten sie den Bruder in die Mangel nehmen. Seine Andeutungen über ein bevorstehendes Geschäft und den danach geplanten Ausflug in den Süden ließen sich als der große Coup eines kleinen Gauners deuten, der mit einem üppigen Gewinn rechnete. Vielleicht glaubte er, sich durch die Entführung der Kinder absichern zu müssen. In diesem Fall würde den Mädchen nichts geschehen, denn Rascher, hatte Susanne Liebert versichert, liebte Marie und Alexandra.

Vielleicht hatte er sich auch mit Profis eingelassen, die ihn unter Druck setzen wollten. Bei den Eltern war jedenfalls nichts zu holen. Der Mann bezog ein durchschnittliches Einkommen, und das Haus war durch eine Hypothek hoch belastet.

Sie musste Rascher finden. So schnell wie möglich. Weder in seiner Wohnung noch in den von ihm frequentierten Kneipen hatten ihn die Kollegen angetroffen. Und sein Handy hatte er abgeschaltet. Darum lief nun die Fahndung - nach ihm und den Kindern.

Ober-Wenzel hatte Hannas Einschätzung nicht geteilt. „Ich kann doch keine Großfahndung veranlassen, nur weil die Zeugin ... nur weil Sie ..., also auf Grund weiblicher Intuition. Wo kommen wir denn hin, wenn ..." An dieser Stelle war Hanna laut geworden und hatte dem Kriminaloberrat ausgemalt, welches Licht auf seine Kriminaldirektion fallen würde, wenn den verschwundenen Kindern etwas zustieße. Zumal Herr Roth von der HNA sich diese Geschichte kaum entgehen lassen würde.

Das hatte ihn überzeugt. Vielleicht nicht wirklich, aber er hatte zugestimmt, und es war Hanna egal, aus welchen Motiven.

Als das Telefon klingelte, riss sie den Hörer ans Ohr, ohne auf die angezeigte Nummer zu achten. „Das wird aber auch Zeit", fauchte sie in die Sprechmuschel. „Was denkst du dir eigentlich dabei, einfach abzutauchen. Du könntest dich wenigstens ..."

Sie kannte das Lachen, das aus dem Hörer drang. Es war nicht Florian Stöber.

„Ich wusste gar nicht", sagte Niklas Wolf, „dass du solche Sehnsucht nach mir hast."

Hanna schwieg einige Sekunden. „Niklas", brachte sie schließlich hervor. „Entschuldige bitte. Ich hatte mit dem Anruf eines Kollegen gerechnet. Aber was willst du denn? Du hast mich doch noch nie im Büro angerufen."

„Einmal ist immer das erste Mal", lachte Niklas Wolf. „Jedenfalls bin ich nicht abgetaucht. Ich hänge um diese unchristliche Zeit am Telefon, weil ich interessante Neuigkeiten für dich habe. Willst du sie hören? Es geht um die verschollenen Grünberg-Bilder, über die wir gesprochen haben."

Hannas erster Impuls war, ihren Ex-Mann abzuwimmeln. Angesichts einer möglichen Kindesentführung erschien ihr die Geschichte mit den Gemälden plötzlich weit weg von der Realität. Den Fall Colberg konnten sie wieder aufnehmen, wenn Stöber mit seiner Computer-Recherche fertig war.

Doch dann siegte die Neugier.

„Schieß los", sagte sie. „Ich höre."

„Um die Pointe gleich vorwegzunehmen: Es ist tatsächlich ein Gemälde von Anselm Grünberg aufgetaucht. Bei meinem Kollegen Professor Ringhausen in München. Und zwar genau das, von dem ich dir erzählt hatte. *Die Tränen des Herkules*. Er hält es für echt. Und das ist in der Tat eine Sensation."

„Und wie kommt das Bild zu deinem Kollegen nach München?"

„Ringhausen ist Grünberg-Experte, also die richtige Adresse für ein Echtheitszertifikat. Der Auftrag dazu kommt von einem Kunsthändler aus Kassel."

Hanna war elektrisiert. Offenbar hatte Stöber doch Recht. Und sie waren den Hintergründen für Colbergs Tod näher, als sie gedacht hatte.

„Hat dein Kollege den Namen des Kunsthändlers genannt?"

Hanna hörte es rascheln. Offenbar suchte Niklas in seinen Unterlagen. „Ja", antwortete er schließlich. „Der Mann heißt ... Kohlberg. Alfred Kohlberg."

„Weißt du, wie er sich schreibt?"

„Nein, aber das lässt sich klären. Ringhausen kommt nach Kassel und bringt das Bild mit. Er möchte meine Meinung hören. Außerdem will er die Eigentumsverhältnisse überprüfen lassen.

Denn er ist mit mir der Ansicht, dass dieses Werk keinesfalls in einer privaten Sammlung verschwinden sollte. Neben dem Wert eines solchen Gemäldes muss ja auch die Bedeutung als nationales Kulturgut berücksichtigt werden. Auch für die Stadt Kassel."

Hanna musste an Stöbers Anruf denken, den sie so grob abgewürgt hatte. Jetzt bedauerte sie, dass sie ihn nicht hatte ausreden lassen. Vielleicht hatte er Beweise für jenen Zusammenhang gefunden, der sich nun aufdrängte.

„Du hast mir sehr geholfen, Niklas", sagte sie. „Würdest du mich weiter auf dem Laufenden halten?"

„Selbstverständlich, Hanna. Wenn Ringhausen hier ist, veranstalten wir ein kleines Symposion mit weiteren Experten. Danach sind wir hoffentlich schlauer. Es gibt übrigens noch einen Hinweis. Einer unserer Studenten glaubt, bei eBay ein anderes Grünberg-Gemälde gesehen zu haben. Auch ein berühmtes Kasseler Motiv. *Das verlorene Volk.* Als wir es überprüfen wollten, war das Angebot allerdings verschwunden."

„Demnach spricht jetzt doch einiges dafür, dass jemand auf die verschollene Sammlung gestoßen ist, oder?"

„Ich denke schon. Die Frage ist, ob weitere Bilder ans Tageslicht kommen."

„Und für uns ist die Frage, ob jemand für dieses eine Bild einen Mord begangen hat. Und wer."

Die Bürotür wurde einen Spalt breit geöffnet, Isabella gab Hanna Zeichen. Offenbar wollte jemand mit ihr sprechen.

„Niklas, ich muss Schluss machen. Wir haben gerade einen schwierigen neuen Fall, um den ich mich kümmern muss. Ich höre wieder von dir, ja?"

Hanna Wolf legte auf, und Isabella ließ die Tür aufschwingen. „Hier ist ein Kollege von der Fahndung, der dich sprechen will. Es geht um den Mann, den ihr sucht."

Hanna ging dem Kollegen entgegen. „Habt ihr ihn schon gefunden?"

„Könnte sein", antwortete er. „Ein Team ist unterwegs, um die Meldung der Grün-Weißen zu überprüfen. In der Leipziger Straße hat es einen Verkehrsunfall gegeben. Dabei ist eine Person schwer verletzt worden. Nach den Fahrzeugpapieren, die im Auto gefunden wurden, könnte es sich um den gesuchten Jörg Rascher handeln."

„Wo ist der Mann jetzt? Im Klinikum Kassel?"

Der Fahnder nickte. „Ja. Aber es ist höchst zweifelhaft, ob er überlebt."

Etwas war anders, als Alexandra die Augen aufschlug. Sie hatte von einem lebendigen Kuscheltier geträumt, von einem fremden Mann mit einem schicken Auto und einem fremden Zimmer, in dem sie mit Marie ... Der Traum war noch nicht zu Ende. Sie befand sich noch immer in diesem Raum, dessen Fenster vergittert waren und ... nein, es war gar kein Traum. Sie musste aufs Klo. Dringend. Das konnte man doch nicht träumen. Marie lag neben ihr auf dem Bett und schlief mit roten Wangen und zuckenden Augenlidern. Ob sie auch träumte? Hoffentlich würde sie nicht wieder so viel weinen wie gestern. Wenn sie noch einen Tag in dem Gefängnis verbringen mussten, würde sie ihre Schwester nicht mehr trösten können. Alexandra richtete sich auf.

Ein Luftzug erfasste den Rest einer Gardine, die vor dem zerschlagenen Fenster hing, und streifte Alexandras Haar. Die Luft roch nach Frühling. Nach Blumen und Wald. Jedenfalls anders als gestern. Besser.

Der Druck ihrer Blase wurde so stark, dass sie Angst bekam, in die Hose zu machen. Sie kletterte vom Bett und stakste steifbeinig zur Toilette.

Erst auf dem Rückweg bemerkte sie die offen stehende Tür.

Alexandra stürzte zum Bett und rüttelte ihre Schwester wach. „Marie, wir können nach Hause gehen. Es ist alles offen. Komm, beeil dich."

Marie rieb sich die Augen. Ihr Blick fiel auf die Kaninchen. „Aber Paulchen und Felix nehmen wir mit."

*

Rosemarie Kessler musste ihren ganzen Mut und alle ihre Kräfte zusammennehmen, um nicht die Beherrschung zu verlieren. Der Anblick ihres Sohnes, den sie nun endlich aus dem Stadtkrankenhaus am Möncheberg abholen konnten, krampfte ihr das Herz zusammen und schnürte ihr die Kehle zu. Aus dem stattlichen Mann im besten Alter war ein armseliger Krüppel geworden.

„Ich kann den Jungen auch alleine abholen", hatte ihr Mann sich angeboten. Doch sie hatte nur stumm den Kopf geschüttelt.

Ich will mein Kind in die Arme schließen, wenn es den Krankensaal verlässt.

Hartwig Kessler war im Bunker des Krankenhauses mehrfach operiert worden. Die Ärzte hatten getan, was sie konnten. Sie hatten sein Leben gerettet. Aber nicht verhindern können, dass er seine Sprache verloren hatte. Aus seinem Mund drangen unartikulierte Laute, wenn er zu sprechen versuchte. Die Verletzung des Halswirbels hatte außerdem eine Lähmung verursacht, von der die Ärzte nicht wussten, ob sie jemals überwunden werden konnte.

Das Schlimmste war jedoch die Beeinträchtigung der Hirnfunktionen, die durch Unterbrechung der Blutversorgung eingetreten war.

Hartwig war ihr ganzer Stolz gewesen. Ein gut aussehender Mann mit einer angesehenen Position, einer treu sorgenden Ehefrau und einem goldigen Kind. Frau und Tochter waren ihm von den Engländern genommen worden. Aber Hartwig hatte Krieg und Bombardierung überlebt. Und dann hatte ihn dieser Ausländer niedergestochen. Dass der Italiener dabei sein Leben verloren hatte, war Rosemarie Kessler nur ein schwacher Trost. Sie würde ihr Leben lang nicht vergessen können, was ihr diese Kreatur angetan hatte.

Es blieb ihr nun nichts mehr, als ihren Sohn nach besten Kräften zu pflegen. Es sollte ihm an nichts mangeln.

„Ich wünsche Ihnen alles Gute und Gottes Segen", sagte die Krankenschwester, als sie den Rollstuhl drehte, um den Eltern ihres Patienten die Handgriffe zu überlassen.

Rosemarie Kessler zog ihr Taschentuch aus dem Ärmel, beugte sich über ihren Sohn, und tupfte ihm einen Speichelfaden ab, der sich aus seinem Mundwinkel über das Kinn zog. Dann strich sie ihm über das Haar und richtete sich auf. „Vielen Dank, Schwester."

„Sie können den Rollstuhl vor dem Eingang stehen lassen. Ich hole ihn dann wieder herein."

„Das ist gut", bestätigte Rosemarie Kessler. „Wir haben eine Kraftdroschke bestellt. Sie wird bereits auf uns warten. Wir wohnen nämlich in Heckershausen. In einem Einfamilienhaus. Mit Garten."

„Nun lass uns aufbrechen, meine Liebe", bemerkte ihr Mann, der die Erklärungen seiner Frau als überflüssig empfand.

Hartwig Kessler verließ das Stadtkrankenhaus Kassel, abwechselnd geschoben von seinen Eltern und mit verwirrenden Bildern in seinem Kopf, die zu ordnen oder gar zu deuten ihm nicht gelang.

16

„Isabella", rief Hanna, „ich brauche Starsky und Hutch. Stöber hätte sich längst melden müssen. Und in der Galerie geht keiner ans Telefon. Ich mache mir langsam Sorgen um Florian. Außerdem benötige ich jemanden, der sich um diesen Rascher kümmert."

„Aber die beiden sollten doch in dem Fall ... dieses jungen Drogentoten ... noch einmal ..."

Hanna winkte ab. „Ich weiß. Aber das muss warten."

Als Klaus Starzinsky und Andreas Huth in Hannas Team gekommen waren, hatte Isabella sie spontan nach den Helden der amerikanischen Fernsehserie benannt. Seitdem hießen sie im ganzen Präsidium so, und nicht wenige glaubten inzwischen, Starsky und Hutch seien ihre richtigen Namen. Die Beamten trugen es mit Humor. Sie waren ruhige und verlässliche Mitarbeiter, und Hanna schätzte sie wegen ihrer Fähigkeit zur Kooperation. Als Ermittlungsteam waren sie erfolgreicher als alle anderen, sodass Hanna ihnen gern schwierige Fälle anvertraute.

„Nun?", fragte sie, als die beiden Beamten eintraten. „Habt ihr etwas herausbekommen?"

„Wie man's nimmt", antwortete Huth. „Die Ermittlungen der Kollegen vom Kommissariat dreizehn waren nicht besonders gründlich, aber ..."

„... im Ergebnis trotzdem richtig", ergänzte Starzinsky. „Das Dumme ist nur, dass Gatzemeiers Zuträger von unseren Nachermittlungen was mitgekriegt haben. Könnte Ärger geben."

„Er soll sich an mich wenden", sagte Hanna Wolf. „Und wenn ihr etwas Interessantes herausgefunden habt, lohnt sich ein bisschen Stunk mit dem Kollegen allemal. Also – habt ihr schon was?"

„Ja", bestätigte Starzinsky. „Interessant ist vielleicht eine Querverbindung zu einem anderen Fall, für den sich Gatzemeiers Leute nicht interessiert haben."

„Genau", fuhr sein Partner fort. „Zum Fall Karras. Du erinnerst dich?"

„Na, und ob. Wir wissen schließlich bis heute nicht, wer ihn umgebracht hat."

Starzinsky nickte. „Jemand hatte in der Klinik die Verbindungen zu den Apparaten gekappt, die ihn am Leben hielten. Du hattest eine junge Frau in Verdacht. Aber auf Grund einer Zeugenaussage konnte sie es nicht gewesen sein."

„Julia Engelhardt!", entfuhr es Hanna. „Und worin besteht die Verbindung?"

„Der junge Mann, der jetzt an einer Überdosis Heroin gestorben ist, war damals jener Zeuge. Ein gewisser Dennis Kleinert. Seinerzeit Krankenpfleger in der HTG-Intensivstation des Klinikums."

„Ich glaub es nicht", stöhnte die Hauptkommissarin. „Sobald wir den Entführungsfall gelöst haben, müsst ihr herausfinden, ob es eine Beziehung zwischen Julia Engelhardt und diesem Dennis Kleinert gibt."

„Das haben wir schon", bemerkte Huth. „Die beiden waren ein Paar. Sie hat allerdings kürzlich mit ihm Schluss gemacht. Wir haben einen entsprechenden Brief in der Wohnung des Toten gefunden."

Hanna Wolf pfiff durch die Zähne. „Da hängen wir uns noch mal rein. Sobald wir wieder mehr Luft haben."

Nachdem Hanna Wolf die beiden Ermittler - ausnahmsweise mit getrennten Aufträgen - losgeschickt hatte, versuchte sie erneut, Florian Stöber zu erreichen. Aber er meldete sich weder zu Hause noch an seinem Handy. Während sie noch unschlüssig auf das Telefon starrte und sich fragte, ob sie mehr Grund hatte, sich über ihren Mitarbeiter zu ärgern oder sich um ihn zu sorgen, sprang die Tür auf, ohne dass es vorher geklopft hatte.

Hanna wandte den Kopf, aber sie wusste bereits, wer so in ihr Büro platzte. Hauptkommissar Gatzemeiers Augen sprühten Gift und Galle.

„Einen schönen guten Tag, Herr Kollege", begrüßte Hanna betont freundlich den Leiter des Drogenkommissariats.

Gatzemeier stieß einen undeutlichen Grunzlaut aus, der kaum als Begrüßung interpretiert werden konnte.

Hanna lächelte trotzdem. „Was kann ich für Sie tun?"

„Tun?", stieß der Hauptkommissar hervor. „Ich sage Ihnen jetzt mal, was Sie nicht tun können. Und nicht tun sollen. Nämlich in meinen Zuständigkeitsbereich reinpfuschen. Ich verbitte mir, dass Sie oder Ihre Leute in Fällen meines Kommissariats herumstochern. Wenn Sie was wissen wollen, fragen Sie gefälligst an. Offiziell und auf dem Dienstweg."

„Lieber Herr Kollege Gatzemeier", flötete Hanna honigsüß, „in manchen Fällen gibt es nun einmal Überschneidungen. Und dann müssen wir ..."

„... erst mal die Dienstvorschriften einhalten", fuhr der Hauptkommissar dazwischen. „Das gilt auch für Beamtinnen. Manche Damen scheinen ja zu glauben, dass sie sich alles erlauben können, bloß weil ... weil sie ..."

„… Arsch und Titten haben?“, ergänzte Hanna. „War es das, was Sie sagen wollten?“

Gatzemeier schob das Kinn vor und starrte sie aus wütenden Augen an. „Das müssen wir nicht weiter diskutieren. Nur so viel: Beim nächsten Mal kriegen Sie eine Dienstaufsichtsbeschwerde an den Hals.“

Er drehte sich um und stürmte aus dem Raum, die Tür knallte ins Schloss.

Hanna griente in sich hinein. Aber sie wusste, dass sie bis an die Grenze gegangen war. Vielleicht auch ein wenig darüber. Wieder einmal hatte sie sich nicht bremsen können. Warum reizte der Kollege vom Kommissariat dreizehn sie immer wieder zu unsachlichen Äußerungen? Waren es seine Macho-Sprüche in der Kantine und anderswo? Die hatten andere Kollegen auch in ihrem Repertoire. Oder war es die menschenverachtende Überheblichkeit, mit der er sich über die Klientel seines Kommissariats ausließ? Oder war es die Art, in der er sie und andere Kolleginnen musterte? Vielleicht von allem ein bisschen.

Und dazu die Erinnerung an ihre ersten Begegnungen.

Sie hatten zusammen angefangen. Vor über zwanzig Jahren. Das Polizeipräsidium Nordhessen am Grünen Weg existierte noch nicht. Gemeinsam mit anderen Anwärtern verschiedener Laufbahnen waren sie im Dienstgebäude am Altmarkt vom Polizeipräsidenten feierlich begrüßt und in ihre Dienststellen aufgenommen worden. Gatzemeier und sie hatten ihren Dienst im Kommissariat für Diebstahlsdelikte aufgenommen. Nach der üblichen Begrüßungszeremonie und den ersten Arbeitsstunden im Kreis der neuen Kollegen hatten sie noch beim Bier in der Kantine zusammengesessen. Gatzemeier neben Hanna. Irgendwann hatte sie zuerst den Druck seines Schenkels, später seine Hand auf ihrem Knie gespürt. Sie war wortlos aufgestanden und hatte sich woanders hingesetzt. Nach der Feier hatte er sie auf dem Flur abgefangen und versucht, sie an sich zu ziehen. Da hatte sie ihm eine Ohrfeige verpasst. „Meine privaten Kontakte suche ich mir selber aus!“, hatte sie ihn angefahren. „Merken Sie sich das, Herr Kollege.“ Sie hatte ihn gesiezt, ganz im Gegensatz zum üblichen

Du unter jungen Kollegen. Das hatte ihn vielleicht noch mehr getroffen als die Ohrfeige.

Seitdem waren sie regelmäßig aneinander geraten. Gatzemeier hatte keine Gelegenheit ausgelassen, Hanna anzuschwärzen. Meistens hatte er sich dabei eine Abfuhr geholt. Und das hatte nicht gerade besänftigend auf ihn gewirkt.

Und nun dieser Fall.

Julia Engelhardt. Sie muss es gewesen sein. Den Mord an Karras werden wir ihr nicht mehr nachweisen können. Wenn sie jetzt auch noch diesen Kleinert umgebracht hat ... Es ist nicht zu fassen. Schon wieder sieht es so aus, als könnte sie damit durchkommen. Kein Mensch traut dieser hübschen jungen Frau mit den unschuldigen blauen Augen einen Mord zu, schon gar kein Mann. Aber ich werde den Umständen des Drogentodes auf den Grund gehen. Sobald die aktuellen Fälle abgeschlossen sind, nehme ich mir das Mädchen ...

Als das Telefon ihre Gedanken unterbrach, meldete sich Hanna routinemäßig, um nicht wieder jemanden zu Unrecht anzufauchen.

Es war Huth, den sie in die Friedrich-Ebert-Straße zur Kunsthandlung Colberg & König geschickt hatte, wo er nach Stöbers Verbleib forschen sollte. Er hatte das Geschäft verschlossen vorgefunden und keine Spur des Kollegen entdeckt.

„Fahr zur Wohnung von diesem König", trug sie ihm auf. „Und lass dir beschreiben, wann und wo er Florian zuletzt gesehen hat. Und frag ihn, ob er weiß, was er vorhatte."

In dem Augenblick, in dem sie auflegte, erschien eine strahlende Isabella und winkte mit einem Stück Papier. „Hanna, die Kinder sind wieder aufgetaucht. Ein Taxifahrer hat sie in Harleshausen aufgegabelt. Sie waren zu Fuß auf der Wolfhager Straße unterwegs. Er hat sie im siebten Polizeirevier in der Rolandstraße abgeliefert."

„Na, Gott sei Dank. Ruf doch bitte gleich die Mutter an. Und die Kollegen im siebten Revier. Sag ihnen die Adresse, sie möchten die Kinder nach Hause bringen. Ich komme später dorthin, um die Mädchen zu befragen."

Kriminaloberkommissar Klaus Starzinsky hatte Mühe, sein Anliegen zu erklären. „Das haben wir doch schon Ihrem Kollegen am Telefon auseinander gesetzt", behauptete die Stationsschwester, die er vor der Intensivstation der Unfallchirurgie angetroffen hatte, mit unerschütterlichem Selbstbewusstsein. „Haben Sie nicht genug zu tun", setzte sie spitz hinzu, „oder weiß bei Ihnen die eine Hand nicht, was die andere tut?"

Starzinsky ging nicht darauf ein. „Können Sie sich an den Namen des Kollegen erinnern?"

„Das kann ich durchaus", antwortete die Schwester. „Aber bevor ich weiter mit Ihnen spreche, möchte ich Ihren Ausweis sehen."

Starzinsky kramte seinen Dienstausweis hervor. Blitzartig schnappte ihm die Frau das eingeschweißte Papier aus der Hand und eilte davon. „Bin gleich zurück", rief sie über die Schulter und verschwand hinter einer Tür.

Seufzend ließ sich der Oberkommissar auf einer Bank an der Wand des Klinikflures nieder. Krankenhäuser deprimierten ihn. Und diese Art der Behandlung erst recht.

Er starrte auf die gegenüberliegende Wand.

Dort klebte ein Plakat des KSV Hessen Kassel. Am Samstag würden sie gegen Viktoria Griesheim spielen. Er würde wohl wieder links außen eingesetzt werden. Dabei würde er so gern mal in den Sturm gehen. So gut wie Mittelstürmer Kolczik war er allemal. Aber der Trainer hatte das gleiche Problem wie Rudi Völler bei der bevorstehenden Europameisterschaft in Portugal. Fredi Bobic war zu schwach für den Sturm, wurde aber trotzdem eingesetzt. Bei aller Sympathie für den Trainer der Nationalmannschaft war Starzinsky mit Völlers Mannschaftsaufstellung nicht einverstanden. Seit acht Jahren war die deutsche Fußball-Nationalmannschaft bei Europameisterschafts-Endrunden ohne Sieg geblieben. Diesmal würde die deutsche Elf nicht einmal das Viertelfinale erreichen. Darauf würde er wetten.

Der Oberkommissar seufzte erneut.

In diesem Augenblick erschien die Stationsschwester mit einem Arzt im Schlepptau. „Entschuldigen Sie bitte", sagte der Arzt, nachdem er sich vorgestellt und Starzinsky seinen Ausweis zurückgegeben hatte, „dass Oberschwester Reingard so genau ist. Aber wir hatten den Anruf eines Mannes, der sich als Beamter der Kriminaldirektion im Polizeipräsidium Nordhessen ausgegeben und sich eingehend nach dem Befinden unseres Patienten Rascher erkundigt hat. Wir haben ihm erklärt, dass es sehr schlecht um Herrn Rascher steht. Seine Überlebenschancen sind gering. Wegen des Telefonates mussten wir annehmen ..."

„Wie war denn der Name des Anrufers?", unterbrach Starzinsky den Mediziner.

„Wenzel", antwortete statt seiner die Oberschwester. „Kriminaloberrat Wenzel."

Der Gast aus Frankfurt verließ das Schlosshotel Wilhelmshöhe mit einem zusätzlichen Gepäckstück.

Für das gerahmte Gemälde hatte er einen passenden Aluminiumkoffer besorgt, schließlich durfte das kostbare Kunstwerk auf keinen Fall beschädigt werden.

Er rechnete nicht damit, in nächster Zeit nach Kassel zurückzukehren. Der Mann, der ihn zu weiteren Bildern des berühmten Malers hätte führen können, würde vorerst keine Aussage machen können. Es war sogar wahrscheinlich, dass er überhaupt nichts mehr würde sagen können. Das Krankenhaus hatte diese Auskunft sehr bereitwillig erteilt. Sollte Rascher den Unfall wider Erwarten überleben, würde er ihn schon noch zum Reden bringen.

Sein Auftrag hatte sich ohnehin nur auf *Das verlorene Volk* bezogen. Dieses Gemälde würde er seinem Auftraggeber liefern und dafür eine Provision von einhunderttausend Euro kassieren. Seine Aufwendungen hielten sich in Grenzen, und ein nennenswertes Risiko war er auch nicht eingegangen. Sollte das Haus gefunden werden, in dem er die Kinder untergebracht hatte, würden Spurensucher nichts entdecken. Die Mädchen würden ihn vielleicht heute und morgen noch wiedererkennen können, aber sein Gesicht schon bald vergessen haben. Da die Polizei keinerlei Informationen über seine Identität und erst recht kein Foto von ihm besaß, war die Aktion mit Raschers Nichten vertretbar gewesen. Immerhin war er einem ganz großen Erfolg, der ihn reich und seinen Auftraggeber noch reicher gemacht hätte, sehr nahe gewesen. Vielleicht würde er später - wenn der aktuelle Fall in Vergessenheit geraten war - noch einmal nach Kassel zurückkehren und auf eigene Faust Nachforschungen anstellen.

Alles in allem konnte der Mann, der sich im Hotel unter dem Namen Jaques Delâtre eingetragen und seine Suite bar bezahlt hatte, zufrieden sein. In bester Stimmung bestieg er ein Taxi, das ihn zum Bahnhof Wilhelmshöhe bringen würde.

Mit dem ICE würde er, wenn es keine Verspätung gab, in weniger als zwei Stunden in Frankfurt sein.

Florian Stöber lag der Ärger über seine eigene Dummheit schwer im Magen. Er hatte sich selbst und ganz allein in diese Situation manövriert und konnte beim besten Willen niemanden dafür verantwortlich machen. Das machte die Sache noch schlimmer. Sein Ärger steigerte sich zu unbändiger Wut, als er feststellte, dass sein Handy an keiner Stelle des Kellerraums Kontakt zur Außenwelt herstellen konnte. Der schwache Lichtschein eines vergitterten Schachtes hatten ihn vermuten lassen, dass sich wenigstens dort eine Verbindung nach draußen finden lassen würde. Er stapelte alles, was sich in dem Kellerraum fand, unter der Öffnung, kletterte auf das Gerümpel und hielt das Handy hoch. Doch das Symbol auf dem Display seines Mobiltelefons zeigte immer nur das eine: Kein Netz. Suche ...

Hanna würde sich zuerst nur über ihn wundern, dann ärgern und schließlich nur noch mit gehörigem Zorn an ihn denken. Er malte sich aus, mit welchen Worten sie ihn empfangen und wie er sich fühlen würde, wenn er ihr unter die Augen treten müsste.

Und dabei habe ich alle Beweise gegen König auf der CD. Aber wahrscheinlich wird er sie finden und vernichten. Verdammter Mist. Ich muss hier raus.

Längst hatten sich seine Augen an die Dämmerung gewöhnt. Zum wiederholten Male musterte er das Gerümpel um ihn herum. Aber es lieferte ihm keine Idee, wie er sich bemerkbar machen oder die schwere Stahltür aufbrechen konnte. Mit einer Eisenstange hatte er bereits mehrere Male gegen Tür und Wände geschlagen. Vielleicht wurde jemand aufmerksam. Aber eine Reaktion hatte er bisher nicht vernommen.

Florian Stöber spürte, wie die Verzweiflung sich in ihm ausbreitete.

In Hannas Erleichterung über das Wiederauftauchen der Kinder mischte sich zunehmend die Sorge um den Kollegen Florian Stöber. Und der Ärger über sich selbst. Warum nur hatte sie ihm nicht zugehört? Dann wüsste sie jetzt mehr. Sie versuchte, sich Stöbers Worte zu vergegenwärtigen. Ihr Unterbewusstsein signalisierte ihr, dass er eine wichtige Information geliefert hatte, obwohl sie ihn abgewürgt hatte. Sie hatte sie nur nicht richtig wahrgenommen. Sie schloss die Augen und stützte den Kopf in die Hände, um sich das kurze Gespräch ins Gedächtnis zu rufen.

„... was ich gefunden habe. Colberg ... Informationen ... über das Gemälde ... im Computer ... wer ihm das Bild angeboten hat ... unser Freund ...“

Unser Freund? Rascher! Damit konnte er nur Rascher gemeint haben. Plötzlich fügte sich alles zu einem Bild zusammen. Susanne Lieberts Bruder lebte von dubiosen Geschäften. An- und Verkauf von Antiquitäten. Sicher auch von Kunstwerken. Und gerade ging es um einen besonders viel versprechenden Deal. *Rascher bietet Colberg das Gemälde an. Es kommt zu einer Auseinandersetzung über den Preis. In dessen Verlauf wird Colberg von Rascher erwürgt. Und anschließend im Kasseler Staatsforst aufgehängt. Aber warum entführt Rascher die Kinder seiner Schwester?*

Hanna schob die letzte Frage beiseite. *Das klären wir später. Wenn ich mit den Mädchen gesprochen habe. Vielleicht ist die Ehe in Wahrheit nicht so, wie Susanne Liebert sie dargestellt hat, und es steckt doch der Vater dahinter. Oder sie waren gar nicht entführt. Hatten sich verlaufen, verirrt, was weiß ich.*

Was hatte Florian außerdem gesagt? Die Hauptkommissarin massierte ihre Schläfen. *„... ist der Laden nicht besonders ...“* Was war der Laden nicht besonders? Er hatte es gesagt, aber sie bekam das Wort nicht zu fassen. Dafür kam ihr sein letzter Satz in den Sinn.

„... sieht so aus, als hätte Colberg vorgehabt, mit dem Grünberg-Gemälde ...“

Was konnte Colberg mit dem Gemälde vorgehabt haben?

Verkaufen. Sicher wollte er es verkaufen. War schließlich sein Beruf. Erst recht, wenn er schon Interessenten gehabt hatte.

Passt alles zusammen. Vielleicht ist Rascher auf die Grünberg-Sammlung gestoßen. Vielleicht ist er über weitere Lieferungen mit Colberg in Streit geraten. Letztlich ist es egal, worüber sie gestritten haben. Jedenfalls hat der Streit für den Kunsthändler ein tödliches Ende genommen. Sieht so aus, als wäre der Fall gelöst. Und die Leiche vom Stadtfriedhof hat mit der ganzen Geschichte nichts zu tun. Da ist nur jemand durch den Zeitungsbericht auf eine Idee gebracht worden. Hoffentlich überlebt Rascher den Unfall. Seine Version fehlt uns noch.

Hanna Wolf sah auf die Uhr.

Wenn Starsky und Hutch wieder da sind, kümmern wir uns um Stöber. Dass der so lange unauffindbar bleibt, wird mir langsam unheimlich.

Das Fahrrad brachte ihn schließlich auf eine Idee, wie er die Verbindung zur Außenwelt herstellen konnte. Für ein Gespräch würde es wohl nicht reichen. Aber vielleicht für eine SMS. Stöber tippte seine Nachricht ein.

Bin in einem Keller im Hinterhaus der Kunsthandlung. König wahrscheinlich flüchtig.

Er wählte Hannas Nummer aus dem Verzeichnis, drückte aber noch nicht die Sende-Taste.

Zuerst untersuchte er den rostigen Fahrradrahmen. Von der Lichtanlage war nicht mehr viel vorhanden, aber es fanden sich noch Reste der Leitungen, die einmal den Dynamo mit den Lampen verbunden hatten. Er wickelte ein Stück Kabel ab und entfernte mit den Zähnen die Isolierung an den Enden.

Dann versuchte er, eine Speiche aus dem Rad herauszubrechen. Doch der dünne Stahldraht erwies sich als widerspenstig. Erst als er die Eisenstange, die er schon als Klopfgerät benutzt hatte, einsetzte, gelang es ihm, eine der Speichen zu lösen.

Schließlich brach er eine Latte aus einer morschen Holzkiste.

Die Kunst bestand nun darin, alle Teile so miteinander zu verbinden, dass sie den ihnen zugedachten Zweck erfüllten.

Da sich die Holzleiste beim Herausbrechen gespalten hatte, ließ sich die Fahrradspeiche ohne weitere Hilfsmittel in das Holz stecken. Er verband den blanken Draht mit der Speiche und steckte das andere Ende des Kabels in die Antennenbuchse seines Mobiltelefons. Vorsichtig, damit sich die Verbindung nicht löste, kletterte er auf den Gerümpelhaufen und schob die Behelfsantenne in den Lichtschacht. Gespannt beobachtete er das Display des Handys. Doch bevor er dort etwas erkennen konnte, war das Kabel aus der Buchse gerutscht. Da er nur eine Hand frei hatte, ließ sich die Verbindung nicht reparieren. Behutsam stellte er die Konstruktion wieder ab und kramte in seinen Taschen. Schließlich fand er einen Streifen Kaugummi, den er ungeduldig weich kaute. Mit der klebrigen Masse ließ sich das freie Ende des Kabels in der Antennenbuchse halbwegs gesichert befestigen.

Stöber startete einen neuen Versuch.

Starsky und Hutch trafen gleichzeitig bei Hanna ein. Ungeduldig eilte sie ihnen entgegen. „Was habt ihr herausgefunden?"

Starzinsky hob bedauernd die Schultern. „Rascher liegt im Koma. Ob er daraus aufwacht, ist höchst fragwürdig. Ich hatte sogar den Eindruck, dass die Ärzte nicht mehr damit rechnen."

Hanna war enttäuscht, verkniff sich aber die Bemerkung, die ihr auf der Zunge lag.

„Im Übrigen gibt es da eine Merkwürdigkeit", ergänzte Starzinsky. „Angeblich hat Ober-Wenzel in der Klinik angerufen und sich nach Rascher erkundigt."

„Das glaube ich nicht", entfuhr es Hanna. „Aber gut, darum kümmern wir uns später. Was ist mit Florian Stöber, Andreas?"

„Kollege Stöber ist weder zu Hause noch bei seinen Eltern, noch bei seiner Freundin", berichtete Huth. „In der neuen Wohnung der beiden ist er auch nicht. Sein Motorrad steht immer noch in der Friedrich-Ebert-Straße, in der Nähe der Kunsthandlung."

„Und was ist mit König?"

„Der ist ebenfalls unauffindbar. Nach Aussage einer Nachbarin ist er verreist. Er hat angeblich einen Koffer in sein Auto gepackt und ist weggefahren. Das war vor ungefähr zwei Stunden."

„Verdammt!“ Hanna Wolf biss sich auf die Lippen.

„Sollen wir die Fahndung ...?“ Starzinsky ließ seine Frage unvollendet, als er bemerkte, dass seine Chefin den Kopf schüttelte. „Setzt euch“, sagte sie und zeigte vage in Richtung der Besucherstühle. „Lasst uns erst mal nachdenken.“

Hanna berichtete von dem abgebrochenen Telefongespräch mit Florian Stöber und gab die Worte wieder, an die sie sich noch erinnern konnte.

„Ich könnte mir vorstellen“, schloss sie, „dass Jörg Rascher mit Colberg in Streit geraten ist und ihn am Ende umgebracht hat. Damit wäre dieser Teil des Falles gelöst. Jedenfalls in der Theorie.“

Für einen Moment herrschte Schweigen. Hanna hatte Mühe, sich zu konzentrieren. „Wenn König die Stadt tatsächlich verlassen hat“, sagte sie mehr zu sich selbst, „stellen sich zwei Fragen: Warum? Und mit welchem Ziel?“

„Könnte sein“, vermutete Huth, „dass er auf der Suche nach dem Gemälde ist, das sein Partner angenommen hat.“

Hanna nickte. „Wir wissen“, dachte sie laut, „wo sich das Bild befindet. Aber das ist Zufall. Oder eine glückliche Fügung. Wie man will. Die Frage ist: Weiß König das auch? Bisher hatten wir den Eindruck, dass er von diesem Geschäft seines Partners wenig mitgekriegt hatte.“

Starzinsky tippte gegen den Monitor auf Stöbers Schreibtisch. „Florian wollte doch den Computer des Kunsthändlers knacken. Vielleicht ist er auf Informationen gestoßen, mit denen König etwas anfangen konnte.“

„Aber Florian würde doch nie Ermittlungsergebnisse ...“

Hanna sprang auf. „Das ist es! Das muss es sein. Wir müssen sofort los. Wenn deine These stimmt, Klaus, könnte König Stöber ausgetrickst haben. Und dann hat er ihn irgendwie in seinem Laden festgesetzt. Oder er hat ihn ... Mein Gott! Fahrt schon mal vor, beeilt euch. Ich veranlasse die Fahndung nach König und kümmere mich um einen Durchsuchungsbeschluss. Dann komme ich nach.“

Rasch erledigte sie mit Isabellas Hilfe die erforderlichen Telefonate, dann hastete sie zu ihrem Dienstwagen, um Starsky und Hutch zu folgen. Ihre Handtasche blieb auf dem Schreibtisch liegen.

17

In aller Eile hatte er den Computer in den Wagen gepackt und zu Hause das Nötigste zusammengerafft. Leider hatte er bis zum nächsten Morgen warten müssen, um sich die Guthaben seiner Konten auszahlen zu lassen. Dann war er gestartet. Für die Fahrt rechnete er sechs bis sieben Stunden. Vor Ort würde er sicher noch eine Stunde benötigen, um den Mann zu finden, von dem seine Zukunft abhing. Weitere zwei Stunden waren für den Weg zum Flughafen zu veranschlagen. Wenn alles glatt ging, würde er in zwölf Stunden im Flugzeug sitzen. Wenn.

Er konnte in einen Stau geraten, einen Unfall oder eine Panne haben, den Professor nicht finden oder keinen Flug bekommen.

Nichts von alledem durfte geschehen, darum verdrängte er alle Gedanken an mögliche Missgeschicke.

Peter Königs Fahrweise entsprach seinem inneren Zustand. Ärger und Angst, Verzweiflung und Zuversicht kämpften um die Oberhand. Wie besessen war er durch die Stadt zur Autobahn gerast. Wollte Kassel so schnell wie möglich hinter sich lassen. In der Auffahrt hätte er beinahe die Gewalt über seinen Voyager verloren. Verrückt. Wäre ihm eine Polizeistreife begegnet, hätte seine Reise ein jähes Ende gefunden.

Anschließend war er lange Zeit auf der rechten Spur geblieben und hatte sich streng an die Höchstgeschwindigkeiten gehalten, während er mit seinem Schicksal gehadert hatte. Alles wäre nicht so schlimm geworden, wenn Freddy ehrlich gewesen wäre. Wenn sie ihre Zukunft gemeinsam gestaltet hätten. Wenn ihre Beziehung zu dem geworden wäre, was sie bis zu jener schrecklichen Entdeckung versprochen hatte. Wenn Freddy nicht geplant hätte, ihn mitsamt dem Grünberg-Gemälde zu verlassen. Wenn sie mit dem Erlös das Geschäft saniert und in eine sorgenfreie Zukunft hätten sehen können. Wenn, wenn, wenn. Alles hätte so schön werden können.

Er hatte die Zähne aufeinander gebissen, bis ihm Tränen in die Augen getreten waren und die Sicht verschleiert hatten.

Nach dem Hattenbacher Dreieck schlug seine Stimmung um. Freddy hatte das größte Unrecht begangen, das in einer Partnerschaft möglich war. Und er hatte ihn verlassen wollen. Er hatte den Tod verdient. Darum war es nur recht und billig, dass er jetzt vom Verkauf des Bildes profitierte.

Peter König drückte das Gaspedal durch und wechselte auf die linke Spur. Er musste nach vorn schauen. Die eigene Zukunft in die Hand nehmen. Kühl und gelassen. Ringhausen zur Herausgabe des Bildes zwingen, nach London fliegen, potenzielle Käufer anrufen, fünf Millionen kassieren. Nach Madrid oder Lissabon reisen, sich in Andalusien oder an der Algarve niederlassen, einen Partner finden, das Leben genießen.

Kurz hinter Nürnberg zwang ihn die Tankuhr zu einer Pause.

Während das Benzin in den Tank strömte, beobachtete er das Treiben rund um die Zapfsäulen. Familienväter wienerten die Windschutzscheiben ihrer voll beladen Mittelklassewagen, aus dunklen Limousinen stiegen elegant gekleidete Herren und schauten mürrisch auf ihre Armbanduhren, bevor sie nach der Zapfpistole griffen. Junge Frauen zogen die Lippen nach, während ihre Begleiter den Wagen betankten. Der Schlange näherte sich ein Fahrzeug, das sich aber nicht einreihte, sondern langsam an den haltenden Autos vorbeifuhr. Ein Polizeifahrzeug. Die Beamten musterten aufmerksam die Menschen in und an den Personenwagen.

König brach der Schweiß aus. Plötzlich wurde ihm klar, dass er bei seinen Zukunftsplänen einen Aspekt völlig ausgeblendet hatte.

„Wir haben Hamburger gegessen. Und Pommes. Und Eis. Und das ist Paulchen. Und Felix ist sein Bruder." Marie sprudelte über vor Begeisterung, während Alexandra gegen Tränen ankämpfen musste. Ihr war nicht entgangen, dass ihre Mutter geweint hatte. Aber sie schaffte es, trotzdem zu lächeln. Irgendwie hatten sie sich mit Blicken verständigt. *Wir werden jetzt nicht weinen, sondern uns freuen, dass wir wieder zusammen sind.*

„Cola gab es auch", sagte sie, um den Anschein von Harmlosigkeit ihres Ausfluges mit ihrer Schwester zu teilen.

„Wenn das euer Vater wüsste!", ging Susanne Liebert auf das Spiel ein.

Marie streckte ihrer Mutter eines der Zwergkaninchen entgegen. „Dürfen wir Paulchen und Felix behalten, Mama?"

„Ich weiß nicht. Sie gehören uns ja nicht."

„Doch, Mama. Der Mann hat sie uns geschenkt. Und sie können in meinem Puppenbett schlafen."

„Ja, das stimmt", bestätigte Alexandra. „Er hat sie uns geschenkt."

„Na gut", seufzte Susanne Liebert. „Dann werden wir sie wohl behalten können."

Marie stieß einen Freudenschrei aus. „Siehst du", strahlte sie ihre Schwester an, „wir dürfen sie doch behalten. Und morgen nehmen wir sie mit zur Schule."

„Halt mal kurz an", sagte Kriminaloberkommissar Huth, als sie in die Kölnische Straße einbogen. „Die beiden da drüben sehen so aus, als wollten sie ihren Kumpel fertig machen." Er zeigte auf eine Gruppe Jugendlicher. Zwei Halbwüchsige standen in drohender Haltung einem etwa gleichaltrigen Jungen gegenüber. Mehrere Fünfzehn- bis Siebzehnjährige betrachteten die Auseinandersetzung aus sicherer Entfernung und schienen die Parteien anzufeuern.

Starzinsky bremste ab. „Sollen wir nicht lieber eine Streife hinschicken?"

Huth schüttelte den Kopf. „Halt an. Ich gehe kurz dazwischen. Dauert nur eine Minute." Er sprang aus dem Wagen und stürmte mit gezücktem Ausweis auf die Jugendlichen zu. „Lasst den Jungen in Ruhe", brüllte er. „Und verzieht euch."

Amüsierte beobachtete sein Kollege, wie sie blitzschnell auseinander rannten. *Eigentlich erstaunlich. Aber vielleicht haben sie davon gehört, dass wir die Bad Boys von Kassel kürzlich eingebuchtet haben.*

Und dann fragte er sich, ob sein eigener Sohn, der jetzt noch den Kindergarten besuchte und sich dort gelegentlich damit brüstete, dass sein Papa Polizist war, eines Tages in eine solche Jugendbande geraten könnte. Einer Bande von dreizehn- bis achtzehnjährigen Jungen, die sich zusammenfanden, um Straftaten zu begehen. Was man als Vater wohl alles falsch machen konnte, um sein Kind irgendwann bei der Polizei abholen oder im Gefängnis besuchen zu müssen?

„Gratuliere", sagte er, als sein Kollege wieder neben ihm saß. „Eindrucksvolle Vorstellung. Du könntest für den Herkules kandidieren. Würdest bestimmt eine gute Figur machen. Groß, gut gebaut, starkes Auftreten. Und über achtzehn bist du auch. So einen suchen sie doch. Endausscheidung mit Siegerehrung irgendwann demnächst in der Kurfürstengalerie."

„Danke", antwortete Andreas Huth. „Ich werde es in Erwägung ziehen. Als Maskottchen in Kassel herumgereicht zu werden, war schon immer mein Traum. Du könntest übrigens weiterfahren. Wir müssen uns noch um einen anderen Jungen kümmern."

Starzinsky gab Gas und fädelte sich in den Verkehr ein. „Was meinst du", fragte er, „was mit den jugendlichen Bandenmitgliedern passiert, die wir neulich einkassiert haben?"

„Keine Ahnung." Huth machte eine wegwerfende Handbewegung. „Wahrscheinlich lassen die Richter sie wieder laufen. Es waren ja weniger als fünfzig Straftaten. Nur Körperverletzungen, Einbrüche und Raubüberfälle. Deswegen wird doch keiner eingebuchtet. Die pflügen ganze Stadtteile um, und die Gerichte sehen tatenlos zu. Ich höre noch den Richter reden." Er veränderte seine Stimme. „Bei Jugendlichen ist nur entscheidend, ob die aktuelle Straftat eine Untersuchungshaft rechtfertigt, Vorstrafen spielen keine Rolle."

„Richter haben es besser als wir", murmelte Starzinsky. „Die brauchen sich mit diesen Typen nicht abzugeben, wenn sie dazu keine Lust haben."

„Und wenn sie selbst Mist machen, passiert ihnen auch nichts. Wie bei diesem Gerichtspräsidenten. Fährt besoffen Auto, steckt ein Feld in Brand und versucht 'ne Bestechung. Darf aber Richter bleiben. Du kannst mir erzählen, was du willst, es gibt immer noch verschiedene Klassen von Menschen."

„Das kannst du laut sagen", bestätigte sein Kollege. „Schauen wir mal, wo sich unser Jüngster herumtreibt."

Sie hielten direkt vor der Tür der Kunst- und Antiquitätenhandlung König & Colberg, stiegen aus dem Wagen und versuchten, durch die Schaufenster ins Innere des Ladens zu schauen.

Die Kriminalbeamten sahen sich an. „Gehen wir rein?" Die Frage kam von beiden zugleich, wie aus einem Munde.

„Oder warten wir auf den Durchsuchungsbeschluss?", ergänzte Oberkommissar Huth.

„Ich schätze", antwortete Starzinsky, „es ist Gefahr im Verzuge. Schließlich geht es um einen Kollegen."

Gemeinsam warfen sie sich gegen die Eingangstür. Wider Erwarten hielt sie dem Angriff stand. Kurz entschlossen lief Starzinsky zu einer nahe gelegenen Baustelle und kehrte er mit einem Pflasterstein zurück.

Nur wenig später kletterten die Beamten durch die zerborstene Glasfüllung der Eingangstür in den Laden. Mit gezogenen Waffen durchsuchten sie einen Raum nach dem anderen. Ohne Ergebnis. Das Einzige, was ihnen auffiel, war der leere Platz, an dem offensichtlich ein Computer gestanden hatte. Kabel von Maus, Monitor und Drucker lagen beziehungslos herum.

„Verstehst du das?", fragte Huth und steckte seine Pistole wieder ein.

„Vielleicht", vermutete Starzinsky, „hat König unseren Florian mitgenommen. Als Geisel oder so."

„Das wäre ja der Hammer." Huth kratzte sich am Kopf. „Und was machen wir jetzt?"

„Wir warten auf die Hauptkommissarin. Soll sie entscheiden."

„Habt ihr wirklich alles durchsucht?" Hanna Wolf sah sich suchend um, als ließe sich eine Geheimtür oder irgendetwas anderes entdecken, was Florians Verschwinden erklären könnte, wenn man nur genau genug hinschaute. „Jedenfalls gibt es hier keinerlei Anzeichen für eine tätliche Auseinandersetzung. Das beruhigt mich etwas. Was ist mit Kellerräumen? Gibt es einen Dachboden, zu dem König Zugang hat?"

„Haben wir alles geprüft", antwortete Starzinsky. „Zum Laden gehört ein großer Keller. Der ist mit Möbeln voll gestellt. Unter dem Dach befindet sich ein Trockenboden, der von allen Mietern genutzt wird."

Die Hauptkommissarin nickte. „Dann durchsuchen wir jetzt Königs Wohnung. Wir haben grünes Licht vom zuständigen Ermittlungsrichter. Ich informiere nur noch schnell Ober-Wenzel und lasse eine Streife kommen, die den Laden überwacht bis die Tür repariert ist. Gibst du mir bitte mal dein Handy, Andreas? Ich habe meins im Büro liegen gelassen."

Kriminaloberrat Wenzel war nicht zu erreichen, also instruierte Hanna Isabella und gab das Mobiltelefon an ihren Kollegen zurück. „Wir treffen uns in zwei Stunden im Präsidium. Ich warte hier auf die grünen Kollegen, und dann möchte ich noch mit den Kindern sprechen, die möglicherweise entführt worden waren und nun wieder zu Hause sind."

Starsky und Hutch verabschiedeten sich und machten sich auf den Weg zu Königs Privatwohnung.

„Glaubst du, dass wir Stöber dort finden?", fragte Andreas Hut seinen Kollegen, als sie außer Hörweite waren.

„Kaum", antwortete der und schüttelte den Kopf. „Aber wir müssen schließlich alle Möglichkeiten checken."

Leonie Schwarzeneder hatte die Abwesenheit ihres Chefs für ein ausgiebiges Frühstück mit einigen Kolleginnen aus der Fakultät genutzt. Dann hatte sie eine Reihe von Telefongesprächen geführt und einige persönliche Briefe und E-Mails geschrieben und damit endlich ihre aufgestaute private Korrespondenz erledigt.

Ihr Chef gehörte zu den wenigen Professoren, die sich regelmäßig in den Diensträumen der Universität aufhielten und ihre Mitarbeiterinnen voll in Anspruch nahmen. Zum Glück war er immer mal wieder auf Reisen. So auch heute, und ihr blieb endlich wieder ein wenig Zeit für sich. Nach der Mittagspause kümmerte sie sich um ihre Fingernägel, die dringend gefeilt und mit einer neuen Lackierung versehen werden mussten.

Als es an der Tür klopfte, seufzte Leonie auf, denn sie rechnete mit einem jener Studenten, die nicht in der Lage waren, die Anschläge und Hinweise an den Aushangbrettern und Türen zu lesen.

„Heit' hamma koa Sprechstund' net", rief sie zur Tür. „Heit' scho glei goar net. Und morg'n foilt's a no a mal aus, weil der Herr Professor ..."

Die Tür öffnete sich trotzdem, und ein Mann trat herein, dessen Alter und Aussehen keineswegs erlaubten, ihn der Gruppe der Studierenden zuzurechnen, schon gar nicht den Künstlertypen, mit denen Leonie es täglich zu tun hatte. Dieser Mann wirkte gepflegt und war gut angezogen. Ein modisch geschnittener Anzug und ein paar elegante Schuhe ließen zudem den Schluss zu, dass er auch nicht zum Lehrkörper der Universität gehörte. Leonie ließ ihre Maniküre-Utensilien in der Schreibtischschublade verschwinden.

„Grüß Gott", lächelte sie. „Wos konn i für erna doa?"

„Ja, äh, ich möchte gern Herrn Professor Ringhausen sprechen. Ich bin ... komme von der Kunsthandlung ..."

A Preiß, dachte Leonie. Und sprach hochdeutsch weiter. „Es tut mir Leid, der Herr Professor ist dienstlich unterwegs. Er kommt erst nächste Woche zurück."

Erschreckt starrte der Besucher sie an. Er öffnete den Mund und schloss ihn wieder. Die Nachricht, dass der Professor verreist war, schien ihn in eine Art Erstarrung zu versetzen.

„Kann ich etwas ausrichten?", fragte Leonie. „Wenn Sie Ihren Namen und Ihre Telefonnummer hinterlassen, können wir Sie zurückrufen."

Der Fremde verharrte bewegungslos. Schließlich schüttelte er den Kopf. „Wissen Sie, wohin Professor Ringhausen ..."

Das Klingeln des Telefons unterbrach ihn. „Entschuldigung." Leonie nahm den Hörer auf und meldete sich. „Das kann ich Ihnen auch nicht sagen", antwortete sie ihrem Gesprächspartner und drehte sich zum Fenster. „Der Herr Professor ist nicht im Haus. Seine Handy-Nummer? Das geht nun wirklich nicht. Sie müssen schon warten bis ..."

Während die Sekretärin dem Anrufer auseinander setzte, dass er für rechtzeitige Verabredungen selbst verantwortlich sei, trat König vorsichtig näher und suchte im Terminkalender, der aufgeschlagen auf dem Schreibtisch lag, nach einem Eintrag. Er wurde fündig. *11.00 Uhr Prof. Wolf, Kassel, wg. Grünberg.*

Leonie Schwarzeneder legte den Hörer auf und wandte sich wieder ihrem Besucher zu. „Wollen Sie nun Ihren Namen ..."

„Danke, ich melde mich später noch einmal. Auf Wiedersehen."

Der Besucher verschwand, Leonie Schwarzeneder zuckte mit den Schultern.

Sie öffnete die Schublade, um ihre Utensilien für die Nagelpflege wieder auszubreiten.

Auf dem Rückweg war Peter König der Verzweiflung nahe. Die unerwartete Wendung hatte seine schönen Pläne zunichte gemacht. Und nun musste er nach Kassel zurück. In die Höhle des Löwen. Wo man vielleicht schon nach ihm suchte. Aber seine Zukunft hing an dem Gemälde. Er musste es zurückholen. Niemand sonst hatte ein Anrecht darauf.

Kunsthochschule Kassel. Dort kannte er sich aus. Professor Wolf würde er finden. Aber wie sollte er die Herren von seinem Anspruch überzeugen? Je länger er darüber nachdachte, desto klarer wurde ihm, dass es nur eine Möglichkeit gab. Er würde die Herausgabe des Bildes erzwingen müssen. Dazu benötigte er ein durchschlagendes Argument. Noch eine Hürde, die es zu überwinden galt. Er würde einen Umweg machen müssen. Über Frankfurt. Dort gab es durchschlagende Argumente auf dem Schwarzmarkt.

Florian Stöber schwankte zwischen Wut und Verzweiflung.

Inzwischen müssten sie doch längst nach mir suchen. Die wissen doch, dass ich zur Kunsthandlung gefahren bin. Draußen steht mein Motorrad. Kann doch nicht so schwer sein, eins und eins zusammenzuzählen.

Missmutig betrachtete er sein Handy. Trotz der selbst gebastelten Zusatzantenne war er die Nachricht nicht losgeworden. *Vielleicht funktioniert es, wenn ich es noch weiter nach oben schiebe.*

Er durchsuchte das Gerümpel, bis er ein Stück Gardinenleiste fand, das sich für sein Vorhaben eignete. Aus dem Fahrradrahmen zog er ein weiteres Stück Kabel und band damit sein Handy mitsamt Behelfsantenne an der Gardinenleiste fest.

Vorsichtig schob er die Konstruktion in den Schacht. Dann drückte er die Sendetaste und hob alles so weit nach oben, wie sein ausgestreckter Arm reichte.

Das Gespräch mit den Mädchen hatte wenig zur Aufklärung ihres zeitweiligen Verschwindens beigetragen. Sicher war nur, dass ihr Onkel sie nicht entführt hatte. Die Beschreibung des Mannes, der ihnen die Zwergkaninchen geschenkt hatte, blieb vage, und das hervorstechendste Merkmal seines Autos war der Geruch gewesen. Und der musste irgendwo zwischen Papas Lederjacke und Alexandras Tuschmalkasten angesiedelt werden. Immerhin hatten sie sich auf die Farbe Silber, zwei Türen und vier Sitze aus schwarzem Leder einigen können.

Sie würden alle Fahrzeughalter in und um Kassel, deren Autos diese Merkmale aufwiesen, ermitteln müssen. Hanna beschlich das Gefühl, der gewaltige Aufwand könnte vergeblich sein. Und sie war keineswegs sicher, dass Susanne Liebert einer Gegenüberstellung ihrer Töchter mit jenen zwanzig oder dreißig Männern, die sie vielleicht aus der Menge herausfiltern konnten, zustimmen würde.

Da die Kinder von ihrem Ausflug weniger beeindruckt waren als von den mitgebrachten Schmusetieren, hatte Hanna Wolf auf eine allzu eingehende Befragung verzichtet. Eine Chance zur Klärung der Umstände und Hintergründe sah sie ohnehin nur noch, wenn es gelang, Jörg Rascher zu vernehmen.

Als Hanna ins Präsidium zurückkehrte, kam ihr auf dem Flur eine aufgeregt winkende Isabella entgegen. „Ihr könnt gleich wieder aufbrechen“, rief sie. „Florian ist eingesperrt. In einem Keller. Im Hinterhaus von dieser Kunsthandlung. Er hat eine SMS geschickt. Ich habe zufällig dein Handy ...“

„Oh nein“, stöhnte Hanna, „mir bleibt aber auch nichts erspart. Lässt sich der Idiot einsperren! Und zwei andere Idioten finden ihn nicht. Und ich Idiotin lasse mein Handy hier liegen. Womit haben wir das verdient, Isabella?“

Die Sekretärin hob die Schultern. „Hauptsache, Florian ist nichts passiert. Und was die Versammlung von Idioten in diesem

Kommissariat betrifft: Ich werde euch gelegentlich daran erinnern."

„Wenn du den richtigen Moment wählst, wird das bestimmt zur Stimmung beitragen! Und jetzt sag bitte Starsky und Hutch Bescheid. Sie sollen sich Verstärkung mitnehmen und noch mal bei König und Colberg im Keller suchen. Zur Not mit einem Spürhund. Ich werde jedenfalls dem jungen Mann keinen roten Teppich ausrollen. Ich mache Feierabend. Mir reicht's für heute."

Isabella Rodriguez spürte die Verärgerung hinter Hannas Worten und verzichtete auf einen weiteren Kommentar. „Na, dann einen schönen Abend. Und viele Grüße an Nina."

Hanna drehte sich noch einmal um. „Versuch doch bitte, diese Julia Engelhardt aufzutreiben. Die Adresse findest du in der Akte Kleinert. Ich möchte sie so bald wie möglich sprechen. Wenn sie rumzickt, kriegt sie ne Vorladung. - Nein, besser nicht. Versuch lieber, sie einzuseifen. Sag ihr, es geht um ein Informationsgespräch. Über den Drogentod ihres Ex-Freundes. Von wem er seinen Stoff bezogen hat und so weiter. Und sorge bitte dafür, dass ich informiert werde, wenn der Rascher zu Bewusstsein kommt."

„Geht in Ordnung, Hanna." Isabella warf ihr eine Kusshand zu und verschwand in ihrem Büro.

Auf dem Küchentisch lag ein Zettel von Nina. *Bin mit Freunden nach Göttingen gefahren. Planen dort eine Aktion wie „Kassel umsonst". Gegen die Ausbeutung in der Dritten Welt. Bleibe über Nacht. (Garantiert kein Hasch) Küsschen, Nina.*

Statt Hasch hatte sie zunächst shit geschrieben und dann durchgestrichen. *Meine Tochter hält mich wohl für blöd.* Hanna seufzte. Dieses Schicksal teilte sie wahrscheinlich mit vielen Müttern. Aber mussten sich andere Mütter auch ständig Gedanken machen, weil ihre Töchter an allen Fronten gegen das Unrecht dieser Welt kämpften? Hatte sie es nicht geahnt, als sie die jungen Leute gesehen hatte, wie sie Kleidungsstücke aus dem Modegeschäft auf der Straße verteilt hatten? Bestimmt war Nina dabei gewesen. Sie hatte sie nur nicht gesehen. Oder ihre Tochter hatte sich schnell verdrückt, als sie ihre Mutter erkannt hatte.

Nina, Nina. Wann wirst du endlich erwachsen?

Wenn Nina im Sommer wirklich nach Amerika flog, würde sie auf andere Gedanken kommen. Ihre amerikanischen Freunde würden sich weder für Calden noch für den Kellerwald interessieren. Womöglich noch nicht einmal für die Ausbeutung in der Dritten Welt. Aber wünschte sie sich wirklich eine Tochter, die mit typisch amerikanischer Ignoranz durchs Leben schlurfte? Hatte Ninas Engagement für Menschen und Umwelt sie nicht immer mit Stolz erfüllt? Als Mutter hätte sie es mit einer durchschnittlichen, braven Tochter bestimmt leichter. Aber wollte sie das wirklich?

Missmutig starrte sie in den Kühlschrank. Der Anblick war genau so trostlos wie ihre Stimmung. Sie kam mit ihren Fällen nicht voran, war sich nicht sicher, was sie für ihre Tochter wollte, und fand nichts Essbares, das geeignet gewesen wäre, ihre Laune zu verbessern. Sie ließ die Tür zuklappen und sah sich in der Küche um. Hatte sie noch irgendwo Schokolade? Plötzlich überfiel sie ein Heißhunger auf Süßes. Und Kräftiges. Die Vorstellung, sich mit Chips und Schokolade, Calvados und Zigarette vor den Fernseher zu legen, war sehr verlockend.

Sie atmete tief durch und öffnete die Kühlschranktür erneut. „Nein“, sagte sie laut und hangelte sich einen Becher Joghurt. Sie musste auf ihre Figur achten. Besonders, wenn sie demnächst ...

Während sie den Joghurt löffelte, sah sie sich im Bikini auf dem Deck eines Segelbootes in der Sonne liegen, während die Augen des Skippers an der Ruderpinne wohlgefällig auf ihr ruhten. Unwillkürlich zog Hanna den Bauch ein.

Der Mann am Ruder lachte und schüttelte den Kopf. „Ich liebe dich, so wie du bist“, rief er gegen den Wind. Jonas Roth.

Hanna ließ den leeren Joghurtbecher in der Küche stehen und durchwühlte ihre Handtasche. Irgendwo musste der Zettel mit seiner Nummer sein.

Florian Stöber sprang auf und stürzte zur Tür seines Verlieses, als er draußen Stimmen hörte. „Hallo“, schrie er und schlug mit den Fäusten gegen die schwere Eisenplatte. „Hallo, hier bin ich.“

Vor der Tür erhob sich ein kurzes Geraune und legte sich wieder. Dann erklang eine weit entfernte Stimme. „Wer ist da?"

„Ich bin's. Stöber. Macht die Tür auf!"

„Welcher Stöver? Etwa der Kommissar aus dem Fernsehen?" Florian erkannte die Stimme von Andreas Huth.

„Macht die Tür auf!" Wütend hämmerte er gegen das Eisen. „Verarschen kann ich mich alleine."

„Wer ist da? Ein Arsch mit Beinen?" Gedämpftes Gelächter folgte, dann wurde es still, schließlich knirschten die schweren Riegel.

Langsam schwang die Tür auf. „Schöne Grüße von Kriminalhauptkommissarin Wolf", grinste Klaus Starzinsky. „Das nächste Mal sollst du dich abmelden, bevor du dich in fremden Kellern einschließen lässt."

„Ha, ha." Stöber klopfte sich den Staub von der Hose. „Ihr habt euch ja ganz schön Zeit gelassen. Ich sitze hier mindestens seit ..."

„Überleg dir lieber schon mal, wie du die Chefin gnädig stimmst, wenn du ihr unter die Augen trittst."

Stöber nickte. „Ich habe interessante Informationen zum Grünberg-Fall entdeckt. Und die habe ich auf ..." Er griff sich an den Kopf. „Meine Jacke! Habt ihr meine Jacke gefunden?"

Starsky und Hutch sahen sich an. Und hoben verständnislos die Schultern. Stöber stürmte davon. „Ich muss noch mal in den Laden."

Seine Jacke hing nicht mehr auf dem Stuhl. Der Computer war ebenfalls verschwunden. Mitsamt den Ausdrucken. „Verdammt!" Stöber versuchte, trotz seiner Enttäuschung systematische Überlegungen anzustellen.

Wenn König die CD gefunden hat, brauchte er meine Jacke nicht mitzunehmen. Wenn er sie nicht gefunden hat, noch weniger. Wahrscheinlich hat er sie überhaupt nicht mitgenommen, sondern nur aus dem Laden entfernt. Damit die Kollegen nicht gleich darauf kommen konnten, dass ich noch hier war. Bestimmt hat er sie irgendwo entsorgt. Mülltonnen! Ich muss die Mülltonnen durchsuchen.

Als Starsky und Hutch das Haus in der Friedrich-Ebert-Straße verließen, beobachteten sie ihren Kollegen, der nacheinander die

Deckel sämtlicher Mülltonnen in der Nachbarschaft aufklappte und den Kopf hineinsteckte.

„Ich fürchte“, sagte Huth in mitleidigem Ton, „der Aufenthalt in diesem Keller ist ihm nicht bekommen.“

18

Hauptkommissarin Wolf stand am Fenster ihres Büros und wartete auf die Zeugin Julia Engelhardt. Hanna fühlte sich munter und voller Tatendrang, obwohl es am Abend zuvor sehr spät geworden war. Sie war früher als üblich ins Büro gekommen, um sich auf die Vernehmung vorzubereiten. Doch immer wieder schweiften ihre Gedanken ab. Die Erinnerung war so frisch, dass sie immer noch seine Berührungen ihrer Haut und das Gefühl ihrer Hände auf seiner Haut mit allen ihren Sinnen zu fühlen meinte. Unaufhaltsam waren sie aufeinander zugestrebt. Genau in dem Moment, als sie seine Nummer wählen wollte, hatte er sie angerufen. Durch den Imbiss, den er mitgebracht hatte, ebenso gestärkt wie durch seine aufmunternden Worte, sich um ihre Figur nur keine Gedanken zu machen, hatte sie den Wein und seine Blicke nur noch genossen und sich leicht und unbefangen gefühlt, hatte ihrem unbändigen Wunsch nachgegeben, in seinen Armen den Ermittlungsstress zu vergessen.

„Deine Zeugin ist da.“ Hanna fuhr zusammen. Isabella stand in der Tür. „Soll ich sie reinschicken?“

„Gleich“, antwortete sie. „Ich brauche noch eine Minute.“

Hauptkommissarin Wolf warf einen Blick auf ihre Notizen und rekapitulierte ihre Vernehmungsstrategie. Auf dem Tisch lag die Akte mit der Aufschrift *Dennis Kleinert*. Daneben klebte eine Notiz, die Hanna angebracht hatte. *Ungeklärter Todesfall.*

Julia Engelhardt trat zögernd ein und starrte wie erwartet auf die Akte. Als die Beamtin sie begrüßte, schlug sie die Augen nieder.

„Nehmen Sie Platz, Julia." Hanna hatte nicht gefragt, ob sie den Vornamen der jungen Frau benutzen durfte. Sie wollte von vornherein klare Verhältnisse schaffen: hier die Kriminalbeamtin, die Fragen stellte, und dort das junge Mädchen, das zu antworten hatte.

Julia Engelhardt schien die Rollenverteilung zu akzeptieren und setzte sich gehorsam auf den ihr zugewiesenen Platz. Hanna Wolf blieb am Fenster stehen, sodass die junge Frau gegen das Licht schauen musste, wenn sie sie ansah.

Hanna musterte wortlos das Mädchen, das ungefähr Ninas Alter hatte, und fragte sich, warum ihm niemand die Taten zutraute, die es nach ihrem Gefühl begangen hatte. Ja, Julia war hübsch. Beneidenswerte Figur, seidig glänzendes, blondes Haar, blaue Augen, blutrote Lippen. Ein Engelsgesicht. Unschuldiger Ausdruck mit klarem Blick. Nicht der geringste Anflug von Heimtücke oder Verschlagenheit. *Das Mädchen ist ein Phänomen.*

„Dieses ist noch keine offizielle Vernehmung", begann die Hauptkommissarin schließlich. „Ich möchte mich lediglich mit Ihnen unterhalten. Über Dennis. Es wird auch kein Protokoll geben. Was wir hier besprechen, bleibt unter uns. Nur wenn Sie es wünschen oder wenn ich es für notwendig halte, werden wir eine protokollierte Vernehmung durchführen, bei der dann auch ein Kollege anwesend sein wird. Sind Sie damit einverstanden?"

Julia nickte stumm.

„Gut", sagte Hanna. „Beginnen wir mit Ihrer Beziehung zu Dennis Kleinert. Wann und wie haben Sie ihn kennen gelernt?"

Professor Niklas Wolf verfügte über eines der schönsten Dienstzimmer im Südbau der Kunsthochschule an der Menzelstraße. Von seinem Schreibtisch aus hatte er einen freien Blick über den Küchengraben in die Karlsaue, in der in diesen warmen Frühlingstagen zahlreiche Studenten auf dem Rasen lagerten. Und Studentinnen. Die sich mit steigenden Temperaturen zunehmend entblätterten und den Reiz des Ausblicks erhöhten. Während des Sommersemesters boten Beine und Busen jeglicher Form dem Betrachter Gelegenheit zu ausgiebigen Studien.

Wolf legte es nicht unbedingt darauf an, mit einer dieser bezaubernd jungen Damen in eine engere Beziehung zu treten. Doch wenn eine besonders attraktive Studentin ihm schöne Augen machte und seine Nähe suchte, wies er sie nicht zurück. Noch immer versetzten ihn Formen und Düfte eines jungen Körpers in einen der Unzurechnungsfähigkeit ähnlichen Zustand, der dann regelmäßig in einen Rausch der Sinne mündete.

Heute hatte Professor Wolf wenig Sinn für liebreizende Gestalten. Seit Tagen hatte er in der Bibliothek nach Informationen über den Maler Anselm Grünberg geforscht. Nachdem er die gesamte Grünberg-Literatur durchgesehen und seine Kenntnisse zum Schicksal der von den Nationalsozialisten als entartet eingestuften Maler und ihrer Werke aufgefrischt hatte, war er mehr denn je überzeugt, dass die *Tränen des Herkules* aufgetaucht waren. Wenn schon Ringhausen davon überzeugt war, einen echten Grünberg vorgelegt bekommen zu haben, würden er und seine Kollegen aus Kassel kaum zu einem anderen Ergebnis gelangen.

Wolf schaute immer wieder zur Uhr. In einer guten Stunde würden seine Kollegen eintreffen, und er war sich noch immer nicht über seine eigene Taktik im Klaren. Wie konnte man verhindern, dass das Bild wieder in den Besitz einer Privatperson zurückgegeben würde? Vielleicht sollte er Hanna anrufen, wenn sich das Gemälde in den Räumen der Kunsthochschule Kassel befand und ihr nahe legen, es zu beschlagnahmen. Schließlich spielte es eine Rolle in einem Kriminalfall. Gab es dafür eine rechtliche Grundlage? Er hätte früher daran denken und Hanna fragen müssen.

Er würde auch diese Fragen mit seinen Fachkollegen beraten müssen.

Als es an der Tür klopfte, fuhr Niklas Wolf zusammen und sah unwillkürlich auf die Uhr. Zwanzig Minuten vor der verabredeten Zeit. Rasch erhob er sich und strich sein Jackett glatt.

In der Tür erschien der blonde Schopf einer jungen Frau.

„Hallo Papa, störe ich?“

„Nina! Was für eine Überraschung.“

Mit ausgebreiteten Armen trat er auf seine Tochter zu und zog sie an sich. Dankbar spürte er, wie sie die Umarmung erwiderte. Vor noch nicht allzu langer Zeit hätte sie sich gegen seine körperliche Nähe gesperrt.

„Voll cooles Büro. Total geile Aussicht."

„Wie geht es deiner Mutter?"

„Hanna geht es richtig gut", strahlte sie. „Sie hat einen neuen Lover. Ich hoffe, das wird was mit den beiden. Würde mich total beruhigen."

„Beruhigen?" Niklas Wolf hatte Mühe, der Logik seiner Tochter zu folgen.

„Klar", nickte sie. „Wenn Mama eine feste Beziehung hat, klammert sie nicht so. Sie ist viel ausgeglichener, und man kann viel vernünftiger mit ihr reden. Außerdem muss ich mir nicht so viele Gedanken machen, wenn ich nach Amerika gehe."

Wolf war ein wenig irritiert. Irgendwie hatte er nach dem Abend in der Zentral-Bar gedacht ... Ja, was eigentlich? *Natürlich kann sie ... Mit wem sie will. Ich habe überhaupt kein Recht. Sie ist frei und unabhängig. Was für ein Typ der Neue wohl ist?* „Wo hat sie ihn kennen gelernt?"

„Wer? Mama? Ihren Lover? Im Präsidium."

„Ein Kollege also?"

Nina schüttelte den Kopf. „Einer von der Zeitung. Warum interessiert dich das?"

Wolf hob die Schultern. „Nur so. Ich freue mich jedenfalls über deinen Besuch. Leider habe ich gleich eine Besprechung." Er sah auf die Uhr. „Die Kollegen können jeden Moment kommen."

Peter König erwachte mit brummendem Schädel und schmerzenden Gelenken. Die letzten Stunden der Nacht hatte er auf einer Raststätte an der A7 im Auto verbracht. Beim Knüllwald, kurz vor Kassel, um seinen Aufenthalt in der Stadt so kurz wie möglich zu halten. Der Umweg über Frankfurt hatte sich zwar gelohnt, war aber außerordentlich anstrengend gewesen. Und kostspielig. Fünfhundert Euro hatte er in einem schmuddeligen Hinterzimmer im Bahnhofsviertel für eine Pistole mit gefülltem

Magazin herausrücken müssen. Aber darauf kam es jetzt auch nicht mehr an. Jedenfalls besaß er ein schwerwiegendes Argument, mit dem er die Herausgabe des Gemäldes erzwingen konnte.

Er hatte noch nie mit einer Waffe auf einen Menschen geschossen. Aber er rechnete auch nicht damit, wirklich abdrücken zu müssen. Er würde höchstens einmal in die Decke schießen - um seine Entschlossenheit zu demonstrieren.

Ein wenig Geduld würde er noch aufbringen müssen.

Ächzend kletterte er aus dem Wagen und bewegte Arme und Beine. Leichter Schweißgeruch umwehte seinen Körper. Ihn überkam das dringende Bedürfnis nach einer Dusche, und er erwog, zu seiner Wohnung zu fahren. Zwar hatte er den jungen Beamten gehörig an der Nase herumgeführt, doch die Vorstellung, dass ihn dort Polizeibeamte in Empfang nehmen könnten, ließ ihn den Gedanken sofort wieder verwerfen.

König schlenderte zum Verkaufsraum der Tankstelle, um nach Tageszeitungen Ausschau zu halten. Er stieß auf die HNA und blätterte sie rasch durch. Aber er fand keinen Hinweis darauf, dass die Polizei nach ihm fahndete. *Vielleicht haben sie noch gar nicht bemerkt, dass ihnen der hübsche Junge abhanden gekommen ist.*

Er machte sich im Waschraum notdürftig etwas frisch und ließ sich im Restaurant nieder, wo er das Fernfahrerfrühstück orderte und zu frischen Brötchen und weniger frischem Aufschnitt einen starken Kaffee aus dem Pappbecher schlürfte.

In seinem Kopf begann der Ablauf seines Vorhabens Gestalt anzunehmen. Bevor er Kassel erreichte, würde er noch einmal voll tanken. Seinen Wagen würde er in der Nähe der Kunstakademie so abstellen, dass er problemlos verschwinden konnte, sobald er das Bild in seinen Besitz gebracht hatte.

Und dann würde er auf direktem Wege nach Frankfurt zurückkehren, um den nächsten Flug zu buchen, der eine der europäischen Metropolen zum Ziel hatte.

Klaus Starzinsky und Andreas Huth hatten gerade Bericht erstattet, als Florian Stöber in Hannas Büro stürmte. Mit ihm quoll die Duftwolke eines Rasierwassers in den Raum, von dem er reichlich Gebrauch gemacht hatte, nachdem er den Gestank des Kellers und der Mülltonnen am Morgen noch immer in der Nase gespürt hatte.

„Da kommt ja unser Kellerkind", spottete die Hauptkommissarin. „Ich hoffe, du bringst uns neben deinem Herrenduft auch ein paar neue Erkenntnisse mit."

Starsky und Hutch lachten leise und hielten sich demonstrativ die Nasen zu.

„Und ob!", rief Stöber und zog seine CD-ROM aus der Tasche. „Macht ihr nur eure Witze. Aber was ich auf diese CD gebrannt habe, gibt dem Fall Colberg eine völlig neue Wendung." Er wedelte mit der glänzenden silbernen Scheibe. „Wenn ihr das gesehen habt, vergeht euch das Lachen."

„Mach es doch nicht so spannend, sag uns einfach, worum es dabei geht." Hanna wollte keine Zeit mehr verlieren.

„Das wollte ich dir schon am Telefon ... Also gut. Hört zu." Stöber ließ sich auf den Stuhl vor dem Computer fallen und legte die CD-ROM ein. „Die Kunst- und Antiquitätenhandlung König und Colberg stand finanziell vor dem Aus. Alfred Colberg hatte bereits seine Fühler nach einem neuen Partner ausgestreckt. Die entsprechende Korrespondenz findet ihr auf der CD."

„Und inwiefern ist das für den Fall von Bedeutung?", unterbrach ihn Huth.

„König ist ihm offenbar auf die Schliche gekommen. Aber das ist noch nicht alles ..."

„Willst du damit sagen", fragte Hanna Wolf, „dass Peter König seinen Partner umgebracht hat? Weil der sich geschäftlich neu orientieren wollte?"

Stöber nickte erst und schüttelte dann den Kopf. „Nicht allein deswegen. Aber lasst mich doch mal ausreden. Jetzt kommt nämlich das Grünberg-Gemälde ins Spiel." Er sah mit triumphierendem Blick in die Runde. Hanna und die Oberkommissare lehnten sich mit verschränkten Armen erwartungsvoll zurück.

Florian Stöber tippte mit dem Zeigefinger auf den Monitor, auf dem eine Liste mit Dateien erschien. „Colberg hat eine ganze Nacht lang nichts anderes getan als per E-Mail mit Kunstsammlern auf der ganzen Welt, insbesondere in Japan und den USA, über das Gemälde zu verhandeln. Sein letztes Angebot lag bei fünf Millionen Dollar. Alles was ihm noch fehlte, war ein Echtheits-Zertifikat. Ich bin sicher, dass er sich mit dem Bild aus dem Staub machen wollte, ohne seinen Partner zu informieren. Er hatte nämlich auch schon einen Flug gebucht. Online. Mit Lufthansa von Frankfurt nach Chicago. One-way. Business class. Für eine Person."

Während Starsky und Hutch ihn mit großen Augen ansahen, stellte Hanna Wolf die nächstliegende Frage: „Könnte dein vorübergehendes Abtauchen damit zusammenhängen, dass König durch deine Recherchen im Computer hinter Colbergs Vorhaben gekommen ist?"

„Ich fürchte ja", gab Stöber zu. „Ich hatte nämlich alle Informationen auch ausgedruckt. Er muss zwischendurch im Büro gewesen sein, als ich gerade kurz draußen war. Die Ausdrucke sind verschwunden. Und der Computer natürlich auch. Andererseits ..."

„Andererseits?"

„Ich werde das Gefühl nicht los, dass König mich schon vorher an der Nase herumgeführt hat. Möglicherweise hat er bereits über Colbergs Pläne Bescheid gewusst und seine Ahnungslosigkeit nur besonders raffiniert gespielt."

„Und was meinst du mit *nicht allein deswegen*?"

„Ach, das ist auch nur so ein Gefühl. Ich glaube, Königs und Colbergs Beziehung war nicht nur geschäftlicher Natur."

„In jedem Fall dürfte Peter König jetzt hinter dem Gemälde her sein", stieß Starzinsky hervor.

Hanna nickte. Sie sah ihre Mitarbeiter an. „Wir müssen ihn so schnell wie möglich finden. An die Arbeit, meine Herren. Du, Florian, rufst sofort Professor Ringhausen in München an. Das ist der Gutachter, bei dem Colberg das Zertifikat in Auftrag gegeben hat."

„Woher ...?"

Hanna winkte ab. „Später. Wir dürfen keine Zeit verlieren." Sie wandte sich an Starsky und Hutch. „Ihr kümmert euch um die Fahndung. Sagt den Kollegen, sie sollen Druck machen. Und die

Flughäfen einbeziehen. Wenn sie maulen, bietet eure Hilfe an. Außerdem will ich alles über König wissen. Fahrzeugdaten, Familie, Freunde."

Als sich die Männer um sie herum in Bewegung setzten, griff sie zum Telefonhörer. *Und ich werde jetzt meinen Ex anrufen.*

19

Professor Ringhausen war ein kleiner, schmächtiger Mann, auf dessen schmalen Schultern der Hals unnatürlich dünn, der Kopf dagegen unverhältnismäßig groß erschien. Das faltige Gesicht wurde von weißen Locken umrahmt, die vom fülligen Haupthaar nahtlos in einen Vollbart übergingen. Nina wurde an den Moderator einer wissenschaftlichen Fernsehreihe erinnert. Die dunklen Augen blitzten aufmerksam und interessiert zwischen Nina und ihrem Vater hin und her.

„Grüß Gott", sagte der Besucher. „Entschuldigung. Ich wollte nicht stören. Ich bin etwas früh, ich weiß. Aber ..."

„Herr Kollege Ringhausen. Ich bitte Sie. Treten Sie ein." Niklas Wolf war aufgesprungen. „Sie stören überhaupt nicht. Ich freue mich, dass Sie gekommen sind." Er deutete auf das längliche Paket, das der Professor unter dem Arm trug. „Und dass Sie das Bild mitgebracht haben. Ich bin außerordentlich gespannt. Und meine Kollegen auch. Sie werden gleich hier sein."

Der Mann schloss die Tür hinter sich und legte das Paket vorsichtig auf einem Stuhl ab.

Wolf vergaß über seine Neugierde nicht seine Rolle als Gastgeber: „Darf ich bekannt machen? Meine Tochter Nina. – Professor Dr. Alois Ringhausen aus München."

„Ich freue mich, Ihre Bekanntschaft zu machen, junges Fräulein. Sind Sie auch in der Welt der Kunst zu Hause?"

„Nein, ich studiere Jura. Aber ich muss jetzt wirklich gehen."

„Das ist bedauerlich. Ich meine, dass Sie gehen müssen. Was wir zu besprechen haben, hat durchaus auch juristische Aspekte. Vielleicht können Sie uns helfen, die eine oder andere Frage zu klären."

„Das glaube ich kaum", mischte sich Wolf ein. „So weit ist Nina noch nicht. Wir werden sogar den Rat von Spezialisten einholen müssen. Die Problematik der Besitzverhältnisse bei Kunstwerken unklarer Herkunft ..."

Niklas Wolf wurde unterbrochen, als die Tür aufsprang und ein Mann ins Zimmer trat, der sich hektisch umsah. Neben ihm erschien mit hochrotem Kopf Wolfs Sekretärin.

„Sie können doch nicht einfach ... Herr Professor, dieser ... Herr ... behauptet, er sei mit Ihnen verabredet. Aber Sie haben doch jetzt die Besprechung ... Ich konnte ihn nicht aufhalten, ich war am Telefon, wieder diese Frau Wolf. Er ist gegen mein ausdrückliches ..." Das Gesicht der Sekretärin spiegelte Wut, Empörung und Verachtung für den unbotmäßigen Besucher wider.

„Lassen Sie's gut sein, Frau Rentrop. Wir klären das. Ich danke Ihnen."

„Und was ist mit dem Gespräch? Soll ich es Ihnen rüberlegen?"

Wolf schüttelte den Kopf. „Sagen Sie ihr, ich rufe zurück."

Lautlos schmollend zog sich die Sekretärin zurück.

Nachdem sie die Tür hinter sich geschlossen hatte, wandte sich Wolf an den Fremden. „Da ich ebenfalls nichts von einer Verabredung weiß, müssen Sie mir schon verraten, wer Sie sind und was Sie wollen. Frau Rentrop hat nämlich Recht. Ich erwarte gleich zwei weitere Kollegen zu einer Besprechung. Anschließend ..."

„Sie sind Professor Wolf?", fragte der Besucher statt zu antworten. „Dann müssen Sie Ringhausen sein." Er wies zuerst auf den Professor aus München und dann auf das Paket. „Und das ist das Bild. Mein Bild. *Die Tränen des Herkules*. Anselm Grünberg 1939. Ich bin hier, um es abzuholen. Es gehört mir."

Drei Augenpaare starrten verblüfft auf den Besucher. Niklas Wolf fing sich zuerst. Er lächelte nachsichtig. „Und wer sind Sie, wenn ich fragen darf? Und aus welchem Grund glauben Sie, Ansprüche auf das Gemälde zu haben?"

„König", antwortete der Besucher. „Von der Galerie König und Colberg. Wir haben es rechtmäßig erworben. Professor Ringhausen hatte den Auftrag, die Echtheit zu bestätigen. Jetzt hole ich es zurück. Und die Expertise gleich mit. Also, wenn ich bitten darf ..." Er streckte die linke Hand aus.

Zu Wolfs Entsetzen durchquerte sein weißhaariger Kollege aus München den Raum und nahm das Paket von dem Stuhl, auf dem er es abgelegt hatte. Doch statt es König zu übergeben, warf er es in einen der geräumigen Sessel. „Bei Ihnen piept's wohl", sagte er und setzte sich auf das Paket. Er verschränkte die Arme und sah vergnügt in die Runde. „Und jetzt, denke ich, macht der Herr Kollege Wolf von seinem Hausrecht Gebrauch."

Im Polizeipräsidium ließ Hauptkommissarin Wolf den Telefonhörer auf den Apparat fallen. „Isabella", rief sie, „König ist in der Kunsthochschule. Ruf Starsky und Hutch und Stöber zusammen. Wir müssen sofort los. Und sag Ober-Wenzel Bescheid. Kann sein, dass wir das SEK brauchen."

„Woher wusstest du, dass König da ist?", fragte Stöber seine Chefin, als sie im Wagen saßen und das betagte Fahrzeug mit Blaulicht und Martinshorn durch die Frankfurter Straße jagten.

„Ich hatte gerade die Sekretärin meines Ex am Telefon, als das Gespräch unterbrochen wurde. Sie hatte eine Auseinandersetzung mit jemandem, der unbedingt zu ihm wollte. Sie war so empört, dass Sie mir anschließend anstandslos eine Beschreibung geliefert hat. Und die passt auf König."

Nina sah es zuerst und stieß einen erstickten Schrei aus. Mit aufgerissenen Augen starrte sie auf Königs rechte Hand, in der er plötzlich eine Pistole hielt.

Mit der Waffe winkte er in Ringhausens Richtung. „Machen Sie keine Schwierigkeiten, Professor. Geben Sie das Paket her."

Der alte Herr schüttelte energisch den Kopf. „Niemals. Da müssen Sie mich schon erschießen."

König hob die Pistole und zielte auf Ringhausens weißhaariges Haupt. „Nur zu, junger Mann", rief dieser mit fester Stimme.

„Wer die Kunst liebt, mordet nicht. Ich glaube nicht, dass Sie es fertig bringen ..." Der Schuss krachte, und über Kopf und Bekleidung des Professors ergoss sich ein Regen aus Mörtelstaub. König hatte die Waffe gegen die Zimmerdecke gerichtet.

Ringhausen wirkte verärgert, aber keineswegs beeindruckt. Sein Gegenüber dagegen schien unsicher geworden zu sein. Hektisch flogen seine Blicke durch den Raum.

„Geben Sie auf, Mann", meldete sich Niklas Wolf. „Sie haben doch überhaupt keine Chance, mit dem Grünberg zu entkommen. Und selbst wenn wir Sie mit dem Gemälde ziehen lassen, werden Sie es nicht zu Geld machen können. Schließlich ..."

König zielte in Wolfs Richtung und drückte ab. Die Kugel bohrte sich in den splitternden Schreibtisch. Nina schrie auf.

Der dritte Schuss richtete sich gegen die Tür, die plötzlich aufschwang, und zerfetzte ein Teil der Füllung.

Mit vor Entsetzen aufgerissenen Augen starrte Sibylle Rentrop in den Raum und schlug die Hand vor den Mund.

„So", sagte König wie zu sich selbst. „Wir gehen jetzt." Der Lauf der Waffe war noch immer auf die Sekretärin gerichtet. „Sie nehmen das Paket. Und das Zertifikat. Dann gehen wir beide zusammen hier raus."

Niklas Wolf machte einen Schritt auf König zu. „Lassen Sie Frau Rentrop aus dem Spiel. Nehmen Sie mich."

König schüttelte den Kopf. „Das hier ist kein Spiel, Herr Professor. Das ist blutiger Ernst. Und die nächste Kugel erwischt die Frau, wenn die Herren keine Vernunft annehmen." Er schob sich näher an sie heran und richtete die Pistole gegen ihren Hals.

Wolf sah Ringhausen an. Der erhob sich unwillig. Wie in Zeitlupe nahm er das Paket auf, legte das Zertifikat darauf ab und trug beides durchs Zimmer. Mit ausgestreckten Händen hielt er es der Sekretärin hin, die es zögernd ergriff.

„Na also", kommentierte König und packte ihren Oberarm. „Abmarsch. Sie gehen vor mir her. Und die Herren bleiben hier." Er riss das Telefonkabel aus der Wand und streckte den Arm aus. „Den Schlüssel bitte." Zögernd reichte Wolf ihm seinen Schlüsselbund.

König schloss das Büro ab und warf den Schlüssel in einen Abfalleimer. Er schob seine Geisel vor sich her über den leeren Flur. Unbehelligt erreichte die zweiköpfige Prozession den Ausgang. Als sie die Kunsthochschule verließen und wie gewöhnliche Spaziergänger auf dem Gehweg entlangwanderten, nahm niemand von ihnen Notiz. Sibylle Rentrop sah sich unauffällig um, während in ihr Angst und Verzweiflung wuchsen. *Helft mir! Bitte! Es kann doch nicht sein, dass ich diesem Ungeheuer ausgeliefert bin.*

Gleichzeitig mit Hanna Wolf und ihren Mitarbeitern traf ein Streifenwagen vor der Kunsthochschule ein. „Was wollt ihr denn hier?", fuhr sie die verdutzten Beamten in Uniform an.

„Man hat uns gerufen." Der Streifenführer hob entschuldigend die Schultern. „Über die Leitzentrale. Wir waren gerade in der Nähe." Er wies auf das Gebäude und musterte zweifelnd die Fassade. „Hier sollen Schüsse gefallen sein."

„Schüsse?" Hanna erschrak. „Los, schnell." Sie eilte die Stufen zum Eingang hinauf, Starsky und Hutch und die beiden uniformierten Beamten folgten ihr.

Im Flur stießen sie auf einen Mann, den ein grauer Kittel, ein schwerer Schlüsselbund und ein wichtiger Gesichtsausdruck als Hausmeister auswiesen. „Na endlich", rief er ihnen zu und machte auf der Stelle kehrt. „Kommen Se mit. Do hinne hott wär geschossen. Un jetz isse weg. Mit däm Mäjen."

Im Laufschritt hastete Hanna mit den Männern durch die Flure der Kunsthochschule. Sie registrierte, dass Stöber fehlte. *Was macht der Junge bloß wieder?* Plötzlich blieb der Hausmeister stehen. „Do driwwen", keuchte er. „Bei Professor Wolf."

Als Hanna Niklas Wolf erblickte, überfiel sie ein ungutes Gefühl. Sie kannte sein Mienenspiel nur zu gut, doch noch nie hatte sie diesen Ausdruck verzweifelter Hilflosigkeit in seinen Augen gesehen.

„Was ist passiert?"

„König. Frau Rentrop. Sie sind weg. König hat meine Sekretärin. Er ist bewaffnet."

König legte das Paket in den Kofferraum und stieß seine Geisel vom Beifahrersitz aus in den Wagen. „Sie fahren", befahl er. „Los, rüber rutschen."

„Aber ich kenne doch dieses Auto überhaupt nicht." Außerdem habe ich meinen Führerschein nicht dabei, hatte sie ergänzen wollen, biss sich aber auf die Lippen, als ihr klar wurde, wie wenig überzeugend dieses Argument wirken würde.

„Mund halten und starten." König schob den Schlüssel ins Zündschloss und stieß ihr den Lauf der Pistole in die Seite.

„Na also", brummte er zufrieden, als sich das Fahrzeug ruckend in Bewegung setzte. „Geht doch."

Sibylle Rentrop fädelte sich vorsichtig in den fließenden Verkehr ein. „Wohin ...?"

„Da vorne rechts. Und dann zur A 7. Richtung Frankfurt. Wenn wir auf der Autobahn sind, dürfen Sie aussteigen."

Sie starrte in den Rückspiegel. Immer wieder. *Wo bleiben die denn? Warum verfolgen sie uns nicht?*

„Müssen wir nicht umgehend Wenzel informieren?" Kriminaloberkommissar Huth fragte mehr aus Pflichtbewusstsein denn aus Überzeugung, weil die Dienstvorschriften es für diesen Fall verlangten.

Hanna Wolf nahm einen Schluck Wasser, das ihr Ex-Mann ihr hingestellt hatte. Sie schüttelte den Kopf. „Ich möchte den Fall in der Hand behalten. Sag ihm nur, dass König eine Geisel genommen hat und sich auf der Flucht befindet. Wahrscheinlich mit seinem Wagen. Habt ihr die Daten?" Huth nickte. „Silbergrauer Chrysler Voyager mit getönten Scheiben."

„Damit wird er nicht weit kommen. Und sag Wenzel, ich will eine verdeckte Fahndung. Wenn Königs Wagen auftaucht, will ich informiert werden. Die Kollegen sollen sich zurückhalten. Kein Zugriff ohne meine ausdrückliche Anordnung. Und wir machen uns sofort auf den Weg. Los, los. König wird sich ins Ausland absetzen wollen. Also dürfte er die Autobahn ansteuern. Nach Frankfurt oder nach Hannover." Sie sah sich um. „Wo ist eigentlich Stöber?"

Starsky und Hutch hoben synchron die Schultern.

„Ihr Kollege ist die Straße hinuntergelaufen", berichtete einer der uniformierten Beamten. „Richtung Frankfurter Straße."

Florian Stöber massierte vorsichtig seine Hände und bewegte die Finger, die durch seine gekrümmte Haltung einzuschlafen drohten. Dann umschlossen sie wieder den Schaft der entsicherten Pistole.

Zuerst war es nur eine Idee gewesen, die ihm durch den Kopf geschossen war. Aber dann war er stehen geblieben und hatte die Fahrzeuge gemustert, die in der Nähe der Kunsthochschule geparkt waren. Am Ende der Straße hatte er diesen amerikanischen Wagen gesehen. Königs Wagen? Wenn er nun schon darin saß und gerade starten wollte? Oder in diesem Augenblick auftauchte?

Gerade waren Hanna und die Kollegen im Eingang des Gebäudes verschwunden. Kurz entschlossen war er losgerannt. Es war Königs Voyager. Leer. Also war König noch in der Kunsthochschule. Seine Kollegen könnten ihn in dem weitläufigen Gebäude verpassen ...

Er suchte nach einem geeigneten Versteck in der Nähe des Wagens. Vergebens. In weniger als zwei Minuten hatte er eine der Türen entriegelt und sich hinter den Vordersitzen auf den Boden gekauert, die entsicherte Dienstwaffe zwischen den Händen. *Wenn Hanna ihn in der Kunsthochschule nicht erwischt, empfange ich ihn hier.*

Doch dann war König mit dieser Frau erschienen. Und allem Anschein nach war er bewaffnet. Stöber hatte nur kurz über den Hintergrund der überraschenden Wendung gerätselt, dann hatte ihn die Ahnung gepackt, einen schwerwiegenden Fehler begangen zu haben. Wie sollte er König außer Gefecht setzen, ohne die Geisel zu gefährden?

Obwohl es nicht besonders heiß war, schwitzte Stöber. Der Schweiß rann ihm in die brennenden Augen, aber er wagte nicht, sich über das Gesicht zu wischen. *Ich muss König stoppen, bevor wir die Autobahn erreichen. Bei hoher Geschwindigkeit ist es zu gefährlich.*

Oder ich warte, bis er die Frau aussteigen lässt. Aber vielleicht hat er das gar nicht wirklich vor. Verdammte Scheiße, hätte ich bloß nicht ...

„Ich glaube, die brauchen wir jetzt nicht mehr", hörte er König sagen, darauf rastete etwas ein, das sich wie die Klappe eines Handschuhfaches anhörte. Zugleich wurde der Wagen langsamer.

Stöber überlegte nicht länger. Vorsichtig richtete er sich auf.

Dann ging alles ganz schnell.

Er stieß König den Lauf seiner Pistole gegen den Hals. „Hände unter die Oberschenkel!" brüllte er. „Und keine Bewegung."

Sibylle Rentrop stieß einen Schreckensschrei aus und drehte sich zu Stöber um. Dabei verriss sie das Lenkrad. Der Wagen schlingerte, holperte über die Fahrbahnbegrenzung und kippte auf die Seite. Stöber erhielt einen Schlag gegen die Schläfe und schleuderte gegen das Wagendach. Der Van rutschte eine Böschung hinunter, verhakte sich in einem Gebüsch, überschlug sich und kam schließlich auf dem Dach zum Halten.

Als sich der Schleier lichtete, der sich kurzzeitig über Stöbers Bewusstsein gelegt hatte, tastete er vergebens nach seiner Pistole. Dann entdeckte er sie. Ihr Lauf war auf ihn gerichtet. „Das war aber nicht sehr nett von Ihnen, Herr Kommissar", höhnte König, der vor der offenen Tür des umgekippten Fahrzeugs stand. Offenbar hatte er den Unfall ohne Beeinträchtigungen überstanden. Neben ihm standen ein Koffer und ein Paket.

„Wo ist die Frau?"

„Der Dame ist nichts geschehen. Aber angesichts der veränderten Umstände wird sie mich nun noch eine Weile begleiten müssen. Und Sie, junger Freund, dürfen hier auf Ihre Kollegen warten. Und damit Sie hübsch brav hier bleiben, verpasse ich Ihnen jetzt ein kleines Handicap." König senkte die Waffe und zielte auf Stöbers Unterschenkel.

Als der Schuss krachte, wartete Florian auf den Schmerz. Er sollte, hatte er von Kollegen gehört, mit einer kurzen Verzögerung wie ein Feuerstrahl durch den Körper fahren.

Er wartete vergebens. Stattdessen vollführte König eine groteske Bewegung. Der Arm mit der Pistole flog zur Seite, die Waffe entglitt seiner Hand, und dann krümmte er sich und vollführte eine Drehung, bevor er schließlich das Gleichgewicht verlor und über seinen Koffer fiel.

Im nächsten Augenblick brach ein Sturm von Polizisten in Zivil und Uniform über die Szene herein. Stöber kletterte aus dem Autowrack und wurde zu einem Einsatzwagen geleitet, wo ihn sein Kollege Starzinsky in Empfang nahm. „Ist mit dir alles in Ordnung?“, fragte er. „Oder brauchst du einen Arzt?“

„Ich bin okay. Was ist mit Königs Geisel?“

Der Kollege wies nach draußen. Etwas abseits der umherschwirrenden Kollegen, die mit der Sicherung der Unfallstelle beschäftigt waren, entdeckte er Hanna, die den Arm um die Frau gelegt hatte.

Florian Stöber wandte den Blick zur Straße. Dort verfrachteten zwei Beamte den Kunsthändler in einen Krankenwagen, der soeben vorgefahren war.

„Wer hat König so brillant außer Gefecht gesetzt?“, fragte er.

„Hanna! Wer sonst?“

Epilog

Weil der Sommer auf sich warten ließ, waren einige Wochen vergangen, bevor ein halbwegs sonniger und milder Tag zu der geplanten Segelpartie auf dem Edersee einlud.

Hanna lag auch nicht im Bikini auf dem Vordeck, sondern saß – in Jeans und Sweatshirt – bequem auf einer Bank neben dem Eingang zur Kajüte. Ihr Blick wanderte abwechselnd zu Jonas, der die Ruderpinne hielt und kritisch die geblähten Segel musterte, und über die unendlich scheinende Wasserfläche. Das Boot durchschnitt mit beachtlicher Geschwindigkeit das Wasser und ließ eine sprudelnde Spur hinter sich. Sie atmete tief die frische Luft und genoss den Wind in ihren Haaren. Es war, als befände sie sich in einer anderen Welt. Obwohl sie sich nur eine Stunde von Kassel entfernt hatten, war der Alltag ein Stück in die Ferne gerückt.

Gewöhnlich hatte sie Mühe, die Arbeit an den Rand des Bewusstseins zu drängen. Aber vielleicht trug zu ihrer entspannten Seelenlage auch die Tatsache bei, dass ein schwieriger Fall gelöst war und ihre Tochter Nina wohlbehalten bei ihren offensichtlich sympathischen Gasteltern angekommen war.

Niklas Wolf, der sich geradezu rührend um Ninas Reise gekümmert und Verbindung zu Kollegen der Universität von Minnesota in Minneapolis aufgenommen hatte, um dort um Unterstützung für die jungen Leute zu bitten, war in diesen Tagen ein gefragter Mann. Die öffentliche Präsentation des Grünberg-Gemäldes *Die Tränen des Herkules* hatte nicht nur in der Kunstwelt für Aufregung gesorgt.

Über den Maler und den Fall Colberg waren mehrere Artikel in der HNA erschienen. Dass dabei Hannas Rolle als Ermittlerin nicht gerade unvorteilhaft zur Geltung kam, führte sie auf Jonas' Einfluss zurück. Der hatte jedoch beteuert, damit überhaupt nichts zu tun zu haben.

Nur eine Frage war offen geblieben. Aber die war nicht Hannas Problem. Ob es noch weitere Gemälde aus der verschollenen Grünberg-Sammlung gab, mochte die Kunstwelt beschäftigen, für das Kommissariat 11 war der Fall erledigt.

Dagegen schlich sich die Erinnerung an die Leiche vom Stadtfriedhof immer mal wieder in Hannas Bewusstsein. Sie hatten den Mann noch immer nicht identifiziert, das Elektrokabel an seinem Hals war der einzige Hinweis auf einen Täter geblieben. Und ein Gesicht erschien vor ihrem inneren Auge. Julia Engelhardt. Hanna würde sie nicht vergessen. Und eines Tages ...

„Wie wär's mit einem kleinen Imbiss?" Jonas Roth wies auf eine geschützte Bucht, auf die das Segelboot zusteuerte. „Wir haben alles dabei."

„Ja, gern." Hanna spürte plötzlich einen unbändigen Appetit auf belegte Baguettes, frische Tomaten und gegrillte Hähnchenschenkel. „Ich habe Hunger."

Jonas ließ die Segel flattern, und Hanna musterte den verschwiegenen kleinen Strand, auf den das Boot zutrieb. *Vielleicht auch auf mehr.*

Zur gleichen Zeit rannten zwei kleine Mädchen in Harleshausen ihrem Vater entgegen, der mit einem Taxi vorgefahren war.

Nachdem er Marie und Alexandra nacheinander hochgehoben und geküsst hatte, nahm er seine Frau in den Arm. „Das mit Jörg tut mir so Leid", flüsterte er ihr ins Ohr, während die Kinder aufgeregt um ihre Eltern herumtanzten.

„Sieh mal, Papa, was ich in unserem Zimmer gefunden habe." Alexandra hielt ein kleines Gemälde hoch. „Das ist bestimmt von Onkel Jörg", krähte Marie.

Joachim Liebert drehte das gerahmte Bild in den Händen. „Der Maler Arnold Bode", murmelte er. „Kommt mir irgendwie bekannt vor. Kannst du damit was anfangen?", fragte er seine Frau. Die schüttelte den Kopf. „Aber es sieht alt aus und ist vielleicht wertvoll."

Liebert gab das Bild seiner Tochter zurück. „Nimm's mit in die Schule. Frag deinen Kunstlehrer. Vielleicht weiß der was."

Am Abend desselben Tages genossen Hanna und Jonas im Hotel Schloss Waldeck zuerst das Candle-Light-Dinner, dann die frische Abendluft, schließlich einen sehr alten Calvados. Gegen Mitternacht zogen sie sich in ihr Zimmer zurück.

Später lagen sie nebeneinander, jeder hatte seine Lektüre aufgeschlagen, und Hanna kramte nach ihrer neuen Lesebrille. Seit sie sich entschlossen hatte, ihre Probleme beim Lesen nicht länger zu ignorieren, konnte sie ihre abendliche Lektüre wieder genießen.

„Was liest du?", fragte sie, als sie ihren Roman von Donna Leon aufschlug, und lugte über den Rand ihrer Brille hinweg zu Jonas hinüber.

„Auch einen Krimi. Spielt nur nicht in Venedig, sondern in Kassel. Und die ermittelnde Hauptkommissarin ist sehr beeindruckend."

Danksagung

Mein Dank gilt Jutta Donsbach, Christine Parr, Chantal Reyhn, Ines Schumacher und Dr. Lili Seide für Unterstützung bei der Überarbeitung des Manuskripts sowie Walter Krug und Jörg Schramm für Tipps und Informationen zu den Kasseler Schauplätzen. Kriminalhauptkommissarin Barbara Kunze und Oberstaatsanwalt Dr. Wilfried Ahrens danke ich für fachliche Beratung in polizeilichen und ermittlungstechnischen Fragen. Mit freundlichen Auskünften zur Organisationsstruktur des Polizeipräsidiums Nordhessen hat mich Polizeihauptkommissar Volker Pieper von der Pressestelle unterstützt. Werner Guth verdanke ich die mundartlichen Übertragungen und Hans Germandi Informationen zur Zerstörung Kassels im Oktober 1943. Für die historischen Bezüge hat mich Frank-Roland Klaube vom Stadtarchiv Kassel und bei den Recherchen zur Kunstwelt Frau Dr. Ingrid Koszinowski mit fachlichem Rat unterstützt. Nicht zuletzt danke ich meiner Frau Kristine für liebevolle Ermunterung und kritische Hinweise, besonders aber für den Freiraum zum Schreiben.

Wolf S. Dietrich

Vom selben Autor im Prolibris Verlag

Die Journalistin Anna Lehnhoff ermittelt in Göttingen

Wolf S. Dietrich
Grobecks Grab
Göttingen Krimi
Paperback, 224 Seiten
ISBN 3-935263-05-8
3. Auflage 2004

Wolf S. Dietrich:
Die Tote im Leinekanal
Göttingen Krimi
Paperback, 222 Seiten
ISBN 3-935263-18-X
1. Auflage 2003

Die Hauptkommissarin Hanna Wolf ermittelt in Kassel

Wolf S. Dietrich
Letzter Abflug Calden
Kassel Krimi
Paperback, 206 Seiten,
ISBN 3-935263-09-0
3. Auflage 2004